dtv

Nach langer Abwesenheit kehrt Paul Spielmann nach Wien, in die Stadt seiner Geburt, zurück. Er mietet eine Wohnung und streift eher ziellos durch die Stadt.
In einem Antiquitätengeschäft sieht er ein Klavier, das ihn an seine Großmutter erinnert – genau so eines hatte sie besessen. Eine zierliche Frau war seine Großmutter gewesen, Krankenschwester von Beruf, und in ihrem Leben hatte sie wenig von dem gehabt, was man Glück nennt. Paul Spielmann hörte auf Spaziergängen durch das zerbombte Wien viele Geschichten von seiner Großmutter, und nun, Jahrzehnte danach, nimmt er den Faden wieder auf und sucht nach ihrer eigenen Geschichte.
Peter Henisch setzt sich, mehr als dreißig Jahre nach seinem Buch ›Die kleine Figur meines Vaters‹, noch einmal mit seiner Familiengeschichte auseinander. Mit einprägsamen Bildern erinnert sich Peter Henisch an jene Frau, von der er das gelernt hat, was sein weiteres Leben prägen sollte: das Erzählen.

Peter Henisch, geboren 1943 in Wien, Studium der Germanistik, Philosophie, Geschichte und Psychologie. Mitbegründer der Zeitschrift ›Wespennest‹ und der Musikgruppe ›Wiener Fleisch und Blut‹. Peter Henisch wurde vielfach ausgezeichnet, u. a. mit dem Rauriser Sonderpreis für Literatur und dem Anton-Wildgans-Preis. Sein Roman ›Die schwangere Madonna‹ wurde 2005 für den Deutschen Buchpreis nominiert, 2007 stand ›Eine sehr kleine Frau‹ wiederum auf der Auswahlliste für diesen Preis.

Peter Henisch

Eine sehr kleine Frau

Roman

Deutscher Taschenbuch Verlag

Von Peter Henisch sind im Deutschen Taschenbuch Verlag erschienen:
Morrisons Versteck (12918)
Die schwangere Madonna (13591)
Die kleine Figur meines Vaters (13673)

Ausführliche Informationen über unsere Autoren und Bücher finden Sie auf unserer Website www.dtv.de

April 2010
Deutscher Taschenbuch Verlag GmbH & Co. KG, München

Umschlagkonzept: Balk & Brumshagen
Umschlaggestaltung: Lisa Helm unter Verwendung eines Fotos von ullstein bild/Imagno
Satz: Eva Kaltenbrunner-Dorfinger, Wien
Druck und Bindung: Druckerei C. H. Beck, Nördlingen
Gedruckt auf säurefreiem, chlorfrei gebleichtem Papier
Printed in Germany · ISBN 978-3-423-13866-6

Erster Teil

I

Es war fast Mitternacht, als ich das erste Mal an diesem Geschäft vorbeikam. In einem Lokal, in dem ich mich fehl am Platz fühlte, hatte ich ein wenig getrunken. Sollte ich nicht. Die Tabletten, die mir der Arzt verschrieben hatte, enthielten Valium. Aber eigenartigerweise fühlte ich mich nicht schläfrig, sondern wach.

Das Schaufenster war nicht beleuchtet, doch das Klavier zog meinen Blick auf sich. Dabei stand es im Hintergrund, im Vordergrund finstere Ölbilder und Stilmöbel. In der Mitte zwei Pianos, die mich nicht weiter interessierten. Aber der Flügel, den ich zuerst bloß aus den Augenwinkeln gesehen hatte, übte eine geradezu magnetische Wirkung auf mich aus.

Ich kam also genaugenommen nicht an diesem Geschäft vorbei, sondern blieb fürs erste ein paar Minuten davor hängen. Möglicherweise auch länger. Ich hatte das Gefühl, daß die Zeit anders verstrich als sonst. Auch räumlich war ich ein bißchen desorientiert. Das war meine Stadt, aber ich war lange weg gewesen.

Mir waren die Geräusche in der neuen Wohnung noch fremd. Eigentlich war es eine alte Wohnung. Eine ebenerdige Wohnung in einem alten Haus. Zwischen mir und dem Himmel war nur der Dachboden.

Ich hatte den Vertrag unterschrieben, ohne lang zu zögern. Die Wohnung war viel zu groß für mich, aber sie gefiel mir. Sie war nicht möbliert, sie war geräumig leer. Durch die hohen Türen hatte man schöne Durchblicke von Zimmer zu Zimmer.

Schaute ich aus dem Fenster, so sah ich in den Innenhof. Es

gab Fenster und Türen zu zwei anderen Wohnungen, aber die Mieter waren nicht da. Trotzdem glaubte ich von irgendwoher Klaviermusik zu hören. Einige Male, als ich die Schwelle zu Schlaf und Traum schon fast überschritten hatte, holte mich ein Knarren oder Knacken, das inmitten der Stille extrem laut erschien, zurück.

Als ich endlich einschlief, muß es fast vier gewesen sein. Aber um neun war ich wieder vor dem Laden. *Antiquitäten & Klaviere*, stand auf dem Portal. *Ständiger Ankauf von Verlassenschaften.*

Geschäftszeiten Montag bis Freitag 15 bis 18 Uhr und nach telefonischer Vereinbarung. Diese Information, klein gedruckt, auf einer Visitenkarte, die innen am Schaufenster klebte, hatte ich in der Nacht übersehen. Es war mir jedoch ganz recht, daß jetzt niemand da war. So konnte ich das Klavier genauer betrachten. Zwar nach wie vor durch die Glasscheibe und aus einer Distanz von vier bis fünf Metern. Aber in Ruhe und nun immerhin bei Tageslicht. Ja, es war tatsächlich ein schwarzer Stutzflügel. Leider standen die beiden Pianos (eines der Marke Bechstein und eines der Marke Petrof) im Weg.

Wieder brauchte ich eine gewisse Zeit, um mich von der Anziehungskraft, die dieses Instrument auf mich ausübte, zu lösen. Allerdings war das bei Tag leichter als in der Nacht. Die Passanten auf dem Gehsteig und die Fahrzeuge auf der Straße verhinderten ein totales Versinken. Nach einer Weile schaffte ich es, wirklich weiterzugehen, stadteinwärts oder stadtauswärts, die Richtung war mir nicht ganz klar, aber das war egal, ich hatte ohnehin kein Ziel.

Am Nachmittag gegen vier kehrte ich zurück, nun war ein älterer Mann im Geschäft. Wahrscheinlich der Inhaber selbst, er saß über eine alte Zeitung oder ein Dokument gebeugt und las mithilfe einer Lupe. Als er seinen Blick hob und mich durch das Glas der Tür, vor der ich immer noch stand, ansah, schoß mir das Blut in den Kopf. Rasch trat ich beiseite und nahm das Mobiltelefon aus der Tasche, so, als hätte mich gerade in diesem Moment jemand angerufen.

Das Geschäft zu betreten schaffte ich erst am dritten Tag. Im Café vis-à-vis hatte ich einen doppelten Weinbrand gekippt. Ich trat ein, grüßte, und tat vorerst so, als würde ich mich für einen Schreibtisch interessieren. Ein schönes Stück, sagte der Antiquitätenhändler, aus der Verwandtschaft der Wiener Werkstätte.

Einen Schreibtisch hätte ich durchaus brauchen können. Den Klapptisch, auf dem ich vorläufig schrieb, hatte mir die Vermieterin geliehen. Das schöne Stück hier war allerdings viel zu teuer. Ich müsse noch überlegen, sagte ich, und dann versuchte ich den Eindruck zu erwecken, als hätte ich das Klavier im Hintergrund gerade erst gesehen.

Ich tat ein paar Schritte darauf zu, dann blieb ich stehen, um durchzuatmen. Tatsächlich. Es handelte sich um einen *Bösendorfer*. Das Holz schwarz glänzend, die Metallteile in einem etwas matt gewordenen Goldton. Die Tasten in den höheren Bereichen leicht vergilbt, eine davon ein bißchen lädiert durch einen Sprung im Elfenbein.

Die abgeschlagene Stelle an der linken Seite des Klangkörpers fand ich allerdings nicht.

Konnte es sein, daß man sie so perfekt ausgebessert hatte? Oder war die Verletzung rechts gewesen? Für einen Augenblick sah ich mich in dem ovalen Spiegel, der hinter dem Klavier an der Wand hing, und erschrak.

Keine Scheu, sagte der Antiquitätenhändler, probieren Sie nur. Dieses Instrument hat einen wunderschönen Klang.

Im Stehen schlug ich einige Töne an.

Minimalistisch. Der Mann mußte nicht merken, daß ich nicht wirklich Klavier spielen konnte.

Außerdem wollte ich mich nicht zu sehr auf dieses Klavier einlassen.

Die Ähnlichkeit war frappant. Sogar der Geruch schien zu stimmen.

Ein zartbitterer Duft zwischen schwarzer Schokolade und Uralt-Lavendel.

Kaum waren die Töne im Raum, hatte ich diesen Geruch in der Nase.

Na, sagte der Antiquitätenhändler. Klingt es nicht wirklich gut?

Ja, hätte ich beinahe gesagt, es klingt noch besser, wenn man darunter sitzt.

Doch ich besann mich und unterließ das lieber.

Ja, schön, sagte ich möglichst emotionslos und klappte den Deckel zu.

Der Antiquitätenhändler klappte ihn wieder auf – allmählich wirkte er gereizt.

Ich gab ihm auch Grund dafür: Auf dem Rückzug hätte ich beinah eine Stehlampe umgeworfen.

So passen Sie doch auf!

Entschuldigung, sagte ich.

Eine komische Figur. War das ich oder war das ein anderer?

Ohne daß ich danach gesucht hätte, fand ich einen Internetpoint. Ich setzte mich an einen der Bildschirme und mailte ein paar Zeilen. Nicht an Ruth, dazu fühlte ich mich noch nicht in der Lage. Aber an Harry, dazu fühlte ich mich verpflichtet.

Dear Harry, schrieb ich, so I am back in Vienna. After so many years it feels strange. I've found an apartment in one of the outlying districts. A part of the town I hardly knew before.

Maybe it's better so. Maybe this is how things ought to be. I hope you don't mind that I burden you with my affairs. You are not just the lawyer, I trust, but also my friend. Thank you for both, understanding and helping

Yours

Paul

Dann ging ich noch eine Weile kreuz und quer. Das Klavier aus dem Antiquitätengeschäft spukte mir nach wie vor im Kopf herum. Natürlich war *dieses* Klavier nicht *jenes* Klavier.

Obwohl … Diese Ähnlichkeit … Aber nein, das war doch Unsinn!

Das konnte nicht das Klavier meiner Großmutter sein. Das Klavier, das sie damals völlig unerwartet gekauft hatte. Jedenfalls unerwartet für meine Eltern und mich. Ich war damals drei oder vier. Die Oma hatte uns zu sich eingeladen.

Wir sind mit der Stadtbahn gekommen und an der Station Kettenbrückengasse ausgestiegen. In der Stadtbahn noch die blau gefärbten Scheiben, auf dem Naschmarkt, wo wir Schnittblumen kaufen, die russischen Soldaten. Diese Erinnerung ist dunkel, aber sie hellt sich auf, als wir in die Mühlgasse einbiegen. Die Großmutter erwartet uns schon vor dem Haustor, sie breitet die Arme aus, als ich auf sie zulaufe, sie steht mitten in einem Fleck Sonne und lächelt.

Sie lächelt aber auf ganz besondere Art. Sie lächelt – ja, das ist es: sie lächelt schelmisch. Die Oma hat ein Geheimnis, sagt mein Vater. Ja, sagt sie, als wir in den Hausflur treten, in dem das Licht wieder gedämpft ist, aber bunt, gefiltert durch die Butzenscheiben zum Hof, die trotz der Bombentreffer in der Nachbarschaft nicht zerbrochen sind, oben in meiner Wohnung wartet eine Überraschung.

Wie wir dann die zwei Stockwerke bis zur Wohnung der Großmutter hinauf steigen. Die Zeit, zu der ich die Treppenstufen noch einseitig in Angriff genommen habe, immer mit dem linken Fuß voran, den rechten dann auf das jeweils erreichte Niveau nachziehend, ist noch nicht lang vorbei. Nun aber beherrsche ich das Treppensteigen beinahe schon wie ein Erwachsener, einen Fuß vor den anderen setzend, abwechselnd links und rechts. An diesem Nachmittag jedoch stolpere ich zwei, drei Mal beinahe, so ungeduldig bin ich.

Endlich sind wir oben und die Großmutter sperrt die Tür auf. Mein Herz klopft. – Eine Überraschung? Was mag das sein? – Wir treten in das winzige, nur durch eine weiß lakkierte Holzwand von der Küche abgeteilte Vorzimmer. Und dann öffnet die Großmutter die Tür zum Zimmer und da steht das Möbel.

Groß und schwarz. Beinahe das halbe Zimmer nahm es ein. Stutzflügel oder nicht. Davon hatte ich damals noch keinen Begriff. *Zu* groß und *zu* schwarz. Ja, mir erschien das Klavier vorerst als Fremdkörper. In dieser vertrauten Wohnung. Ich war befremdet und enttäuscht.

Daß die Großmutter nicht mir, sondern sich selbst etwas schenkte! War das richtig? Ich hatte da meine Zweifel. Mißtrauisch ging ich um das Klavier herum, nahm seine Witterung auf. Der Geruch war mir noch neu. Es dauerte eine Weile, bis ich ihn mochte.

Dann aber schlug die Großmutter einen Ton an. Und noch einen. Und einen dritten. Und dann war schon der Ansatz einer Melodie im Raum. Wie flink ihre Finger sich auf den Tasten bewegten! Wie kleine, muntere Tiere kamen sie mir damals vor, die sich freuten, daß man sie endlich wieder losgelassen hatte.

Und das traf ja auch etwa den Sachverhalt.

Ich hab gar nicht gewußt, sagte meine Mutter, daß du Klavier spielen kannst.

Ja, sagte die Großmutter, als junges Mädel habe sie es gelernt. Doch dann sei das Leben, das sie bis dahin geführt habe, abgerissen, jetzt wolle sie wieder daran anknüpfen, wo es damals abgerissen sei.

Justament. Das war eines der Lieblingsworte der Großmutter.

Wie alt war sie damals? Das war im Jahr 1947 oder 1948.

Da mußte sie ungefähr so alt gewesen sein wie ich jetzt.

Es ist eine Schande, aber ich weiß ihr Geburtsdatum nicht.

Auf einer Bank in einem Park sitzend notierte ich diesen Satz.

Es könnte der erste Satz einer Geschichte sein.

Das wäre eine Geschichte über eine Großmutter und ihren Enkel.

Sie ist seit Jahren tot, er war seit Jahren fern von hier, auch fern von ihr, aber dann ...

Nein, aber ich wollte mich nicht mehr auf so etwas einlassen. Nicht auf das Schreiben von Geschichten, damit hatte ich Schluß gemacht. Daran würde meine Rückkehr nichts ändern. Paul Spielmann. Diesen Namen sollte der Literaturbetrieb vergessen.

Schon wahr, ich hatte trotzdem vom Schreiben gelebt. Aber das hatte nichts mit meinem früheren Leben zu tun. Über das Schreiben zu schreiben, das war etwas anderes. Und anderen Leuten das Schreiben beizubringen.

Noch dazu in einer anderen Sprache. In dieser Distanz hatte ich mich drüben ganz gut eingerichtet. Eine Stelle am German Department an einem netten, kleinen College. Und abgesehen von der Literaturwissenschaft, die sich dort ungestörter treiben ließ als hier, die Kurse für Creative Writing.

Aber warum hatte ich dann meinen Vertrag als Professor für deutschsprachige Literatur am Bates College mit Schluß des vergangenen Semesters auslaufen lassen? Und warum war ich nicht auf das Angebot eingegangen, wenigstens die

Schreibkurse weiterzuführen? Warum saß ich jetzt statt im gepflegten Garten des Campus auf einer Bank in diesem eher schäbigen Park?

Das war eine Geschichte, die ich genausowenig schreiben wollte.

Noch schien die Sonne fast sommerlich, aber dahinter war schon die herbstliche Kälte zu ahnen. Feine Fäden glitzerten in der Luft, winzige Spinnen ließen sich darauf treiben. Indian Summer, in Maine war er besonders schön, aber dort hatte ich meine Zelte abgebrochen. Altweibersommer hatte das die Großmutter genannt, mit einem versonnenen Ausdruck im Gesicht, das sie der Sonne entgegen hielt, trotz allem.

War das im Stadtpark? Ja, möglicherweise war es beim Wetterhäuschen. Oder beim Teich. Da fütterten wir die Schwäne. Manchmal erhaschte auch eine Ratte ein Stück Brot. Schon gut, sagte die Großmutter. Die Ratten wollen auch leben.

Erst sei sie ein junges Mädel gewesen, auch wenn ich mir das wahrscheinlich kaum vorstellen könne. Dann eine junge Frau, aber das sei bald vorbeigegangen. Dann eine Frau in den sogenannten besten Jahren, aber leider in schlechten und nach und nach immer böseren Zeiten. Und jetzt..., sagte sie.

Jetzt bist du meine Oma, sagte ich.

Ja, lachte sie. Da hast du recht.

Meine Großmutter zu sein, das war durchaus eine Aufgabe, die sie ernst nahm. Manchmal schien es tatsächlich, als ob sie diese Aufgabe total ausfüllte. Und meine Eltern stellten das gern so dar. Ich sei ihre letzte Liebe. Ihr Ein und Alles.

Bis zu einem gewissen Grad hätte ich es der Oma zu verdanken, daß ich überhaupt auf der Welt sei. Die Oma habe mich sozusagen bestellt. Wie das genau zugegangen sein sollte, davon hatte ich als Kind im Vorschulalter natürlich nur eine vage Idee. Es traf jedoch zu, daß meine Großmutter eine besondere Beziehung zur Ankunft von Babys hatte – sie war Schwester auf der 1. Geburtsstation im Wiener Allgemeinen Krankenhaus.

Meine Eltern und ich, wir kamen dort öfter vorbei. Auf einen Sprung, wie meine Mutter das nannte. Manchmal durften wir bei dieser Gelegenheit einen Blick auf die Säuglinge werfen, die mir immer ein bißchen unheimlich waren, wie sie da entweder eingeschnürt nebeneinander lagen oder kurz von ihrer Einschnürung befreit mit verschrumpelten Beinchen in der Luft ruderten. Um diese Engerlinge ging es allerdings nur am Rande.

Zentrale Szene jener Spitalsbesuche: Die Großmutter in ihrer Schwesterntracht, blau und weiß, wie sie aus einer nur einen Spaltbreit offenen Milchglastür winkt. Und dann huscht sie heraus auf den Korridor, ein Säckchen aus Packpapier in der Hand. Und damit hat es eine ganz besondere Bewandtnis.

Darin befanden sich nämlich Lebensmittel. Weißbrot, Biskuit, Dosen mit Nestlé-Kindernahrung, vor allem aber Milch. Das war ein wichtiger Beitrag zu meiner Ernährung. Ich war in jenen mageren Jahren ein wohlgenährtes Kind, und meine Großmutter war stolz darauf.

Daß sie die Lebensmittel für mich beiseite schaffte, lag auf der Hand. Auch wenn meine Vorstellung davon ähnlich vage war wie die von der Herkunft der kleinen Kinder. Meine Eltern redeten davon zwar mit heiteren Mienen, aber mit gedämpften Stimmen. Die Großmutter würde wahrscheinlich auch Pferde für mich stehlen, meinte meine Mutter.

Allerdings gab es damals, das muß im Jahr 45 oder 46 gewesen sein, nur mehr sehr wenige Pferde in Wien. In einer dunklen Erinnerungssequenz liegt ein Roß schon halb skelettiert auf der Straße, aber graue hohlwangige Leute schneiden noch Fetzen und Fasern von Fleisch aus seinem Leib. Ist das tatsächlich meine Erinnerung oder habe ich das irgendwo gelesen?

Vielleicht habe ich einen Film gesehen. Vielleicht habe ich geträumt.

Was man so träumt.

Du bist also wieder da, sagt die Großmutter. Wie siehst du denn aus? Ich hätte dich kaum erkannt. Nur an den Augen. Aber warum schaust du so traurig?

Im Aufwachen muß ich mich erst in der neuen Wohnung orientieren.

Hier ist das Klappbett, auf dem ich liege, dort ist der Klapptisch, auf dem ich schreibe. Und dort ist die Tür, durch die ich hoffentlich ins Badezimmer finde. Da ist das Fenster, aber draußen ist es noch dunkel. Von irgendwoher glaube ich Klaviermusik zu hören, aber vielleicht ist das nur ein Nachklang aus dem Traum.

Dann höre ich Kehrgeräusche draußen im Hof. Ach ja, der Kastanienbaum! Ach ja, die abfallenden Blätter! Ich gehe in die Küche und stelle Teewasser auf. Wie das Wasser in die Kanne rinnt, wie der Boden der Kanne die Herdplatte berührt – in der immer noch fast leeren Wohnung hat jedes Geräusch ein unverhältnismäßig lautes Echo.

Teetrinkend lese ich, was ich gestern notiert habe. Vielleicht sollte ich die handschriftlichen Notizen doch abtippen. So lang ich sie selbst noch lesen kann (eine rein praktische Überlegung). Während ich den Laptop hoch fahre, versinke ich in den Anblick der Hände auf den Tasten.

Meine Hände und die Hände der Großmutter. Erstaunlich flink, wie sich ihre Finger bewegten. Sie hatte sehr kleine Hände. Wollte sie eine Oktave greifen, so mußten diese Hände hüpfen. Das sah lustig aus. Da mußte ich wider Willen lachen.

Siehst du, sagte die Großmutter. Sie spielte jetzt irgendein Kinderlied. Hörst du, sagte die Großmutter. Ein Ton gab den andern. So wie ein Wort das andere gibt. *Hänschen klein ging allein.* Oder *Kommt ein Vogel geflogen*? Die Töne flogen durch den Raum und zum Fenster hinaus.

Draußen war der Hof, und auf der anderen Seite des Hofs wohnte die Frau Zillner. Sie stand am Fenster und schaute, sie stand am Fenster und lauschte. Die Frau Zillner war alt, und die Klaviertöne waren neu. Die Frau Zillner war die älteste Mieterin im Haus, viel älter als die Großmutter, aber die Klaviertöne schienen auch ihr zu gefallen.

Jetzt du, sagte die Großmutter. Sie nahm meine Finger und führte sie auf die Tasten. Meine Hände waren damals noch viel kleiner als die ihren. Wenn sie meine Finger festhielt und auf die Tasten nieder drückte, tat das ein bißchen weh. Aber auch das gab Töne, wenn auch schwächere als die von der Großmutter angeschlagenen.

Na also, lächelte die Großmutter, das geht doch schon. Es ging aber zweifellos besser, wenn sie selbst spielte. Von den Kinderliedern, für die sie keine Noten brauchte, kam sie wieder auf Musik, die sie aus irgendeinem Notenheft ablas, in meiner Erinnerung schaut sie nun mit ernstem, fast strengem Blick durch ihre Brille mit den runden Gläsern und dem schlichten Drahtrahmen. Zu viele Töne auf einmal – die Mutter verdreht die Augen, aber der Vater hebt mich hoch und ermöglicht mir einen ersten Blick ins Innere des Klaviers, das jetzt offen steht, da drin ist etwas wie eine Harfe verborgen, mit dickeren und dünneren Saiten, auf die kleine Holzhämmerchen schlagen.

Das hatte schon etwas. Davon ging eine gewisse Faszination aus. Aber in diese Beobachtungsposition kam ich damals nur mit Hilfe des Vaters, der Mutter oder sonst eines Erwachsenen. Unter den Flügel schlüpfen hingegen konnte ich ganz selbständig. Das war die Position, die ich für die nächsten paar Jahre bevorzugte.

Wahrscheinlich hätte mich diese Position auch gereizt, wäre das Klavier irgendein stummes Möbel gewesen. Wie andere Kinder in diesem Alter auch, liebte ich die Höhlen. Aber diese Höhle war etwas ganz besonderes. Wenn die Großmutter oben in die Tasten griff, saß ich da unten eingehüllt in einen rundum vibrierenden Klang.

Die Großmutter oben also und ich unten. Ihre kleinen Hände und ihre kurzen Beine. Auch wenn sie den Sitz des Klavierhockers ganz tief hinunter schraubte, mußte sie sich sehr strecken, um die Pedale zu erreichen. *Sie war eine sehr kleine Frau.* Ja. auch mit diesem Satz könnte die Geschichte beginnen.

Sie war eine sehr kleine Frau – in den Kaufhäusern Gerngroß und Herzmansky, zu deren treuesten Kundinnen sie zählte, paßten ihr oft Kleider aus der Kinderabteilung. Als sie mit über achtzig nach einem Oberschenkelhalsbruch nicht mehr recht auf die Beine kam und vorübergehend in einem Pflegeheim untergebracht war, das wir uns auf die Dauer nicht leisten konnten, scheint sie sich tatsächlich wieder wie ein Kind gefühlt zu haben. Habt ihr mir meine Puppe mitgebracht? fragte sie – Katrin' und ich, die sie anscheinend für ihre Eltern hielt, schüttelten etwas beklommen die Köpfe. Sie aber nickte und sank zurück, hockte in der Ecke und sah drein wie das kleine Mädchen auf der Fotografie, die sie mir manchmal gezeigt hatte, ein kartonstarkes Bild von jenem matten Braunton, der die gegen Ende des 19. Jahrhunderts aufgenommenen Fotos so schön macht.

Eine sehr kleine Frau war sie, ja – ins Kino nahm sie in ihrer alten Krankenschwesterntasche zwei Telefonbücher mit. Wenn sie auf denen saß, war sie oben so groß wie andere

Leute, aber unten baumelten ihre Beine. Sie packte die Telefonbücher erst aus, wenn das Licht erlosch, und schob sich dann mit einer Technik, die sie im Lauf der Jahre perfektioniert hatte, auf den hochgestapelten Sitz – die hinter ihr Sitzenden bemerkten das kaum. Am Ende des Films aber galt es, wieder hinunter zu gleiten und die Bücher in der Tasche verschwinden zu lassen, bevor das Licht anging, etwas, das sie bei aller Benommenheit durch die großen Ereignisse, die noch vor kurzem auf der Leinwand zu sehen gewesen waren, nicht immer schaffte – sobald ich anfing, ihr über den Kopf zu wachsen, ging ich in solchen Fällen ein paar Schritte voraus und wartete, am Ende der Reihe in die Luft schauend, bis sie die Telefonbücher endlich wieder in der Tasche verstaut hatte.

Meine Mutter nannte diese Tasche eine Hebammentasche. Aber meine Großmutter ist nie Hebamme gewesen. Sie war allerdings Säuglingsschwester im Allgemeinen Krankenhaus. Kurz nachdem man sie – eigenartigerweise etwas früher als damals üblich – in Pension geschickt hatte, kaufte sie das Klavier.

2

Ein Wort gab das andere, ein Satz gab den anderen. So wie ein Ton den anderen ergab, so war das. Ich mußte aufpassen, daß ich nicht rückfällig wurde. Mein Leben als Schriftsteller hatte ich vor zwanzig Jahren beendet.

In der Entwöhnungsphase war es mir dreckig gegangen, doch nach einer Weile hatte ich mich besser gefühlt. Zumindest erleichtert. Da war nicht mehr dieser dauernde Anspruch an mich selbst. Keine Aufgabe, die ich mir selbst gestellt hatte, gewisse (wenn auch im Grund genommen läppische) Aufgaben stellte ich nun meinen Studenten und Kursteilnehmern. Ich war, so sah ich das damals, mit fast vierzig, endlich erwachsen geworden – wollte ich jetzt regredieren?

Ich machte Notizen, okay, aber mehr sollte das nicht werden. Notizen, die Großmutter betreffend, an die ich mich erinnerte. Daß ich mich nun an sie erinnerte, mehr als in all den Jahren zuvor, hing mit meiner Rückkehr zusammen, das war also kein Wunder. Allerdings trugen gewisse Zufälle und Phänomene dazu bei, diese Erinnerung zu intensivieren.

Zum Beispiel jetzt wieder diese Klaviermusik. War sie in meinem Kopf oder war sie draußen, in der sogenannten Realität? Ich ging in die Küche und nahm eine Flasche Milch aus dem Kühlschrank. Doch. Von hier aus hörte ich es noch deutlicher. Jemand spielte Klavier.

Das ist aber nicht irgendein Klavier, sagte die Großmutter, sondern *ein Bösendorfer*. Die Betonung, die sie auf dieses Wort legte! Zwar kein Konzertflügel, sondern eben ein Stutzflügel. Aber ein Konzertflügel hätte ohnehin nicht in ihr Zimmer gepaßt.

Sie sagte das in der Küche, nachdem sie uns eine erste Probe ihrer unvermuteten Fähigkeit gegeben hatte. Diese Küche, in die man durch eine weiße Schiebetür mit Fenstern aus geriffeltem Glas trat. Die Oma stand am Herd und kochte Tee, meine Eltern und ich saßen auf der Eckbank, auf dem Tisch stand ein Teller mit Keksen. Über uns hing die Pendeluhr mit dem beeindruckenden Messingperpendikel.

In meiner Erinnerung schlägt sie gerade in dem Moment, in dem die Großmutter das Wort Bösendorfer wiederholt. Anscheinend wirken wir noch nicht ausreichend beeindruckt. Zwar sei das Instrument längsseitig und nicht kreuzseitig, und die Wiener Mechanik habe gewisse Nachteile gegenüber der Englischen Mechanik. Aber insgesamt sei dieses Klavier ein gediegenes Stück.

Das muß aber, sagte meine Mutter, einen Haufen Geld gekostet haben.

Na ja, sagte die Großmutter. Geradezu geschenkt bekommen habe sie den Flügel nicht.

Aber es sei ein Gelegenheitskauf gewesen. Und mit der kleinen Abfertigung, die sie sich letzten Endes doch erkämpft habe, habe sie diese Gelegenheit beim Schopf packen können.

Justament. Wäre es nach ihr gegangen, dann hätte sie noch etliche Jahre im Allgemeinen Krankenhaus weitergearbeitet. Auf der 1. Station für Gynäkologie und Geburtshilfe. Auf *ihrer* Station, wie sie es nannte. Sie identifizierte sich mit dieser Abteilung. Der neue Klinikchef aber bevorzugte jüngere Kräfte.

Und solche, die nicht nur eine provisorische Ausbildung in Kriegszeiten hinter sich hatten.

So ein Blödsinn, sagte die Großmutter, Schwestern wie sie hätten eine praktische Erfahrung gehabt, die man auf keiner Schwesternschule lernen konnte. Außerdem war ich beliebt, sagte sie, sowohl bei den Kolleginnen als auch bei den Wöchnerinnen. Noch Monate und Jahre nachdem sie auf ihrer Station gelegen waren, hätten ihr manche Frauen Karten geschrieben.

Egal. Das alles zählte nicht. Wenn sie davon sprach, klang die Stimme der Großmutter bitter. Wie man ihr nahegelegt habe, etwas früher als vorgesehen in den Ruhestand zu treten. Womöglich hatte das auch damit zu tun, daß man sie beim Abzweigen von Lebensmitteln erwischt hatte. Das sagte sie allerdings nie. Auf diese Idee kam ich erst später.

Damals begriff ich nur, daß wir sie nicht mehr im Spital besuchen gingen. Und daß sie auch keine Milch und kein Biskuit mehr mitbrachte, wenn sie zu uns kam. Aber da ging es uns ohnehin schon besser. Mein Vater hatte einige Geschäftsbeziehungen aufgetan, durch die wir zusätzliche Lebensmittelmarken bekamen.

Etwas vorzeitiger Ruhestand also – seien Sie doch froh, habe man im Spital gesagt, daß wir Ihnen diese Gelegenheit geben. Aber die Großmutter war nicht froh darüber. Sie habe sich wohlgefühlt in ihrer Schwesterntracht. Im Lauf der Jahre, sagte sie, sei sie in diese Tracht hineingewachsen wie in eine zweite Haut.

Damit ihr die Sentimentalitäten vergingen, versetzte man sie auf die Krebsstation. Erwartungsgemäß hielt sie es dort nicht allzu lang aus. Sie wurde selbst krank, die Gallensteine, die sie schon geraume Zeit mit sich herumtrug, ohne ihnen, abgesehen von einer gewissen Diät, große Beachtung zu schenken, wogen nun anscheinend schwerer. Nach der Operation zog sie die Schwesterntracht nicht wieder an und bekam eine kleine Abfertigung.

Die hatte sie nun in dieses Klavier investiert. Das war eine Mezzie, sagte sie. Was ist das, Oma? Dieses Wort hatte ich bis dahin noch nie von ihr gehört. Der Mutter schien es zu mißfallen, sie zog ein Gesicht, das mich davon abhielt, noch einmal zu fragen.

Ein trotz allem noch begüterter Bekannter habe dieses Klavier für seine Tochter gekauft. Aber die sei mit einem Besatzungssoldaten nach Amerika gegangen. Vielleicht war der Soldat sogar schwarz, jedenfalls sei der Vater dagegen gewesen. Als sie dann trotzdem weg war, habe er das Klavier nicht mehr sehen können.

Des einen Leid, sagte die Großmutter, des anderen Freud. Aber so eine Gelegenheit dürfe man nicht vorbeigehen lassen. Greif zu, habe das Leben zu ihr gesagt, es ist schon ein bißchen spät, aber du hast noch Zeit. Da sprach das Leben die Wahrheit. Die Großmutter hatte noch mehr als dreißig Jahre vor sich.

Und spielte bis fast an ihr Ende auf dem Klavier. Dieses Klavier, das mir an jenem ersten Tag so fremd erschienen war, gehörte fortan zu ihr. Dieses Klavier und sein Geruch, den ich nach und nach liebgewann. Meine Erinnerung rekonstruiert diesen Geruch aus dem Duft seines matt glänzenden Resonanzkörpers, seiner Tasten und der Metallteile, also der Pedale und der kleinen Räder, die auf runden Filzuntersätzen ruhten.

All die Jahre stand es in ihrem Zimmer, in dem es immer ein bißchen kühl blieb, damit sich die Saiten nicht verstimmten. Und diese erstaunliche, kleine Frau spielte darauf das ganze, große Repertoire der klassischen und romantischen Klaviermusik. Jeden Monatsersten, wenn ihr der Geldbriefträger die Pension und die Witwenrente brachte, ging sie in die Musikalienhandlung Doblinger in der Dorotheergasse und kaufte neue Noten. Genaugenommen waren die neuen Noten alte Noten, denn neue Noten waren der Großmutter bei ihrem Verbrauch zu teuer – aber in der Musikalienhandlung gab es eine Reihe von Regalen, in denen sogenannte antiquarische Notenbücher warteten. Die waren zwar nicht im besten Zustand und rochen nach Mottenkugeln, doch die Musik, die erklang, wenn die Großmutter nach ihnen spielte, löste sich auf erstaunliche Weise von der Schäbigkeit dieser Vorlagen. Und die Geruchserinnerung an die Mottenkugeln wurde überdeckt von der Gegenwart des Uralt-Lavendels, von dem die Oma gern ein paar Tropfen im Raum versprühte, und die Klangfülle, die eine Frau mit so kleinen Händen und so kurzen Beinen zustande brachte, war nicht nur aus der extremen Position unter dem Klavier gehört beachtlich.

So spielte die Großmutter meine Kindheit lang. Und über diese Kindheit hinaus, als ich ein junger Mann wurde und es nicht mehr angebracht fand, unter dem Klavier zu sitzen. Was das Klangerlebnis betraf, so war das entschieden von Nachteil, aber ich wollte damals unbedingt erwachsen werden. Sie spielte auch noch, als ich wirklich erwachsen war, was man so nennt, achtzehn, zwanzig, fünfundzwanzig, dreißig, als ich sie immer seltener besuchen kam, mit stetig wachsendem schlechtem Gewissen, auch wachsender Sorge, denn inzwischen war sie wirklich eine alte Frau, und in der Zeit, in der ich sie nicht besucht hatte, weil ich für meinen damaligen Begriff Wichtigeres zu tun hatte, konnte ihr, wenn ich es recht bedachte, immer etwas zugestoßen sein.

Wenn ich in jenen Jahren mit manchmal recht bangen Gefühlen das Haustor geöffnet hatte, und dann schon im Treppenhaus die Großmutter spielen hörte, da atmete ich auf. Ja, sie spielte noch, und sie spielte laut, daran hatten sich die anderen Hausparteien im Lauf der Zeit gewöhnt. Womöglich spielte sie auch immer lauter, so gegen Ende siebzig wurde ihr Gehör, das schon früher nicht das beste gewesen war, immer schlechter. Aber sie hielt bis Ende achtzig durch, spielte nach wie vor ihren Beethoven, ihren Schubert, ihren Schumann und ihren Mendelssohn –, und erst jenseits der neunzig schien ihre Energie einigermaßen nachzulassen, da war es manchmal erschreckend still im Haus.

Nun mußte man lange an ihrer Tür klopfen, eine Klingel hatte die Großmutter nie für nötig gehalten. Wozu brauch ich denn die? sagte sie. Klopfet an, und es wird euch aufgetan! Aber immer, wenn mir sehr lange nicht aufgetan wurde, und ich mich schon darauf eingestellt hatte, die Tür mit dem Schlüssel, den sie mir für alle Fälle gegeben hatte, aufzusperren und sie vielleicht endgültig eingeschlafen vorzufinden, erschien sie im letzten Moment doch noch. Sie habe geträumt, sagte sie dann lächelnd, und im Traum sei sie nicht da gewesen, in diesen engen vier Wänden, sondern in einer ganz anderen Weltgegend.

Doch das Klavier war noch immer da, wo es hingehörte. Bis zu jenem Tag etwa eine Woche vor dem fünfundneunzigsten Geburtstag der Großmutter, an dem wir, meine Mutter, meine um viele Jahre jüngeren Geschwister und ich, sie kurz besuchten, um zu klären, wie und wo wir diesen Geburtstag feiern sollten. Wir gingen die Treppe hinauf, klopften und wurden überraschend prompt gehört. Wir traten ein und irgend etwas war anders.

Wir begriffen nicht gleich, was es war, wir standen im Vorraum, die Schiebetür zur Küche war geschlossen, aber die Tür zum Zimmer war offen. Die Atmosphäre hatte sich irgendwie verändert. Ja: Irgendwie. Aber wie? Kommt nur weiter, lächelte die Großmutter. Und dann sahen wir den hellen Fleck an dem Platz, an dem das Klavier nun fehlte.

Du hast den Flügel verkauft, sagte meine Schwester. Aber warum?

Die Großmutter saß im Fauteuil und lächelte still vor sich hin.

Meine Mutter wollte wissen, ob sie wenigstens einen guten Preis dafür erzielt habe.

Die Großmutter nickte. Sie habe gerade so viel dafür bekommen, wie sie brauche.

Wozu sie das Geld brauchte, darüber war nichts Klares aus ihr herauszukriegen.

Alles was Flügel hat, fliegt, sagte sie. Ihre Augen glänzten.

Hält sie uns zum Narren? fragte meine Mutter.

Sie ist nicht mehr ganz bei sich, sagte mein Bruder.

Aber womöglich war gerade das Gegenteil der Fall.

Vielleicht war sie eben erst so richtig bei sich. Aber das ahnte damals auch ich noch nicht. Auch mir kam die Großmutter ein bißchen verwirrt vor. Erst recht, nachdem sie, zwei Tage später, gestürzt war. Danach ging alles sehr schnell.

3

Der Vormittag ging vorbei, ich wußte nicht wie. Mein Zeitgefühl war durcheinandergeraten. Vielleicht war das immer noch die Nachwirkung der Flugreise. Ich hatte keinen Hunger, doch gegen drei Uhr nachmittag verspürte ich Bedürfnis nach einem Kaffee.

An der Ecke der Gasse, in der ich nun wohnte, war ein Espresso, aber das gefiel mir nicht. Weiter unten, in der Hauptstraße, die stadteinwärts führte, gab es eine Konditorei, doch die hatte geschlossen. So kam es, daß ich wieder in dem Lokal landete, in dem ich bereits am Vortag gewesen war. Dem Café, in dem ich den Weinbrand getrunken hatte, bevor ich mich in den Antiquitätenladen mit dem Klavier wagte.

Daß auch hier ein Klavier stand, war mir bei dieser Gelegenheit gar nicht aufgefallen. Es war allerdings ein recht unscheinbares Instrument. Gut getarnt überdies, vom selben öden Hellbraun wie die Theke, obenauf mit Illustrierten und Zeitungen belegt. Ich nahm eine davon, blätterte darin, während ich meinen Kaffee trank.

Koalitionsverhandlungen – die Namen der Protagonisten sagten mir nichts bis wenig. Zu lang war ich weg gewesen, zu wenig hatte ich mich um die Verhältnisse in meinem früheren Land gekümmert. Kleine Verhältnisse, wie mir schien, kleinkarierte Verhältnisse. Daran hatte sich in den letzten zwanzig Jahren anscheinend wenig geändert.

Noch immer das gleiche Theater, dachte ich. Auf der Kulturseite las ich etwas über ein neues Theaterstück. Auf einem Foto standen Schauspieler und Schauspielerinnen in der Unterwäsche auf der Bühne. Mich ekelte ein bißchen, und ich legte die Zeitung beiseite.

Ich zahlte und ging. Erst auf der Straße kam mir zu Bewußtsein, daß ich auch etwas über einen Raketenangriff auf eine israelische Stadt gelesen hatte. Die Missiles der Hisbollah trafen nun anscheinend präziser. War es Kirjat oder Haifa? Hatte es eine Busstation getroffen oder ein Einkaufszentrum? Der Vergeltungsangriff würde nicht lang auf sich warten lassen.

Auf der anderen Straßenseite war das Antiquitätengeschäft. War das Klavier noch da? Aus der Entfernung konnte ich das nicht erkennen. Der Antiquar jedenfalls saß wie gestern an seinem Pult. Als er aufblickte und mich sah, wandte ich mich rasch ab und ging aus seinem Blickfeld.

Ich ging in mich gekehrt, schaute nicht links oder rechts. Ich wollte nun nichts als zurück in meine Klause. Ich fühlte mich plötzlich müde. Vielleicht würde ich jetzt schlafen können. Offenbar reagierte ich auf Koffein ebenso falsch wie auf Valium.

Schon eigenartig, die Körper- und Seelenchemie. Am helllichten Tag ging ich vor mich hin wie ein Traumwandler. Aber da stieß ich auf die Bücherschachtel. Sie stand buchstäblich im Weg, ein Hindernis auf dem Gehsteig.

Eine Schachtel auf einem Blumentisch. Eine Falle vor der Tür eines Ladens. Keine Buchhandlung, sondern ein Second Hand Shop. Im Schaufenster gebrauchte Haushaltsgegenstände, alte Radioapparate, Porzellanfigürchen.

Diesen Ramsch sah ich allerdings nur am Rande. Mein Blick konzentrierte sich sofort auf die Bücher. Das ist so bei mir, dagegen kann ich nichts machen. Bücher sind prinzipiell ein Köder für mich.

Die hier allerdings wirkten auf den ersten Blick recht unattraktiv. Die Schutzumschläge, sofern noch vorhanden, zerfleddert, auch die Leineneinbände zum Teil recht abgenutzt. Meist billige Buchgemeinschaftsausgaben aus den Vierziger-

und Fünfzigerjahren. Aber: Fast jedes zweite dieser Bücher war im Bücherschrank der Großmutter gestanden.

Natürlich nicht diese häßlichen Exemplare. Kaffee- oder Rotweinflecken entsprachen ihrem Umgang mit schöner Literatur ebensowenig wie das Einfalten der Seiten zu sogenannten Eselsohren. Diese mißhandelten Bände waren sozusagen verwahrloste Geschwister der ihren. Und trotzdem, ich konnte nicht anders, ich mußte einige davon mitnehmen.

Einzeln kosteten sie je einen Euro, nahm man drei, so bekam man sie um zwei. Konnte ich dieses günstige Angebot ausschlagen? Schicksalsergeben schloß ich die Augen und zog. Ich erwischte *Jane Eyre, Menschen im Hotel* und *Vom Winde verweht.*

Drin im Geschäft saß eine weißblonde Frau. Daß sie Klaviermusik hörte, überraschte mich nicht mehr.

Das kommt mir bekannt vor, sagte ich. Ist das Mendelssohn?

Nein, sagte die Frau und lächelte, das ist Schumann.

Ah ja, sagte ich.

Kinderszenen Opus 15, sagte sie.

Was Sie nicht sagen!

Gespielt von Klara Haskil.

Als sie die Bücher in eine Plastiktasche gesteckt hatte, ging sie mit mir nach draußen, um die Schachtel herein zu holen. Wahrscheinlich lag das daran, daß es gerade zu regnen begann, aber einen Moment lang hatte ich das Gefühl, als hätte sie nur auf mich gewartet.

Und als hätten die Bücher auf mich gewartet. Natürlich! Die Bücher waren ja früher da gewesen als das Klavier. Die Bücher und ihre Inhalte. Die Bücher und die Geschichten. *Wenn ich einen Roman über mich und die Großmutter schriebe, sollte ich eher damit beginnen.*

Im Kopf formulierte ich das als Konditionalsatz. Vielleicht konnte ich so am besten damit umgehen. Unter dem Arm trug ich die Bücher in der Plastiktasche. Vielleicht konnte ich das Klavier bis auf weiteres außer acht lassen.

Am Ende des Parks, in dem ich am Vortag gesessen war, gab es ein kleines Lebensmittelgeschäft. Die Tür stand offen. Es roch nach levantinischen Gewürzen. Das machte mir Appetit. Ich ging hinein und verlangte ein Stück Fladenbrot. Dazu eine Flasche Rotwein. Ja, sagte ich, und ein paar Oliven.

Grüne oder schwarze? fragte der Verkäufer, er sprach mit Akzent, aber mit leicht angewienertem Tonfall. Er musterte mich aufmerksam. Anscheinend fiel ihm *mein* Akzent auf.

Sind Sie Amerikaner? fragte er.

Ja, sagte ich. Aber nicht von Geburt an.

Machen Sie sich nichts draus, sagte er, ich bin auch nicht von Geburt an Österreicher.

Hier konnte ich einfach nicht anders, ich mußte lachen.

Na, sagte der Verkäufer. Was finden Sie daran komisch?

Entschuldigung, sagte ich. Es hat nichts mit Ihnen zu tun.

Na hoffentlich, sagte der Verkäufer. Er wirkte nicht überzeugt.

Zurück in der leeren Wohnung legte ich die Bücher vorerst aufs Klappbett. Öffnete die Flasche, setzte mich an den Klapptisch und schaltete den Laptop wieder ein. Las, was ich am Vormittag geschrieben hatte – sollte ich mich im Ernst darauf einlassen? Natürlich, sagte die Großmutter. Wozu bist du sonst zurückgekommen?

Ach ja. Wozu? Ich verschwieg ihr die Untersuchung. Witzlos, einer seit Jahren toten Frau von Krankheitsängsten zu erzählen. Anderseits: Daß die Untersuchung im Allgemeinen Krankenhaus stattfinden sollte, hätte ihr wahrscheinlich gefallen. Da kann man sagen, was man will, aber auf dem Gebiet der Medizin hat Wien einen guten Ruf.

So ihre Rede. Hoffentlich wurde Wien wenigstens diesem guten Ruf noch gerecht. Jedenfalls war die Untersuchung und eine allfällige Operation hier billiger als in den Staaten. Vielleicht konnte ich das Schreiben ja als eine Art von Beschäftigungstherapie auffassen. Bis zu meinem Termin im Spital hatte ich immerhin noch vierzehn Tage.

Daß ich mir vor zwanzig Jahren geschworen hatte, nicht mehr zu schreiben, mir diese immer aufs neue vergebliche Anstrengung nicht mehr anzutun, konnte ich in dieser besonderen Situation vielleicht vergessen. Außerdem mußte es ja nicht völlig im Ernst sein. Hatte ich meinen Studenten und Kursteilnehmern nicht immer wieder erzählt, daß Literatur ein Spiel sei? *Literature is a game*. Ein Spiel mit gelebten und ungelebten Möglichkeiten.

Ich nahm einen Schluck vom Wein. Da ich noch keine Gläser im Haus hatte, trank ich aus der Flasche. Der Wein tat mir gut. Jedenfalls der erste große Schluck. Also: Wie wäre in diesem Fall die Spielanordnung? Zwei aufeinander bezogene Personen. Ein Enkel und eine Großmutter.

Der Enkel war lange im Ausland, aber jetzt ist er wieder da. In der Stadt, in der er geboren und aufgewachsen ist. In diesem Winkel, aus dem er die Welt zuerst erblickt hat. Da ist es kein Wunder, daß ihm die Großmutter einfällt, die für sein geistiges und seelisches Erwachen wahrscheinlich entscheidende Person.

Sie war eine sehr kleine Frau. Oh ja, dieser Anfang war nicht schlecht. Allerdings ging mir auch ein anderer Satz im Kopf herum. *Daß er kein Pianist wurde, war für sie sicher eine Enttäuschung*. Unversehens schrieb ich diesen Satz in der dritten Person.

Merkwürdig. Ich versuchte es auch in der ersten Person.

Daß ich kein Pianist wurde u.s.f. So oder so verursachte mir dieser Satz Unbehagen. Ich verschob ihn vorerst. Das kam ja erst später.

Die Musik kam ja erst später. Der ganze Musik-*Komplex* kam ja erst später. So wie das Klavier ja eigentlich erst später kam. Am Anfang waren die Worte. Ja, an diesen Anfang mußte ich zurück. Die Großmutter hatte mir doch nicht nur die Fenster und Türen zur Musik geöffnet, sondern – schon früher – die zur Literatur.

Um einiges früher. Jedenfalls lang vor ihrer Pensionierung. Das schien mir seit je so gewesen zu sein, so weit meine Erinnerung in immer dunklere Bereiche zurücklotete. Kaum hatte ich Wörter verstehen und bilden können. Daß sie mir Geschichten erzählte, das war ebenso selbstverständlich, wie daß sie mich mit Milch und anderen Grundnahrungsmitteln versorgte.

Die kleine Großmutter mit ihrer Hebammentasche. Am Morgen nach ihren Nachtdiensten ging sie die Strecke vom Allgemeinen Krankenhaus bis in die Obere Bahngasse, wo meine Eltern und ich damals wohnten, zu Fuß. Ein Weg durch sechs Bezirke und vier Besatzungszonen. Die Bezirke Alsergrund, Josefstadt, Neubau waren amerikanisch, der Bezirk Mariahilf war französisch und der Bezirk Landstraße englisch, aber der Bezirk Wieden, der dazwischen lag, war russisch.

Zwei oder drei Mal, erzählte sie, hätten russische Soldaten den Inhalt der Tasche kontrolliert. Aber sie habe gesagt, die Lebensmittel seien für ihr Enkelkind. Und das habe gewirkt wie ein guter Zauber. Sobald die Russen das Wort Enkelkind kapiert hätten, hätten sie nicht mehr daran gedacht, ihr etwas wegzunehmen, sondern hätten ihr, im Gegenteil, noch etwas dazugegeben.

Ob das auch schon eine Geschichte war? Ein hübsches

Märchen für den Enkel, der später so mißriet? Jedenfalls hatte sie eines Tages, daran erinnerte ich mich jetzt, nicht nur Milch und Biskuit in ihrer Hebammentasche, sondern auch ein Stück Speck und einen Kranz Würste. Das traf zwar eher den Geschmack meiner Eltern als meinen, aber zweifellos war es etwas anderes als das übliche Zubrot, das sie aus dem Spital abzweigte.

Für den Weg vom Allgemeinen Krankenhaus in den dritten Bezirk brauchte die Großmutter mindestens anderthalb Stunden. Trotzdem setzte sie sich danach nur kurz in die Küche, um eine Schale Malzkaffee zu trinken. Na komm schon, sagte sie, gehen wir an die Luft. Das Gehen an der frischen Luft sei mindestens ebenso wichtig wie gute Ernährung.

Und schon gingen wir die Treppe hinunter, was anfangs, als die Stufen in Relation zu meiner Körpergröße noch hoch waren, volle Konzentration erforderte. Aber sobald wir aus dem Haustor traten und die ersten Schritte *im Freien* taten, wie das die Großmutter nannte, fühlte sich auch mein Geist frei und aufnahmefähig. Ein noch kleiner Geist, aber ein in bezug auf Geschichtenfutter fast unersättlicher Geist. Erzähl, sagte ich, und die Großmutter, als hätte sie nur auf dieses Stichwort gewartet, erzählte.

Für einen Moment unterbrach ich das Tippen und lauschte. Hörte ich wieder Klaviermusik? Nein, jetzt hörte ich *keine* Klaviermusik. Das war wohl auch besser so. Ich hörte nur das leise Surren des Laptops. Und das leise Landen der Kastanienblätter auf dem Katzenkopfpflaster im Hof.

Vor dem offenen Fenster war es längst dunkel geworden. Seit wann? Ich hatte keine Idee, wie spät es war. Das hatte mich gestern noch irritiert, aber jetzt gefiel es mir. Hast du Worte? sagte die Großmutter. Ja, nun hatte ich Worte.

Nun hatte ich wieder Worte. Ein gutes Gefühl. Während

ich damals, vor rund einem Vierteljahrhundert, das Gefühl gehabt hatte, sie kämen mir abhanden. Natürlich, das hatte auch damit zu tun gehabt, daß ich mir diesen Blödsinn hatte einreden lassen. Daß man nicht mehr erzählen könne. Nicht mehr erzählen dürfe. Daß Erzählen so etwas wie eine Verirrung sei.

Ich hatte dem lang widerstanden – aber, als hätte der Energieaufwand, den ich dazu gebraucht hatte, mich schließlich erschöpft, hatte ich endlich doch Wirkung gezeigt. Zu einem Zeitpunkt, da Kolleginnen und Kollegen, die jahrelang das Ende des Erzählens heraufbeschworen hatten, gerade wieder damit anfingen. Zu einem Zeitpunkt auch, zu dem bereits eine jüngere Generation nachrückte, der die politischen und ästhetischen Verrenkungen ihrer Vorgänger scheißegal waren. Aber daran sollte ich jetzt nicht denken, nein, daran *wollte* ich jetzt nicht denken – ich würde mir die Laune, in die ich überraschenderweise geraten war, nicht verderben lassen.

Wo war ich stehengeblieben? Ach ja, wie die Großmutter mir Geschichten erzählte.

Aber was ist an der Tatsache, daß eine Großmutter ihrem Enkel Geschichten erzählt, so außergewöhnlich? Die Literatur ist doch voll von solchen Großmüttern. Damals, als ich ein Kind war, gab es solche Großmütter auch noch im wirklichen Leben.

Doch meine Großmutter erzählte mir nicht nur die damals noch üblichen Märchen. Sie hielt mich nie für zu jung, um auch anderes zu hören. Sie unterschätzte mich nie, das wußte ich zu schätzen. Sie erzählte mir so gut wie alles, was sie gelesen hatte und las.

Allerdings machte sie keinen Unterschied zwischen sogenannter trivialer und sogenannter großer Literatur. Sie las und erzählte quer durch den Literaturgarten. Noch bevor ich lesen lernte, kannte ich aus ihren Erzählungen einen nicht unerheblichen Teil der Bücher, die bei ihr zu Haus im Bücherschrank standen. Ja, noch bevor die Musik in meinen Kopf kam, war schon Literatur drin.

Mein Kopf schien mir damals übrigens ziemlich groß. Oder war das erst später, als man mir Fotos aus dieser Zeit zeigte? Als ich in die Schule kam, war ich ein seltsames Kind. Mit dem vielen Zeug, das in diesem Kopf war, konnten meine Schulkollegen wenig anfangen.

Ich hatte nicht viele Freunde. Ich hatte die Großmutter. Wenn ich den wenigen Freunden, die ich trotzdem hatte, zu erzählen versuchte, was mir die Großmutter erzählt hatte, verstanden sie mich kaum. Nebenbei erzählte mir die Großmutter manchmal auch Geschichten aus ihrem Leben. Obwohl sie aus Gründen, die ich erst nach und nach begriff, mit diesen erlebten Geschichten, diesen Fragmenten einer Lebens-Geschichte, viel vorsichtiger umging als mit den erlesenen.

4

Gewiß, nicht nur Märchen hatte mir die Großmutter erzählt. Jetzt allerdings, da ich mich zu erinnern versuchte, welche Geschichte die erste war, die sie mir erzählt hatte, oder jedenfalls die, welche, wieder und wieder erzählt, in meiner Erinnerung am tiefsten wurzelte, fiel mir trotzdem ein Märchen ein. *Dornröschen.* Die exemplarische Geschichte. Der Archetypus einer Geschichte. Womöglich kam mir Dornröschen auch deshalb in den Sinn, weil es so gut zu der Atmosphäre paßte, mit der ich die Großmutter und mich durch die Stadt meiner frühen Kindheit gehen sah.

Die Gassen mit den Schutthalden, auf denen das Unkraut imponierend wuchert. Die Ziegelmauern und Planken, hinter denen wer weiß was sein mag. Vor allem aber die verwilderten Gärten. Von der Dornenhecke, hinter der Dornröschen schlief, hatte ich eine aus diesen Komponenten zusammengesetzte Vorstellung.

Dornröschen also, die ausführlich schlafende Schöne. Daß sie so lang schlief, lag daran, daß sie sich vorher an einer Spindel gestochen hatte. Das wieder lag daran, daß die dreizehnte Fee beleidigt war. Die man nämlich nicht zur Taufe eingeladen hatte – ein entscheidender *faux pas*.

Die Großmutter war als junges Mädchen in Paris gewesen, darum gebrauchte sie gern französische Wendungen. Sie kultivierte auch die französischen Begriffe, die damals noch vage und meist schlimm artikuliert zum Wiener Wortschatz gehörten. Meinte sie den Gehsteig, so sagte sie *Trottoir*, redete sie von ihrer Geldbörse, so sprach sie vom *Portemonnaie*, den Schaffner in der Straßenbahn, die wir nur benutzten, wenn wir, wie sie das nannte, weiter draußen spazierengehen wollten, bezeichnete sie als *Conducteur*. Die dreizehnte Fee faßte den *faux pas*, daß man sie nicht zu Dornröschens Taufe eingeladen hatte, sogar als *affront* auf.

Nein, richtig französisch *parlieren*, sagte die Großmutter, könne sie natürlich nicht mehr. Aber damals, als sie in Paris gewesen sei, habe sie es eingermaßen gelernt. Wieder fiel mir ein Bild von ihr ein, jetzt hatte ich auch die Schachtel vor Augen, in der sie diese alten Fotos aufbewahrte. Eine Schachtel, die sie aus dem untersten Fach des Wäschekastens nahm, und auf deren Deckel, wie mir jetzt schien, eine Mondsichel abgebildet gewesen war, vor einem im Lauf der Zeit sehr verblaßten Sternenhimmel.

Auf dem Foto war irgendein Stempel mit einem französischen Namen gewesen. Sobald ich lesen konnte, versuchte ich den Namen zu buchstabieren. Kein oberflächlicher Stempel, sondern ein tief eingeprägter, man konnte ihn auch mit den Fingern tasten. Aber es war nicht leicht, die richtige Aussprache zu begreifen.

Wie hatte der Fotograf bloß geheißen? Und wie die Straße, in der er sein Atelier hatte? Nein, ich konnte mir die Namen nicht in Erinnerung rufen. Aber die Großmutter, wie sie auf dem Foto abgebildet war, glaubte ich jetzt fast lebendig vor mir zu sehen.

Da stand sie, ein junges Mädchen, sich auf die Lehne eines Louis-Quinze-Sessels stützend. Nicht frontal fotografiert, sondern im Halbprofil, die schwarzen, gelockten Haare im Nacken mit einer schmetterlingshaften Schleife zusammengebunden. Die Augen groß, dunkel, mit schönen, einen professionell positionierten Scheinwerfer spiegelnden Lichtern. Gleichzeitig schüchtern und sehnsüchtig dreinsehend unter den feingeschwungenen Brauen.

Das Gesicht, besonders das Kinn, war etwas zu weich modelliert, der Hals schlank, der Körper darunter steckte in einem hellen Sommerkleid. Es mußte ein kleiner, zarter, bei aller Schüchternheit aufblühender Körper gewesen sein. *Sie erblühte zur Jungfrau.* Was heißt das, Oma? Das heißt, auf einmal war sie ein hübsches Mädel.

Dornröschen nämlich. An dem sich alle Wünsche der Feen erfüllt hatten, bis auf den einen. Sie erblühte kurz vor ihrem fünfzehnten Geburtstag. Als die Oma in Paris blühen durfte, war sie bereits siebzehn. In diesem Alter lag Dornröschen schon in einem hundertjährigen Schlaf.

In Paris, sagte die Großmutter, sei sie natürlich auf den Eiffelturm hinauf gefahren. Dort habe es schon im Jahr 1910 Aufzüge gegeben. In so einem *ascenseur* also sei sie gefahren, und zwar mit ihrem Cousin. Und dieser Cousin sei ein gutaussehender Student gewesen. Von dort habe sie die ganze, große Stadt gesehen. Viel größer als Wien, sagte sie, Dächer und Straßenzüge bis zum Horizont. Wenn sie daran denke, werde ihr noch heute das Herz weit. Unten jedoch habe ihre Tante gewartet.

Die Tante nämlich war nicht ganz schwindelfrei. Ihr hingegen habe die Höhe im Gegensatz zu später noch nichts ausgemacht. Außerdem habe der Cousin seinen Arm um ihre Schulter gelegt. Ich war aber dumm, sagte sie, deine Großmutter als siebzehnjähriges Mädel – kannst du dir das vorstellen?

Damals, als sie mir solche Geschichten neben Dornröschen erzählte, konnte ich das noch kaum. Jetzt, da sie längst auf dem Zentralfriedhof lag, aber meine Erinnerung etwas von ihr wieder lebendig zu machen versuchte, konnte ich es vielleicht etwas besser. Wie sie mit dem Cousin wieder abwärts fuhr. Wie er ihr den Arm nicht nur um die Schulter, sondern auch um die Taille legte.

Ich weiß nicht einmal mehr, sagte die Großmutter, wie dieser Cousin mit Vornamen geheißen hat. Genaugenommen war er ein Cousin zweiten Grades.

Die Familie der Großmutter war weit verzweigt.

Die Familie der Großmutter war weit verzweigt *gewesen.*

Dornröschen aber stach sich an einer Spindel.

Anfangs wußte ich noch nicht, worum es sich bei einer Spindel handelte.

Die Königstochter wußte das auch nicht, aber bei ihr war das kein Wunder.

Hatte ihr Vater doch alle Spindeln in seinem Königreich verbrennen lassen.

Vielleicht keine so gute Idee. Hätte Dornröschen gewußt, wie man mit einer Spindel umgeht, so hätte sie sich an ihrem ominösen Geburtstag geschickter verhalten. Für den ihr nämlich genau das prophezeit worden war. Daß sie sich an einer Spindel stechen und dann hundert Jahre lang schlafen würde. Und dabei war das nur halb so schlimm, denn wenn es nach der beleidigten Fee gegangen wäre, so wäre sie nach der Verletzung durch die Spindel tot umgefallen.

Tot, was ist das, ich ahnte es und konnte es trotzdem nicht fassen.

Ich versuchte mich daran zu erinnern, wann mich die Ahnung davon zum ersten Mal berührt hatte.

War das in der Inneren Stadt, im Volksgarten gewesen oder draußen im Schönbrunner Schloßpark?

Sowohl da als auch dort waren die Großmutter und ich zahllose Male gewesen.

Da und dort Rosen, die den Krieg überstanden hatten, entkommen aus ihren Beeten.

Keine Rose ohne Dornen, sagte die Großmutter. Manchmal pflückte sie mir eine davon und hüllte den unteren Teil des Stengels in ein Taschentuch.

Tod, wo ist dein Stachel? Also paß auf, sagte die Großmutter, eine Spindel braucht man zum Handspinnen.

Einmal stach ich mich trotz des Taschentuchs, da tropfte Blut.

Keine Rose ohne Dornen, ja eben. Vielleicht stach ich mich auch absichtlich.

Vielleicht kitzelte ich den Stachel hervor. Er sah aus wie eine starke Katzenkralle.

Weiß wie Schnee, rot wie Blut, das ist aber *Schneewittchen.*

Muß ich jetzt sterben? fragte ich. Nein, sagte die Großmutter, wir kleben ein Pflaster auf die Wunde.

Ich machte eine Pause und trat in den Hof hinaus, um Luft zu schnappen. Es war sehr still, die Motoren der Autos, die auf der Straßenseite vorbeifuhren, klangen weit entfernt. Die Nacht war noch mild, es lag ein Duft in der Luft, einen Moment lang dachte ich noch an Rosen. Es war jedoch kein Rosenstrauch, der da hinten im Hof wuchs, sondern ein Maulbeerbaum, ich kostete eine der Früchte, sie schmeckte ein bißchen morbid, aber süß.

Die Fenster der gegenüberliegenden Parterrewohnung waren nicht erleuchtet, aber vor der Tür saß eine Katze. In der Nacht sind alle Katzen grau, heißt es, doch der da sah ich ihre Dreifarbigkeit trotz der Dunkelheit an. Sie betrachtete mich mit großen Augen, ich war neu hier, sie wahrscheinlich nicht, ihr Blick wirkte nachdenklich. Ich näherte mich ihr vorsichtig und streckte die Hand aus, um sie zu streicheln, da wich sie zurück.

Die Untersuchung, die mir bevorstand, sollte unangenehm sein, doch danach war ich vielleicht beruhigt. Oder auch nicht. Es war aber besser, Bescheid zu wissen. Oder auch nicht. Ich ging zurück in die Wohnung und nahm meine Tabletten. Ich spülte sie mit einem Schluck Wasser hinunter, aber um den Rest von Bitterkeit loszuwerden, der sich vorerst nicht verflüchtigen wollte, brauchte ich noch einen Schluck Wein.

Dann dachte ich wieder an die Großmutter und Dornröschen. Schreiben, das hatte ich meinen Studenten und Kursteilnehmern immer wieder klarzumachen versucht, ist ja auch eine Form von Nachdenken. Man folgt einer Spur, auf die man vielleicht unversehens geraten ist. Doch dann bleibt man dran oder versucht, sollte man sie vorübergehend verloren haben, wieder darauf zurückzukommen.

Also wie war das? – Offenbar nützte das Verbrennen der Spindeln im ganzen Königreich nichts. Denn die dreizehnte Fee, eine nachtragende Person, hatte noch eine einzige Spindel aufbewahrt. Ein Glück immerhin, daß die zwölfte ihren Wunsch noch freigehabt hatte. Abmildern konnte sie den bösen Wunsch wohl, aber nicht völlig abwenden. Es kam, wie es kommen mußte – an Dornröschens fünfzehntem Geburtstag saß die fatale Fee an einem Spinnrad in einem abgelegenen Turm des Schlosses. Und Dornröschens Eltern waren ausgerechnet an diesem Tag ausgeflogen. Eine merkwürdige Lieblosigkeit und Fahrlässigkeit – auch wenn ich als Vorschulkind gewiß noch nicht über diese Begriffe verfügte, bildete ich mir ein, das sehr früh so empfunden zu haben. Wie konnten sie ihr Kind an gerade diesem Tag allein lassen?

Sie wollten ihn einfach nicht wahrhaben, diesen Tag.

Diesen Geburtstag, der ein Todestag sein sollte.

Beinahe ein Todestag. So gut oder so schlecht wie ein Todestag.

Und dabei wußten sie noch gar nicht, daß mit Dornröschen auch sie selbst einschlafen sollten, ihre ganze Welt sollte in einen hundertjährigen Schlaf versinken, aber das war vielleicht eine Art Gnade.

Wie sich nun Dornröschen zu akkurat jenem Turm hingezogen fühlte, in dem die als alte Frau verkleidete Fee saß und spann. Einem Turm, der ihr in den fünfzehn Jahren, die ihr junges Leben bis dahin gedauert hatte, nicht aufgefallen war.

Wie sie dann die Wendeltreppe hinauf stieg, Windung für Windung. Und wie sie an der Tür klopfte, vor der sie schließlich stand, und wie die alte Frau mit freundlicher Stimme »herein« sagte.

Alle Achtung! Die Brüder Grimm und die Schwester Prinz verstanden es, Spannung aufzubauen. Auch als ich die Geschichte schon zahllose Male gehört hatte, genoß ich nach wie vor die Art, wie sie erzählt wurde. Prinz hieß die Großmutter nach ihrem zweiten Mann, von ihrem ersten Mann sprach sie womöglich noch seltener. Sprach mein Vater von ihm, so nannte er ihn seinen *Erzeuger*, der in den Wirren des Ersten Weltkriegs – diese Formulierung verwendete er ganz gegen seine sonst lebhafte Sprechweise stereotyp – *abhanden gekommen* sei.

Genaueres darüber bekam ich erst später mit.

So viel aber war mir schon damals klar, daß die Großmutter mit ihren Männern nicht viel Glück gehabt hatte.

Der erste verschwunden, der zweite im besten Mannesalter verstorben.

Letzteres war aber vielleicht doch so etwas wie Glück für die Großmutter, denn obwohl sein Bild nach wie vor hinter der Glasscheibe ihres Bücherschranks stand, mit einer pietätvollerweise nie entfernten Trauerschleife, sei sein Ableben wahrscheinlich eine Befreiung für sie gewesen.

Das sagte jedenfalls meine Mutter, die diesen Mann allerdings nicht mehr gekannt hatte. Aber mein Vater, der ihn nur allzu gut gekannt hatte, obwohl er ihm, wie er anderseits sagte, immer fremd geblieben war, hatte ihr genug von ihm erzählt. Er war ein strenger, aber korrekter Mann, sagte die Großmutter, ihr Gesicht wurde spitz, wenn sie so sprach, ihr Mund ganz klein. Ihr Körper und ihre Seele nahmen Haltung an.

Bevor sie das Porträt des Verblichenen beiseite rückte oder gar, wenn auch nur vorübergehend, aufs Klavier legte, zögerte sie immer ein wenig. Als müßte sie dazu einen inneren Anlauf nehmen. Er war ein strenger, aber korrekter Mann, der Walter hat es nur nicht verstanden, auf ihn einzugehen. Wenn sie so sprach, bekam mein Vater einen roten Kopf, dann redete meine Mutter rasch von etwas anderem.

Auch ich konnte den Herrn Wilhelm Prinz damals nicht leiden. Sein Foto flößte mir eine gewisse Scheu ein. Wieso er Prinz geheißen haben sollte, war mir ein Rätsel. Er sah keineswegs so aus, wie ich mir einen Prinzen vorstellte.

Etwa den Prinzen, der Dornröschen wachküßte. Einen jungen Mann von märchenhafter Überzeugungskraft. Wo bin ich? fragte die Großmutter in der Rolle Dornröschens, oder war das Schneewittchen? Willst du meine Frau werden? fragte der Prinz. Und natürlich sagte sie ja.

Unmittelbar hinter dem Bild des Herrn Prinz stand jedenfalls das Buch, in dem die Brüder Grimm abgebildet waren. Kein Märchenbuch, sondern ein Schmöker mit Dichterporträts. Die Dichter waren von Säulen umrahmt und von Genien umschwebt. Als ich noch nicht lesen konnte, erklärte mir die Großmutter die Bilder. Siehst du, das ist der Goethe, sagte sie, und das ist der Schiller. Die Brüder Grimm waren im Profil abgebildet und sahen einander sehr ähnlich. Ich glaube, das Buch hieß *Deutsche Dichterporträts*. Ein Bild von Heine gab es darin nicht, aber das sollte mir erst später auffallen.

Im Bücherschrank der Großmutter, vor den Büchern, deren Inhalte ich zum nicht geringen Teil schon kannte, bevor ich lesen konnte, stand übrigens nicht nur das Foto des Herrn Wilhelm Prinz, sondern, sozusagen in Opposition zu ihm, auch ein kleiner, silbrig glänzender Eiffelturm. Lange hatte ich den für ein durch all die Jahre aufbewahrtes Geschenk des netten Cousins gehalten. Irgendwann erwähnte die Großmutter aber, daß ihr diesen Eiffelturm mein Vater geschickt habe. Mein Vater war genau 30 Jahre nach ihr in Paris gewesen, also im Juni 1940.

5

Spät schlief ich ein und wachte trotzdem früh auf. Beobachtete, wie an den hohen Häuserfronten, die das niedrige Haus mit seinem Innenhof umgaben, die Fenster aufleuchteten. Dann, wie der Himmel allmählich blaßblau wurde. Nach zwei, maximal drei Stunden Schlaf war der Druck an den Schläfen, das Vibrieren hinter der Stirn vielleicht normal.

Der Kastanienbaum war offenbar von der Miniermotte befallen. Das Laub war nicht bunt, sondern braun, die Blätter an den Spitzen eingerollt. Trotzdem sang in der Krone des Baums eine Amsel. Eine andere antwortete von irgendwo drüben auf dem Dach.

Ich kochte Wasser, ließ Tee ziehen, trank in kleinen Schlukken. Draußen läuteten Kirchenglocken, die klangen anders als in *Gods own country*. Eine Anwandlung von Heimweh erfaßte mich – aber ich war doch zu Hause, oder? Und wollte hier bleiben. Wozu sonst hatte ich die Wohnung gemietet?

Verrückt. Ich hätte ja eine möblierte Wohnung nehmen können. Aber nein, ich bildete mir ein, ich müsse mich hier einrichten. Dabei war das Haus in Maine noch gar nicht verkauft. Aber das sollte Harry für mich erledigen.

Ich zog mich an und ging wieder zum Internetpoint. Dear Harry, schrieb ich. I hope you received my first message. It's a beautiful autumn here in Vienna. Waiting for my appointment at the hospital I am writing down some memories.

Don't get cold feet, I hope it's not too serious. I'm waiting. I'm writing. That's all. I've got nothing else to do. What more can I want? In some way I am a lucky man. As for the sale of my house in Lewiston you need not negotiate too much, the main thing for me is to close the deal.

Ich stieg in die Straßenbahn und fuhr stadteinwärts. Schaute aus dem Fenster, hörte die automatische Stimme, die die Stationen ansagte. Die Straßen und ihre Namen sagten mir vorerst wenig. Erst nach dem Gürtel kam mir manches bekannt vor.

Manches andere befremdete mich. An Stellen, an denen ich traditionelle Kaffeehäuser oder Kinos erwartete, ernüchterten mich Banken oder Fastfoodrestaurants. Ab und zu schloß ich die Augen und versuchte mir zu vergegenwärtigen, wie es hier vor einem Vierteljahrhundert ausgesehen hatte. Aber es gelang mir nur schlecht – wenn ich die Augen wieder öffnete, fühlte ich mich erst recht irritiert.

In der Schottentorpassage stieg ich aus und fuhr mit der Rolltreppe wieder in die Oberwelt. Hier schien auf den ersten Blick alles beim alten zu sein. Die Universität war noch immer oder schon wieder eingerüstet. Der Verkehr auf dem Ring hatte allerdings extrem zugenommen.

Zumindest schien es mir so. Ich kam ja im Grunde aus der Provinz. Vereinigte Staaten, okay – aber Lewiston/Maine, das war eine Kleinstadt. Ich war öfter in Portland gewesen, ab und zu in Boston, anfangs ein paar Mal in New York. Zuletzt war ich kaum aus Lewiston herausgekommen.

Daß ich den Ring einfach irgendwo überqueren wollte, lag wohl an dieser meiner Provinzialität. Die Autofahrer hier schienen das nicht einzusehen, wenn ich nicht die Passage oder die Fußgeherübergänge benutzte, so hatte ich mir die Folgen selbst zuzuschreiben. Auf die Idee, wegen eines etwas konfusen älteren Herrn den Fuß ein wenig vom Gas zu nehmen, kamen sie jedenfalls nicht. So war es nur mein ganz persönliches Glück oder Pech, daß ich nicht überfahren wurde.

Aber dann lag er wirklich vor mir, der Volksgarten. Der Park, von dem ich die halbe Nacht geträumt hatte. In einem schönen, milden Vormittagslicht. Gepflegte Hecken und Bäume, adrett gestrichene Sessel und Bänke, heiter plätschernde und glitzernde Springbrunnen.

Die Rosen standen an stützende Stäbe gebunden. In disziplinierten Reihen, da gab es keine Abweichung. Nur noch einige blühten, schließlich war Mitte Oktober. Die jedoch dufteten, ganz wie es sich gehörte.

Die Stöcke hatten schöne, romantische Namen. Die waren auf kleinen, säuberlich beschrifteten Plastikschildern zu lesen. Darunter die Jahre, in denen Gärtner, von denen wohl viele schon unter der Erde lagen, sie gepflanzt hatten. Manche Rosen waren älter als ich: 1938, las ich, 1941, 1942.

Auf den Stufen des Theseustempels saßen junge Frauen und hielten Gesichter und Beine in die Sonne. Ich setzte mich daneben, nicht zu nah, um nicht aufdringlich zu erscheinen, aber auch nicht zu fern, diese Nähe war mir angenehm. Meine Großmutter hätte das nicht so empfunden. Schamlose Gören! hätte sie gesagt – der Tonfall, in dem sie so etwas sagte, klang, wenn man nur oberflächlich hinhörte, ironisch, aber darunter schwang ein Grundton echter Empörung.

Sah sie Mädchen, die ihre Beine zeigten, so fiel ihr wahrscheinlich ihre Schwester Theres' ein. Mir fiel jetzt Ruth ein, das war nicht vorgesehen. Wie gut ihr damals die kurzen Röcke gepaßt hatten! Sie war auf dem Campus in der Sonne gesessen, inmitten einer Schar anderer Studentinnen, und ihr Blick war dem meinen begegnet.

Hatte ich wirklich zuerst auf ihre Beine geschaut? It would be typical, behauptete sie. Aus einer Statistik über männliche und weibliche Blicke gehe genau das hervor. All men, intellectuals included, first look at the legs, the tits or the ass.

Tatsächlich waren ihre Augen der viel stärkere Appell gewesen.

Der viel stärkere Appell und der viel nachhaltigere.

Durch all die Jahre, die wir dann miteinander verbracht hatten.

Schöne Jahre. Wenn es nach mir gegangen wäre, hätten sie bis in den Ruhestand dauern dürfen.

Aber das hätt ich dir gleich sagen können, hätte die Großmutter gesagt, daß so etwas nicht gutgeht. Ein Professor und seine Studentin, ich bitt dich! Sei froh, daß sie euch nicht erwischt haben, bevor sie ihr Diplom gemacht hat. Mag sein, daß der Altersunterschied durch ein paar mittlere Jahre kaum mehr auffällt, aber am Ende kommt er doch noch zum Tragen.

Schluß damit. Meine Gedanken mußten wieder von Ruth loskommen. Sie waren doch auf ganz anderen Wegen gewesen. Viel weiter zurück, in die Jahre, in denen ich mit Amerika noch nichts Faßbares verband. Außer der Erinnerung, daß es das Land war, aus dem diese ständig kaugummikauenden, oft ohne ersichtlichen Grund grinsenden Soldaten kamen.

Irgendeine Vorstellung von einer Frau namens Ruth hatte ich damals erst recht nicht. Die sollte erst zwanzig Jahre später geboren werden. Ich aber war ein Kind von drei oder vier. Just hier, zu Füßen des pseudogriechischen Jünglings, der da eigenartigerweise unbeschädigt auf seinem Sockel stand, waren Teile des Tempels als großer Schutthaufen gelegen, und auf diesem Schutthaufen sah ich mich nun sandspielen.

Seltsamerweise war das ein trautes Bild. Die Großmutter saß auf einer der Tempelstufen, die halbwegs intakt waren. Wenn ich von meinen Grabungsarbeiten, die ich sehr ernst nahm, aufschaute, sah ich, daß sie da war und auf mich aufpaßte. Wenn sie gegen die Sonne schauen mußte, zwinkerte sie ein wenig, aber auch und gerade das gab mir Vertrauen in ihre ebenso erfreuliche wie selbstverständliche Anwesenheit.

6

Vielleicht hätte sie damals, in Jahr 1910, doch in Paris bleiben sollen. Weißt du, Paris ist schön, sagte die Großmutter. Paris *war* schön, korrigierte sie sich, wie es heute sei, wisse sie nur vom Hörensagen. Aber wie es damals war, das habe sie mit eigenen Augen gesehen, und davon träume sie manchmal.

Sie träume zum Beispiel, wie sie durch die Gassen von Paris radle. Hügelauf, hügelab, in Paris gebe es berühmte Hügel. Den Montmartre und den Montparnasse zum Beispiel, um nur die berühmtesten zu nennen. Mit einem Straßenpflaster, das beim Radfahren rüttle und schüttle.

Daheim in Wien, sagte die Großmutter, habe sie nicht radfahren dürfen. Auch nicht in Kierling, wohin sie mit ihren Eltern und ihren Schwestern auf Sommerfrische gefahren sei. Radfahren, habe es nur geheißen, sei nichts für Mädchen. Erstens sei es ungesund für das weibliche Geschlecht, und zweitens gehöre es sich nicht.

Das war damals so, sagte die Großmutter, jedenfalls für Mädchen aus besserem Haus. Was ist ein besseres Haus? fragte ich. Das ist ein Haus, sagte die Großmutter, auf das man sich was einbildet. Weil es so schön ist? fragte ich. Nein, es gehe nicht so sehr um das Gebäude, in dem man wohne. Habt ihr in einem schönen Haus gewohnt? fragte ich. Na ja, sagte die Großmutter.

Das Haus, in dem sie mit ihrer Familie in Wien gewohnt habe, sei nicht so besonders gewesen. Obwohl die Straße, in der das Haus gestanden sei, einen schönen Namen gehabt habe. Prinz Ferdinand Straße. Später habe sie mit ihrer Familie in der Praterstraße gewohnt. Die Praterstraße habe vormals Jägerzeile geheißen.

Das habe ihr Vater gern hervorgehoben. Ihr Vater sei nämlich früher Förster gewesen. Als jüngerer Mann. Bevor er nach Wien gekommen sei. Und zwar, betonte die Großmutter, aus Preußisch Schlesien.

In meiner Vorschulzeit konnte ich mir unter Preußisch Schlesien nichts Konkretes vorstellen. Auch als ich in die Schule kam, dauerte es ein paar Jahre, bis ich Genaueres darüber erfuhr. Nicht im Geographieunterricht übrigens, sondern in der Geschichtsstunde. Preußisch Schlesien war ein Land, das nicht mehr existierte.

Für die Großmutter aber war es offenbar wichtig. Vor allem hob sie hervor, daß es preußisch war. Ehemals. Als ihr Vater dort Förster gewesen sei. Manchmal war er in ihren Erzählungen sogar *Ober*förster.

Vielleicht, dachte ich eine Zeitlang, verhielt es sich ja auch so, daß ihr *Vater* Förster gewesen war und ihr *Großvater* Oberförster. Das bessere Haus, aus dem sie stammte, malte ich mir jedenfalls als Försterhaus aus, mit Geweih über der Eingangstür. Irgendwo in den Wäldern und Auen, durch die man, wie mir die Oma manchmal vorsang, leichten Sinns dahinziehen konnte. Sicherlich war das besser als ein Haus im zweiten Wiener Bezirk, der in meiner Kindheit besonders trist war – der Nordbahnhof war eine schwarze Ruine und die halbe Praterstraße bestand aus Bombenlücken.

In Kierling, erinnerte sich die Großmutter, sei es allerdings schön gewesen. Wenn ich es recht mitbekam, verbrachte die Familie dort jährlich ein paar Sommerwochen. Es gab nämlich nicht nur in Paris eine Tante. In Kierling gab es noch in meiner Kindheit kleine Villen und Gartenhäuser, die den melancholischen Charme des Fin de siècle konserviert hatten.

So ein Haus etwa. Vielleicht eine Veranda mit Windrädern. Und ein Garten mit Obstbäumen, zwischen denen irgendwo eine Schaukel angebracht ist. Schaukeln *durften* die jungen

Mädchen, die Backfische, wie man sie damals nannte. Die Schwestern Theres', Marlen' und Marta – meine spätere Großmutter war die jüngste.

Theres' und Marlen' hatte ich als etwas skurrile ältere Damen kennengelernt. Wenn mich Tante Marlen' erblickte, verkniff sie ihr rundes Gesicht zu einer um Mund und Nase zugespitzten Larve und begann mit papageienhafter Stimme Verse aus *Max und Moritz* aufzusagen. Tante Theres' hingegen, eine Frau mit fuchsrot gefärbten Löckchen und Rouge auf den Wangen, rezitierte, kaum hatte ich ihre Schwelle übertreten, aus *Hadschi Bratschis Luftballon*. Mir die beiden als junge Mädchen zu vergegenwärtigen fiel mir noch etwas schwerer, als mir meine Großmutter in diesem Stadium vorzustellen, aber ich gab mir Mühe.

Ihre Schwestern seien aufgeweckt gewesen, erzählte die Großmutter, sich selbst beschrieb sie eher als verträumt. Theres' und Marlen' schaukelten, während Marta, auf einer Bank etwas abseits sitzend, las. Schaukelnd versuchten Marlen' und Theres' den jungen Burschen aufzufallen, die manchmal am Gartenzaun vorüberradelten. Nicht, daß sie, Marta, diese jungen Burschen nicht auch gesehen hätte – inwieweit diese Burschen allerdings sie sahen, war die Frage.

Marlen' hatte, wenn sie absichtslos in die Gegend lächelte, viel attraktivere Grübchen in den Wangen als sie. Und Theres' ließ beim Schaukeln manchmal ein Stück ihrer weißen Unterschenkel unter dem Kleid hervorgucken. Marta hielt ihre Augen auf ein Buch niedergeschlagen, der Augenaufschlag, den sie manchmal riskierte, war ein subtilerer Appell. Nicht ganz in diesen Worten hatte mir das die Großmutter erzählt, aber so ungefähr stellte ich mir das vor.

Das erste Mal auf Kierling zu sprechen gekommen war die Großmutter, als wir auf dem Donaudampfer fuhren. Wir fuhren nach Greifenstein und wieder zurück. Die Donaudampfschiffahrtsgesellschaft hatte ihren durch den Krieg unterbrochenen Betrieb gerade wieder aufgenommen. Ich hatte Keuchhusten und rang nach Luft.

Doch gegen Keuchhusten nütze die Brise am Wasser. Nehmen Sie das Kind, hatte ein netter Assistenzarzt der Großmutter geraten, und machen Sie mit ihm einen Schiffsausflug. Bevor das Schiff losfuhr, sprach die Oma mit einem Mann in Uniform. Infolge ihrer Überredungskunst durften wir dort sitzen, wo es aus Sicherheitsgründen eigentlich verboten war.

Ganz unten am Bug nämlich. Da hingen Taue und Rettungsringe. Die anderen Passagiere schauten vom Oberdeck auf uns herunter und winkten. Wir fuhren stromaufwärts und das Wasser floß auf uns zu. Und ich atmete die feuchte Luft ein und ließ mir Geschichten erzählen.

Wir fuhren vorerst an Klosterneuburg vorbei und dann eben an Kierling. Bis dahin hatte mir die Großmutter vom *Donauweibchen* erzählt, das den Donaufischern den Kopf verdreht hatte. Etwa so, wie die *Loreley* die Schiffsleute am Rhein verrückt gemacht hatte. Indem sie sich ausgerechnet an der gefährlichsten Flußbiegung zu kämmen pflegte, noch dazu mit einem im Abendlicht blinkenden Kamm, aber das war eine andere Geschichte.

Auf der Höhe von Kierling jedenfalls kam die Großmutter auf die drei schaukelnden Schwestern im Garten zu sprechen.

Oder nein. In der vorerst vergegenwärtigten Szene waren es ja nur die zwei älteren Schwestern, die schaukelten.

In der Sonne. Der Sommersprossen, die sie davon bekamen, ungeachtet.

Marta saß im Schatten. Marta saß im Schatten und las ein Buch.

Von Felicitas las sie, deren schöne Mutter bei einem tragischen Unfall ums Leben gekommen war. Die Mutter war nämlich Artistin, erzählte die Großmutter. Das heißt, ihr Mann war Artist, aber sie hat ihn geliebt. Und das ist gleich am Anfang des Buchs tragisch, denn kaum tritt sie auf, ist sie tot, und die kleine Felicitas kommt zu fremden Leuten.

Schweren Herzens erfüllt ihr Vater den letzten Willen seiner Frau. Ich beschwöre dich, hat sie gesagt, halte das Kind fern von deinem Berufe. So kommt also Felicitas in die Obhut der Familie Hellwig. Und der Herr Hellwig ist ein Engel von einem älteren Herrn, aber wie es mit Engeln so ist, ist seines Bleibens in dieser Welt nicht sehr lang, wogegen die Frau Hellwig –

Das Geheimnis der Alten Mamsell, sagte die Großmutter, das mußt du lesen, wenn du größer bist. Vorläufig konnte ich nur darin blättern – ein hübscher Band mit Pflanzenornamenten auf dem Umschlag. Drin gab es Illustrationen: Ich sah zum Beispiel den Herrn Hellwig mit der kleinen Felicitas auf dem Arm, offenbar war er soeben zur Tür hereingekommen, die Frau Hellwig, in meiner Erinnerung ein Schatten, war nur von hinten zu sehen. Wenn du dieses Buch zu lesen beginnst, sagte die Großmutter, kannst du es nicht mehr aus der Hand legen.

Marta hielt ein Buch in der Hand, aber sie beobachtete die Burschen am Gartenzaun.

Durch die Vorhänge ihrer gesenkten Wimpern.

Und natürlich beobachtete sie auch ihre Schwestern.

Die waren Ludern, sagte die Großmutter. Aber die Theres' war ein besonderes Luder.

Theres' und die Radfahrer. Bei einem sei sie sogar eine Runde auf der Stange mitgefahren. Ein hochaufgeschossener Bursch mit Haaren, die der Fahrtwind durcheinanderbrachte. Mit kecken Augen. So ein dahergelaufener oder genauer dahergeradelter *Rotzlöffel*. Gnade Gott, wenn das den Eltern zu Ohren gekommen wäre.

Was die Mutter betraf, so dürfte sie in Kierling immer dabeigewesen sein. Zum Unterschied vom Vater, der jeden Freitagabend erwartet wurde. Allerdings schien sie sich meist in der Küche aufgehalten zu haben. Soviel ich als Kind verstand, legte sie Wert auf die Beachtung gewisser Regeln und Rezepte, aus denen sich die Tante weniger machte.

Jedenfalls hatte die Küche kein Fenster auf den Teil des Gartens, in dem die Schaukel hing. Und keines auf den Abschnitt des Gartenzauns, an dem ab und zu Burschen vorbeikamen. Auch keines auf die Straße, die dort am Gartenzaun entlangführte. Genaugenommen war es ein kleiner Vorplatz, in dessen Sand die Reifen der Fahrräder Spuren hinterließen. Besonders das Fahrrad, auf dem sich Theres' produzierte. Auf der Stange sitzend. Wie eine Kunstreiterin im Zirkus. Der Rotzlöffel hielt sie um die Taille, sie streckte die Beine ungeniert in die Gegend. Er fuhr Kreise und Achterschlingen, deren Spuren dem Vater noch am nächsten Tag auffielen.

Freitag, wie gesagt. Er blieb den ganzen Samstag und fuhr Sonntag früh wieder zurück. Er kam mit der Franz Josephs-Bahn. Von Wien nach Kierling fuhr man damals eine Stunde. Begleitet von der Tante durften ihn die Töchter abholen. Die Mutter blieb in der Küche, zur Vorbereitung des Abendessens am Freitag wollte sie nichts verabsäumen.

Martas Herz klopfte, bevor der Vater ankam.

Doch wenn er da war, zog sie sich eher zurück.

Weißt du, sagte sie später, als sie meine Großmutter war, das war nie meine Art.

Was?

Mich so anzubiedern, so aufzudrängen.

Ihre Schwester Theres' hingegen habe das gekonnt. Theres' sei für so etwas talentiert gewesen. Talentiert und raffiniert, sagte die Großmutter. Die hat es auch verstanden, dem Tate um den Bart zu schmeicheln.

Wem? fragte ich. Wem hat die Tante Theres' um den Bart geschmeichelt?

Ach so, sagte meine Großmutter etwas verlegen – unserem Vater.

Ihr Vater, beeilte sie sich hinzuzufügen, habe tatsächlich einen Bart gehabt.

Aber damals, zur Zeit des Kaisers Franz Joseph und des Bürgermeisters Lueger war das nichts Außergewöhnliches.

Und was war mit dem Radfahren in Paris?

Ah ja, sagte die Großmutter. Sie war froh, daß ich sie daran erinnerte.

Das war etwas anderes, sagte sie, das war fünf Jahre später. Außerdem sei es kein Radfahren mit irgendeinem Dahergelaufenen gewesen, sondern mit dem Cousin.

Nicht auf der Stange sei sie gesessen, sondern im Sattel. Wohl habe der Cousin von hinten angeschoben, aber dezent. Seine Hand habe den Sattel gestützt, nicht ihren Popo. Und dann habe er losgelassen und sie habe schon selbständig Balance gehalten.

Du meine Güte, was mir so durch den Kopf ging. Auf den Stufen des Theseustempels sitzend hatte ich mein halbes Notizbuch voll geschrieben. Nun aber wollte mein Kugelschreiber nicht mehr. Auch ich fühlte mich erschöpft, überdies ein bißchen schwindlig.

Der Schwindel wurde nicht besser, als ich aufstand. Aber vielleicht lag es ja auch daran, daß ich noch nichts Festes im Magen hatte. Ob es die alte Meierei noch gab? Tatsächlich, es gab sie noch. Als ich sie vor mir zwischen den Bäumen sah, war ich fast gerührt.

Ein ebenso einfaches wie angenehmes Lokal. In der Mitte ein gelbgestrichener Kiosk, rundherum ein kiesbestreuter Garten. Eine Hecke, in der die Spatzen zwitscherten. Sonnenschirme, Tageszeitungen. Hier hatte sich wenig oder gar nichts verändert.

Daß sich auch schon früher nichts verändert hatte, seinerzeit, wie die Großmutter zu sagen pflegte, das war sicher einer der Gründe gewesen, warum sie die Meierei liebte. Noch mit über achtzig war sie hierhergekommen. Von ihrer Wohnung in der Mühlgasse bis in den Volksgarten brauchte sie mindestens eine Stunde, sie machte nun doch schon kleinere Schritte und stützte sich auf einen Stock. Den nannte sie allerdings einen Wanderstab, manchmal nannte sie ihn auch einen Alpenstock, damit man nicht auf die Idee käme, es handle sich um eine Stütze ihres Alters oder gar ihrer Gebrechlichkeit.

Während meines Studiums hatte ich manchmal zwischen zwei Vorlesungen hier herübergeschaut. Saß die Oma da, freute ich mich, obwohl ich mir das nicht mehr so anmerken ließ wie als Kind, saß sie nicht da, war ich enttäuscht. Hier trank sie meist ein Glas saure Milch und aß ein Butterbrot mit Schnittlauch. Setzte ich mich mit meinen damals zwanzig, einundzwanzig, zweiundzwanzig Jahren zu ihr, so bestellte sie mir das gleiche, ob ich wollte oder nicht, das sei gesund, sagte sie, ich solle ihr nicht widersprechen.

Jetzt setzte ich mich hin und bestellte genau das.

Die Kellnerin tat so, als sei das ganz selbstverständlich.

War es möglich, daß sie noch dieselbe war wie ehedem? Ja, warum nicht. Sie ist auch nicht mehr die Jüngste, hätte die Großmutter gesagt.

Sie haben Glück, sagte sie, heute ist unser letzter Tag.

Wie bitte?

Ja, sagte sie. Morgen sperren wir zu.

Das tut mir aber besonders leid, sagte ich.

Nicht für immer, sagte sie und streifte die Brotkrümel vom Tisch, die meine Vorgänger hinterlassen hatten – nur für dieses Jahr.

Na Gott sei Dank, sagte ich. Ich bin schon erschrocken.

Keine Angst, sagte sie, wenn dann die Welt noch steht, können Sie uns ab Mai wieder besuchen.

So Gott will, hätte die Großmutter gesagt. Können Sie mir etwas zum Schreiben borgen? fragte ich.

Sie legte einen Kugelschreiber vor mich hin: Den dürfen Sie behalten.

Sie legte auch zwei Zeitungen auf den Tisch. Da mußte ich schon aus Höflichkeit kurz hineinsehen. Die Lage in Nahost war inzwischen auf die ersten Seiten gerückt, israelische Panzer hatten die Grenze zu Syrien überrollt, israelische Flugzeuge bombardierten tief im Hinterland des Terrors, wie es hieß. In Paris hatte sich eine Bombe vor einem traditionellen Delikatessenlokal zum Glück als Blindgänger erwiesen.

Die paar Monate in Paris, sagte die Großmutter, haben meinen Horizont erweitert. Aber was sollte sie, zurückgekehrt nach Wien, mit diesem erweiterten Horizont anfangen? Sie war siebzehn. Man hatte sie in die Bürgerschule geschickt, doch darüber hinaus war ihren Eltern nichts eingefallen. Weder für sie noch für ihre Schwestern – wir Mädeln, sagte sie, hätten einfach daheim sitzen sollen und auf den Mann warten.

Nicht, daß ihre Eltern böswillig gewesen wären. Es gehörte sich einfach so und nicht anders. Die Töchter in eine Lehre zu schicken, gehörte sich in Familien wie der ihren *nicht*. Und sie studieren zu lassen, das gehörte sich erst recht nicht.

Studieren – diesen Ausdruck gebrauchte die Großmutter bereits für den Besuch eines Gymnasiums. Wenn du die Volksschule hinter dir hast, sagte sie, wirst du die Aufnahmsprüfung machen und studieren. Als sie selbst die Grundschule absolviert hatte, gab es an zwei oder drei Wiener Schulen zwar schon Gymnasialklassen für Mädchen. Doch dort *studierten* vermutlich nur Töchter aus wirklich besseren Häusern.

Gar die Universität zu besuchen, kam also erst recht nicht in Frage. Im Prinzip wäre das für junge Mädchen um 1900 zwar schon möglich gewesen. Es gab aber auch andere, schon weitaus länger geltende Prinzipien. Alles was recht ist. Bewährte Programme für Männer- und Frauenleben.

Die man nicht mirnichts dirnichts umstürzen sollte. Fand der Vater. Bei allem Verständnis für gewisse Interessen. Die er ja selbst angeregt hatte – sowohl Martas Interesse fürs Historische als auch das fürs Literarische. Er habe gern heroische Episoden aus der deutschen Geschichte erzählt, von der Schlacht im Teutoburger Walde angefangen, und wenn es darum ging, das Leben und die Welt zu interpretieren, habe er die Klassiker zitiert.

Die Mutter hielt auch nicht viel von studierenden Frauen. Es reichte schon, daß Marta so allzuviel las. Du wirst dir noch, drohte sie, die Augen verderben. Zuallererst sollte ein Mädel kochen lernen: Wenn ihr nicht kochen könnt, werdet ihr keinen Mann bekommen.

Abwechselnd wurden die Töchter in die Küche gerufen. Theres'! Marlen'! Marta! Wenn sie so rief, hatte die Mutter eine schrille Stimme. In der Küche, deren dichter Dunst sich beklemmend auf Atmungsorgane und Gemüt legte, durften sie dann aber nur Hilfsdienste verrichten. Zum Beispiel Zwiebeln schneiden. Das war eine triste Beschäftigung.

Das einzige, das sie über das Kochen hinaus ein bißchen haben lernen dürfen, waren Musikinstrumente. Theres' habe die Violine zu spielen gelernt, Marlen' die Flöte. Sie, Marta, habe ein paar Jahre Klavierunterricht gehabt. Aber bevor etwas Ordentliches daraus geworden sei, habe man gefunden, das reiche für den Hausgebrauch.

So waren die Verhältnisse, in die Marta aus Paris zurückkehrte. Eigenartig genug, daß man sie überhaupt hatte dorthin fahren lassen. Aber die Tante war beharrlich gewesen. Immer wieder hatte sie geschrieben, daß sie die Nichten, eine nach der anderen, einlade. Letzten Endes habe es sich so ergeben, daß die Jüngste zuerst fuhr. Die, was Männer betraf, unschlagbare Theres' hatte im Jahr 1910 schon einen Verlobten. Dieser Verlobte, ein Anwalt, der gerade sein Gerichtsjahr absolvierte, war eine gute Partie, die man besser nicht aufs Spiel setzte. Und Marlen', die ohnehin etwas zu sehr zur Pausbäckigkeit neigte, hatte Mumps – vielleicht schickte man Marta vor allem nach Paris, damit sie sich nicht ansteckte.

Die Pariser Tante, erinnerte sich die Großmutter, war eine ebenso freundliche wie resolute Person. Es gab auch einen Onkel, aber von dem erzählte die Großmutter wenig. Oder ich bekam nur wenig davon mit, weil ich mir unter der Existenzweise des Onkels nichts Rechtes vorstellen konnte. Die Tante jedenfalls hatte einen Modistensalon, dieses Geschäft ließ sich beschreiben.

Im Faubourg St. Germain, sagte die Großmutter, das ist eine gute Gegend. Sie beschrieb die Schaufenster mit den modischen Hüten, sie beschrieb die gutbürgerlichen Kundinnen. Sie beschrieb sogar die gutbürgerlichen Hunde, von den Kundinnen meist auf dem Arm getragene Tiere mit verkümmerten Beinen. Die Tante war eine tüchtige Frau, sagte die Großmutter, ihr Salon war eine Goldgrube.

Aber daß die Tante bis zu einem gewissen Grad aus der Tradition ausgeschert war, fanden Martas Eltern, das hätte auch schiefgehen können. Was hätte passieren können, unberufen! Außerdem spekulierte der Onkel erfolgreich an der Börse, entfaltete also im Hintergrund ein recht wohltuendes Wirken. Da konnte eine Frau leicht einen Modistensalon führen.

Insgesamt waren das halt französische und somit ganz andere Verhältnisse. Auch etwas fragwürdige, wie Martas Eltern andeuteten. Bei aller Sympathie, bei allen Verwandtschaftsgefühlen. Es sei schon ganz gut, daß die Tochter beizeiten nach Hause zurückkehre.

Die Tante habe ihr angeboten, zu bleiben. Sie habe sie ab und zu im Salon beschäftigt. Du lernst bei mir, sagte sie, und wenn du ausgelernt hast, machst du dich selbständig. Und wer weiß, was sich ergibt. Wie ein junges Mädchen wie du sein Glück macht, kann es in deinem Alter noch nicht wissen.

Zuallererst, sagte die Großmutter, hätte sich mit dem Cousin was ergeben können. Ein schöner, sie meine ein kluger junger Mann, Medizin habe er studiert. Vor dem anatomischen Institut im Jardin des Plantes habe sie manchmal auf ihn gewartet. Nach seinen Übungen seien sie miteinander unter einer Libanonzeder gesessen.

Ich hätte einfach dort bleiben sollen, dachte Marta. Der Oktober in Paris war noch mild gewesen; als sie in Wien ankam, war November. Kein guter Monat, um zurückzukommen. Die Eltern, die sie am Kaiserin-Elisabeth-Bahnhof abholten, sahen in ihren schwarzen Kleidern aus wie Krähen.

Die Fassaden, die sie früher, ganz selbstverständlich in Wien lebend, kaum beachtet hatte, fielen ihr nun als baufällig und verschmutzt auf. Der Himmel über der Stadt hing grau und niedrig. Vom Fenster ihres Zimmers sah sie hinunter in den Hof. In diesem Hof lagen ganze Gebirge von Kohlen.

Pferdefuhrwerke kamen und fuhren, Kohlen wurden aufgeschichtet und abgetragen. Auch durchs geschlossene Fenster drang der Lärm, und der Staub schwärzte die Vorhänge. Marta setzte sich ans Piano, aber das Piano war verstimmt. Sie versuchte einen Walzer von Chopin zu spielen, aber der klang in diesem Ambiente besonders falsch.

7

Auch über der Meierei im Volksgarten bewölkte sich der Himmel. Ich zahlte und ging. Auf dem Ballhausplatz gab es irgendeine Demonstration. Eine durch ein Megaphon verstärkte weibliche Stimme wiederholte einige Male das Wort Widerstand. Wahrscheinlich hatte sie recht. Aber ich ließ die Demonstration links liegen.

Vor mir der Platz mit den Denkmälern Erzherzog Karls und Prinz Eugens. In meiner frühen Kindheit waren die beiden Herren noch eingemauert. Da standen ganz einfach zwei dunkle Ziegelblöcke. Irgendwann würden auch diese Denkmäler wieder befreit werden, aber vorläufig beschrieb mir die Großmutter, wie sie aussahen.

Also der Prinz Eugen, sagte sie, sitze auf einem sehr stattlichen Roß. Das Pferd des Erzherzogs Karl hingegen wirke viel eleganter. Um ehrlich zu sein, das Roß Eugens sei mißlungen. Es hätte auf zwei Beinen stehen sollen, sich selbst und den Prinzen in edler Balance haltend, aber sowohl das bronzene Roß als auch der bronzene Prinz seien zu schwer für so ein subtiles Gleichgewicht gewesen, und in seiner Not habe der Künstler den Roßschweif als Stütze verwendet.

Das Pferd des Erzherzogs Karl sei besser geglückt. Es stehe tatsächlich auf zwei Beinen, fast tänzelnd, sein Reiter wirke auch um einiges leichter als sein Vis-à-Vis. Eine mitreißende Bewegung, mit der er die Fahne, die er in der rechten Hand halte, sozusagen in den Himmel stach. Aber leider sei auf die Schlacht, die der hübsche Erzherzog gewonnen habe, schon zwei Tage später eine gefolgt, die verlorengegangen sei – mit Napoleon, sagte die Großmutter, war halt nicht gut Kirschen essen.

Oder sagte sie: Gegen Napoleon war kein Kraut gewachsen? Napoleon schien jedenfalls ein Typ gewesen zu sein, der sich auf fragwürdige Weise in Garten und Feld herumtrieb. Wer kraucht denn da im Busch herum, ich glaub, es ist Napoleum, sagte die Oma. Sie sagte aber auch, daß er der größte Franzose gewesen sei, und daß der Obelisk und der Triumphbogen in Paris an ihn erinnerten und daß ihn der Cousin sehr verehrt habe.

Unter den Alleebäumen, die auch hier von der Motte befallen waren, prasselten die Kastanien. Ein Kind, das irgendwo im Sand gespielt hatte, sammelte sie in seinem Eimer.

Hallo! sagte ich.

Wer bist denn du? sagte das Kind.

Ich bin der Paul, sagte ich.

Gar nicht wahr, sagte das Kind.

Ich ließ den Heldenplatz hinter mir, ging durchs Innere Burgtor. Mußte durch eine Passage voll Sightseeing-Kitsch. Gipserne Büsten von Mozart und Kaiser Franz Joseph. Auch Schiele, Mahler und Freud gehörten inzwischen zum Fundus.

Klimt ohnehin. *Der Kuß* in allen Formaten. Auch die *Adele*, das Bild, das der österreichische Staat unlängst restituiert hatte. Jetzt war es in New York. Sogar in Maine hatte ich davon gelesen. Hier schien dieser späte Akt ausgleichender Gerechtigkeit immerhin den Verkauf von Ansichtskarten zu fördern.

Ich kam in den Inneren Burghof, ging am Schweizertrakt vorbei. Gruppen von Japanern standen im Weg und hielten kleine Kameras in die Luft. Besonders dicht standen sie unter der Michaelerkuppel. *Sisi Museum* – so hießen jetzt die Räumlichkeiten, in denen angeblich Elisabeth gewohnt hatte, wenn sie in Wien gewesen war.

Sie war aber nicht oft da, sagte die Großmutter. Sie war nämlich, sagte sie, eine sehr selbständige Frau.

Oh ja, das hatte der Oma imponiert.

Damals, als sie dem Enkel von ihr erzählt hatte, war der Kitschname Sisi noch nicht im Umlauf.

Elisabeth sagte sie. Oder: Die Kaiserin. Na ja, genaugenommen war sie nur die Gattin des Kaisers. Und der war arm, denn sie habe ihn einiges anschauen lassen. Aber als Erscheinung sei sie weitaus kaiserlicher gewesen als ihr Mann.

Erzählte die Großmutter. Sie erzählte das so, als hätte sie das Paar persönlich gekannt. Und immerhin hatte sie die beiden in der Kutsche vorbeifahren gesehen. Behauptete sie. Das sei bei der Eröffnung des traditionellen Blumenkorsos in der Prater-Hauptallee gewesen. Da war sie noch ein kleines Mädchen, klar, aber ihr Vater und ihre Schwestern seien am Rand der Allee gestanden, und als die Kutsche in Sicht gekommen sei, habe ihr Vater sie, die ja die jüngste war, hochgehoben.

Ich überquerte den Michaelerplatz, schaute kurz in die weiter zurückliegende Vergangenheit Wiens hinunter. Da hatte man einiges freigelegt, seit ich weg war. Freigelegt und dann gleich wieder eingesargt. Unter bruchsicherem Glas beleuchtet lagen hier Grundmauern aus dem Mittelalter oder der Antike.

Isn't it amazing?! sagte eine sehr amerikanische Stimme neben mir.

Nein, die Frau mit dem Daisy-Duck-Tonfall hatte sich nicht an mich gewandt, sondern an ihren Mann.

Gott sei Dank. Ich war schon ein bißchen erschrocken.

Für den Moment hatte ich absolut keine Lust auf Konversation mit Landsleuten.

Ich, ein Amerikaner, das war schon komisch. Zurückgekehrt in die Stadt meiner Kindheit und Jugend. Rasch ging ich weiter. In der Konditorei Demel gab es nach wie vor die

Plastiken aus Windbäckerei. Prominente Persönlichkeiten und Ereignisse wurden hier aus Zuckerwerk dargestellt.

Who is who? Ich konnte mich noch an Kennedy und Chruschtschow erinnern, die sich hier in Wien getroffen hatten. Aber wer die beiden sein sollten, die jetzt im Schaufenster standen, konnte ich nicht erkennen. Wahrscheinlich irgendwelche kleinen Größen der hiesigen Innenpolitik. Sie sahen ein bißchen aus wie Laurel und Hardy.

Das gute alte Schallplatten-Geschäft drüben, auf der anderen Straßenseite, existierte in der fragwürdigen neuen Realität offenbar nicht mehr. Wenigstens gab es die Buchhandlung Berger noch. Eine Weile stand ich vor der Auslage. Die Bestsellerautoren, von deren aufdringlicher Präsenz nicht einmal Lewiston verschont geblieben war, verkauften sich offenbar auch hier. Doch einige Namen, die, wie ich aus der Plazierung der Bücher schloß, auf deren Umschlägen sie standen, hierzulande inzwischen eine gewisse Bedeutung zu haben schienen, sagten mir ganz und gar nichts.

Kohlmarkt, Graben. Natürlich fiel mir jetzt der berühmte Kollege ein. Diesen Weg war er gern gegangen, wenn er in der Stadt war. Einmal war ich ihm noch am Kohlmarkt begegnet, bei der Fischhandlung, einmal viel weiter vorn am Graben, fast am Stephansplatz. Einmal bei der schönen alten Bedürfnisanstalt (hatte die Otto Wagner entworfen oder war es Josef Hoffmann?), einmal bei der Pestsäule.

Anfangs hatte ich ihn noch gegrüßt, vielleicht war mein Gruß allerdings zu schüchtern gewesen. Vielleicht hatte er mein Kopfnicken ganz einfach übersehen, jedenfalls hatte ich es mit der Zeit aufgegeben. Zwar schien dieser Mensch, den ich mir, bevor ich ihm persönlich begegnet war, recht anders vorgestellt hatte, unter der Haut zu lächeln, vielleicht sogar zu grinsen. Aber das hatte wohl nichts mit mir zu tun, vermutlich wußte er gar nicht, wer Paul Spielmann war, wahrscheinlich konnte er sich gar nicht daran erinnern, daß ich ihm einst ein Manuskript geschickt hatte.

Diesen spöttischen Ausdruck trug der ja immer im Gesicht. Oder schon lang. Im Lauf der Jahre hatte sich der verfestigt. Anfangs war er als existenziell umwittert rezipiert worden, erst mit der Zeit hatte man kapiert, daß er auch komisch war. Auf hintergründige Art komisch allerdings, womöglich sogar auf hinterhältige.

Nein, mit einem Jungschriftsteller wie mir konnte oder wollte der damals nichts anfangen. Auch nicht, als wir einmal beide im Café Bräunerhof gesessen waren. Unsere Blicke begegneten sich einen Moment lang – wie sagt man? –, wir sahen einander auf Augenhöhe. Aber als ich gerade aufstehen und zu seinem Tisch gehen wollte, verschanzte sich der Berühmte hinter der Neuen Zürcher Zeitung.

Dann sah ich ihn nur noch zwei oder drei Mal im Fernsehen. Zuletzt in einem Porträt, das eine Kulturjournalistin irgendwo in Spanien über ihn gedreht hatte, da war dieses Unter-der-Haut-Lächeln besonders auffallend. Wissen Sie, hatte er mit genau diesem Ausdruck gesagt, der Tod geht seit Jahren an meiner Seite. Na immerhin. Den hatte ich überlebt.

Der Stephansdom war nicht nur eingerüstet, sondern noch dazu in das Werbetransparent eines Geldinstituts gehüllt. Einen schwachen Moment lang hatte ich die Idee gehabt, auf ein Stoßgebet in die Kirche zu treten, aber nun hatte ich keine Lust mehr. Außerdem störte mich das Gewimmel, sowohl von der Kärntnerstraße als auch von der Rotenturmstraße fielen, idiotischen Fähnchen folgend, Touristenhorden ein. Ich mußte hier weg. Ich mußte irgendwo hinaus. Ich rettete mich in ein Taxi.

Als ich dann im Stau steckte, bedauerte ich allerdings, nicht einfach zum Ring zurückgekehrt zu sein und auf eine Straßenbahn der Linie D gewartet zu haben. Die Fahrt hätte kaum länger gedauert und wäre billiger gekommen. Außerdem hätte sie besser zu meinen sentimentalen Anwandlungen gepaßt. Waren die Großmutter und ich nach Nußdorf gefahren, so hatten wir immer den D-Wagen genommen.

Nach Nußdorf, und von dort den Kahlenberg hinauf – unser klassischer Ausflug. Gewiß waren wir auch öfter nach Pötzleinsdorf, Neuwaldegg oder Salmannsdorf gefahren, aber der Weg von Nußdorf auf den Kahlenberg war uns am liebsten. Als Kind war es mir manchmal so vorgekommen, als wären wir da schon immer gegangen. Und als würden wir da immer gehen – die Großmutter und ich, ein selbstverständliches Paar für die Ewigkeit.

Wo die Gleise des D-Wagens die Schleife machten, also in einem Bogen in die Richtung zurückführten, aus der man gekommen war, gingen wir vorerst die Zahnradbahnstraße sanft bergan. Da erzählte die Großmutter immer wieder, daß man früher tatsächlich mit einer Zahnradbahn auf den Kahlenberg habe fahren können. Das war jedoch schon lange her, jetzt konnte man von Grinzing aus mit dem Bus fahren. Aber das brauchten wir nicht, wir beide gingen doch gern zu Fuß, nicht wahr, und schritten tüchtig *fürbaß*.

Fürbaß – wieder einer der Ausdrücke, die außer der Großmutter kaum jemand in meiner Umgebung verwendete. Was heißt das, Oma? Das heißt, daß man zielstrebig, aber ohne falsche Hast einen Fuß vor den anderen setzt. Genau das taten wir. Die letzten paar hundert Meter der noch mit großen Steinen gepflasterten Zahnradbahnstraße brachten wir rasch hinter uns. Und schon tauchten wir in den kühlen Schatten des Beethovengangs, in meiner Erinnerung war Hochsommer, das Taxi aber, in dem ich saß, an einem nun doch schon deutlich herbstlichen Tag (draußen wurde es während der endlosen Fahrt leider immer trüber), das Taxi steckte noch immer in einem unglaublichen Stau.

Nußdorferstraße, Gürtel, eine elende Ecke, dann die Heiligenstädterstraße, rechterhand ein potemkinsches Dorf aus Containern und häßlichen Büroklötzen. Irgendwo dahinter mußte das Pressehaus sein, in dem ich auch einmal zu tun gehabt hatte. Eine Kolumne, für die man sich verachtet, bringt im Endeffekt mehr Geld als ein Buch, das man mit Herzblut geschrieben hat. Das ist die Wahrheit. So hätte der berühmte Kollege gesagt. Der ja übrigens auch einmal für eine Zeitung geschrieben hatte.

Allerdings für eine doch etwas weniger fragwürdige. Außerdem hatte es sich in diesem Fall um Gerichtssaalreportagen gehandelt. Das war vielleicht etwas Objektives gewesen. Nicht diese falsche, launige Subjektivität, mit der ich damals meine wöchentlichen dreißig Zeilen tippte.

Und worüber eigentlich? Tatsächlich konnte ich mich an fast nichts mehr davon erinnern. Nur an einen Artikel, in dem ich vorgeschlagen hatte, den Burgtheaterdirektor gegen den Trainer eines damals noch im europäischen Cup konkurrenzfähigen Fußballvereins zu tauschen. Alles andere war ganz einfach gelöscht. Was das betraf, schien mir das Vergessen jedoch angemessen.

Und nach wie vor Stau. Erst auf der Höhe des Karl Marx Hofs ging es etwas flotter. Der stand immerhin noch. Ein Anachronismus, aber haltbar. Breit gelagerte Torbögen, trotzige Türme. Ein Monument der Arbeiterbewegung, aber in dieser Richtung liefen meine Assoziationen hier nur sehr am Rande.

Das Jahr 1934, ja klar, darüber hatte ich einiges gehört und gelesen. Daß sich die Arbeiter hier verschanzt hatten und daß der autoritäre Kanzler Dollfuß diese rote Burg, wie er das Gebäude nannte, mit Kanonen hatte beschießen lassen. Das fiel mir schon ein, wenn ich hier vorbeifuhr, selbst jetzt noch, nach all den Jahren – als Student war ich zur Kranzniederlegung für die Opfer des Februar 34 hier heraus gefahren. Aber just bei dieser Gelegenheit hatte ich ein Mädchen kennengelernt, Barbara hatte sie geheißen, Bärbel nannten sie ihre Freunde vom Verband sozialistischer Mittelschüler, und mit der hätte ich dann beinahe Katrin' betrogen.

Ich fand sie sehr anziehend damals in ihrem blauen Hemd. Eine spezifische Art von Sexappeal wirkte da auf mich, ausgerechnet beim Singen der Internationale. Sie wohnte gar nicht weit vom Karl Marx Hof entfernt, in einem recht bürgerlichen Haus übrigens, und ihre Eltern waren praktischerweise auf Schiurlaub. Ja, genau, von ihrem Fenster aus sah man in den Heiligenstädterpark – jetzt fuhr das Taxi an dieser Ecke vorbei.

Wie sie das Blauhemd und auch sonst einiges abgestreift und auf die Couch geworfen hatte. Und wie sie dann am Fenster gestanden war, vor den vom Februarwind bewegten Parkbäumen. Und wie ich sie gestreichelt und geküßt hatte, aber nicht mehr, denn bis dahin war ich meiner Frau, die ich viel zu früh geheiratet hatte, treu gewesen. Wenn ich daran dachte, daß sie heute nur ausnahmsweise nicht mit mir gekommen war, denn eigentlich kam sie immer mit, war sie immer an meiner Seite, seit sieben Jahren, Jahr und Tag, nur an diesem Tag lag sie mit Grippe im Bett, dann dachte ich, daß ich diese kleine Gelegenheit nutzen sollte, doch anderseits fand ich diesen Gedanken gemein, nein, dachte ich, nicht so, nicht wenn die arme Katrin' krank ist, ich wußte, daß ich früher oder später mit anderen Frauen schlafen würde, wahrscheinlich exzessiv, aber zu diesem Zeitpunkt war mein schlechtes Gewissen noch zu groß.

Und dann war sie eben vorbei, diese Gelegenheit. Und nun war auch das Taxi an dem Haus vorbei, in dem diese Barbara damals gewohnt hatte. Sie mußte jetzt auch schon eine recht reife Person sein. Manches ging viel zu schnell. Das war die Wahrheit.

Nein, aber jetzt wollte ich diesen beharrlich wiederkehrenden Satz wirklich nicht mehr denken. Weg damit. Ich hatte doch meine eigenen Sätze. Der Stau lag hinter uns. Schon näherten wir uns dem Nußdorfer Platz.

Und wohin wollen Sie hier? fragte der Fahrer.

Einfach zur Endstation der Linie D, sagte ich.

8

Zwar hatte es inzwischen ein wenig zu regnen begonnen, aber dadurch wollte ich mich nicht abhalten lassen, den Weg, den ich so oft mit der Großmutter gegangen war, nachzugehen. Bezahlte das Taxi, stieg aus, sah mich um, atmete tief ein. Die gute Luft, hatte die Großmutter gesagt, na ja, das war vor mehr als einem halben Jahrhundert. Ich gab mir einen Ruck und schon ging ich am grünen Geländer entlang, das die Zahnradbahnstraße, wie sie hier noch hieß, vom Bach trennte.

Dieser eingemauerte Bach, durch kleine Kaskaden aufgemuntert. Daß das Wasser nach wie vor plätscherte, doch, das war tröstlich. Horch! sagte die Stimme der Großmutter. Ich hörte sie jetzt sehr nah. Horch! hatte sie gesagt. Da war ich stehengeblieben und hatte gelauscht.

Wie der Bach in verschiedenen Tonstufen gluckerte. Ja, konstatierte die Großmutter, du hast ein feines Ohr. Anfangs wunderte es mich noch, daß sie von Ohren in der Einzahl sprach, ich hatte ja zwei. Aber nach und nach begriff ich, daß die Oma, wenn sie vom Ohr redete, die musikalische Wahrnehmungsfähigkeit meinte.

Der Bach plätscherte. Die Amseln sangen. Manchmal klopfte ein Specht. Das alles war Musik, wenn man nur richtig hinhörte. Du hast ein feines Ohr, sagte die Großmutter, das freute den Enkel, das regte seine Lust am Hören erst richtig an. Die Großmutter selbst hatte allerdings ein gutes und ein schlechtes Ohr.

Das schlechte, in dem sie manchmal ein Stück Watte stekken hatte, verdankte sie ihren Schwestern. Behauptete sie jedenfalls. Die freche Theres' und die scheinheilige Marlen'. Im Klosterneuburger Strandbad hatten sie die kleine Marta untergetaucht. Und da seien ein paar Tropfen Wasser in ihr Mittelohr gedrungen.

Sie sei, sagt die Großmutter, gern auf der Wiese gelegen. Lesend natürlich. Und ungern ins Wasser gegangen. Das sei eine Scheu oder ein Instinkt gewesen. Vielleicht eine Ahnung. Es gibt Dinge, die soll man lieber bleibenlassen.

Die Schwestern aber haben das nicht verstanden. Daß sich ihr Trommelfell vor dem Wasser fürchtete. Allerdings muß ihr Trommelfell schon vorher verletzt gewesen sein. Ein winziger Riß. Dafür konnten die Schwestern nichts.

Sondern wer? Der Zufall. Oder der liebe Gott. Vielleicht hatte die Großmutter das schadhafte Trommelfell auch geerbt. Sie schon. Ihre Schwestern nicht. Weiß der Teufel, warum. Weißt du, sagte sie, manches auf der Welt ist ungerecht verteilt.

Da sie sich, über ihre Praxis als Krankenschwester hinaus, auch für Medizin interessierte, ja sogar zwei Anatomiebücher in ihrem Bücherschrank hatte, erklärte die Großmutter gern, wie es in so einem Ohr aussah. Der Gehörgang, das Trommelfell, die Gehörknöchelchen mit den ihre Form andeutenden Namen Hammer, Amboß und Steigbügel. Dann die Paukenhöhle – dort ungefähr hatte sich das Wasser ihrer Beschreibung nach festgesetzt. Sie habe über anhaltende Schmerzen oder Beschwerden geklagt, ihre Eltern hätten ihr warmes Öl ins Ohr gegossen, aber ein Kind wegen so einer Kleinigkeit zum Arzt zu schicken, also auf so eine Idee sei man damals nicht gekommen.

Sprich in mein *gutes* Ohr, sagte die Oma folglich, wenn sie etwas, das ich sie fragte, oder zu ihr sagte, nicht gleich verstand. War es das linke oder das rechte? Aus der Distanz der Jahre war ich dessen nicht mehr sicher. So viel war aber gewiß, daß die Großmutter auch infolge ihrer Hörschwäche eine besondere Sympathie für Beethoven hatte. Der zwar an

Otosklerose litt, das war ein schwieriges Wort, aber ich lernte es früh, an Oto-Sklerose also, der fortschreitenden Unbeweglichkeit des Steigbügels, und nicht, wie die Oma, an einer verschleppten Mittelohrentzündung, doch im Endeffekt sei das sehr ähnlich.

Nicht abwegig, solche Geschichten und Assoziationen auf diesem Weg. Der ja nach etwa 200 Metern, die er noch unter dem Namen Zahnradbahnstraße lief, nach Beethoven benannt war. Der Beethovengang, ja, an der bachabgewandten Seite noch immer flankiert von Laternen und Bänken. In rührseligen Stunden hatte mein Vater gern ein Lied gesungen, in denen je eine von diesen Laternen und Bänken vorkam, natürlich klein, beide, das Wienerlied liebt die Diminuitive, solang ich in Österreich gelebt hatte, konnte man mich mit so etwas jagen, aber mit den Jahren drüben in den Staaten hatte mir diese Erinnerung manchmal Tränen in die Augen getrieben.

Einmal hatte ich mich sogar dazu hinreißen lassen, Ruth das Lied vorzusingen. Das war ein peinlicher Mißerfolg gewesen. It's really horrible, hatte Ruth gesagt, you'd better stop it. Mein Vater hatte sich, wenn er es sang, wenigstens auf der Mandoline begleitet – a cappella klang es wirklich jämmerlich.

Laternen und Bänke also. Immer noch da. Wenngleich man seit meinem Weggang aus Wien und erst recht seit der Zeit, in der sich meine Erinnerung nun umtat, einige recht fragwürdige Villen dahintergeklotzt hatte. Am Beethovengang. Da konnte sich das Kind den Tondichter, wie ihn die Großmutter nannte, schon ganz gut vorstellen. Wie er, in sich versunken, die Stirn unter der genialen Frisur auf eine Denkerfalte zwischen den Brauen konzentriert, *andante*, also im Gehen, komponierte.

Der große Mann – körperlich war er wahrscheinlich nur mittelgroß. Trotz des Löwenkopfs, der auf den Umschlägen der von der Großmutter erworbenen Notenbücher zu sehen war. Aber auf die Größe, sagte die Oma, kommt es nicht an. Und Napoleon, diese Bemerkung machte sie immer beim Überqueren der Eroicagasse, war noch kleiner.

Bei allem Genie …

Was ist das, Oma?

Ein Geschenk. Oder eine Last.

Bei allem Genie sei dieser *große* Mensch nämlich auch ein *armer* Mensch gewesen.

Nicht nur infolge seiner Schwerhörigkeit.

Er wirkte auch sonst wie einer, der, in sich eingeschlossen, nicht oder nur durch die Musik aus sich herauskonnte.

Letzten Endes kam die Großmutter doch immer wieder auf Beethovens Behinderung zu sprechen. Das Mißtrauen seinen Vermietern und anderen unvermeidlichen Zeitgenossen gegenüber. Die vielleicht über ihn redeten, während er sie immer weniger hörte. Am Ende hörte er seine eigene Musik nicht mehr, denk dir, was das für einen Musiker heißt!

Auch wenn er noch so laut spielte. Diese großartigen Töne! Wie er sie nur mehr im Kopf hörte, in dem er allerdings die ganze Musik hatte. Er sah, wie die Tasten sich bewegten, auf die er mit seinen Fingern einhämmerte. Aber die Töne, die die Hämmerchen im Klangkörper des Klaviers verursachten, indem sie auf die Saiten schlugen, diese Töne hörte er nicht.

In einem Film mit dem Burgschauspieler Ewald Balser, der auf der Burgtheaterbühne immer sehr laut schrie (vielleicht hatte er selbst einen Hörschaden), hatte man das sehr schön sehen können. Wie der Meister, am Klavier sitzend, immer weniger hörte, als läge ein böser Zauber auf ihm. Als schwimme er manchmal unter Wasser wie der Frosch, der eigentlich ein Prinz war. Aber von dem erzählte die Oma erst, sobald wir bei dem kleinen Brunnen anlangten, an dessen Rand ein bronzener Frosch saß.

Doch dieser Brunnen – wo war er? Ich vermutete ihn am Beethovengang, aber da war er nicht. Dort, wo ich ihn vermutete, war die sogenannte Beethovenruhe. Wie hatte ich das bloß vergessen können: Dieser kleine, runde, aus dem gepflegten Gehölz ausgesparte Platz! Und im Zentrum: Dieser große Kopf auf seinem hohen Sockel.

Hatte ich da etwas verdrängt? Nein, dann wäre es mir ja jetzt nicht wieder eingefallen. Doch die Erinnerung war mir nicht angenehm. Daß die Großmutter angesichts dieses schwarzen Schädels gern auf die Gehirnanatomie zu sprechen kam. Ich hätte mich lieber daran erinnert, wie sie die Geschichte vom *Froschkönig* erzählte.

Stattdessen Gehirnanatomie. Die Sinnesorgane waren so etwas wie die Fenster und Türen der Wahrnehmung. Aber war es nicht interessant, wie es von dort weiter nach innen ging? Von den Ohren zum Beispiel ging es vorerst ins Labyrinth. Dieses Wort faszinierte mich zwar, aber es war mir auch immer ein bißchen unheimlich.

Dort säße übrigens auch das Gleichgewichtsorgan, und das sei enorm wichtig. Daß man im Gleichgewicht bleibe und nicht aus der Balance käme. Aber es ging noch viel weiter nach innen, durch Häute und Höhlen, Windungen und Netzwerke. Großhirn, Kleinhirn, Stammhirn – wenn du studierst, sagte die Großmutter, wirst du das alles genauer lernen.

Und das traf ja zu – vierzehn oder fünfzehn Jahre später sollte ich wirklich studieren. Und da trug der Professor ein Gehirn in den Hörsaal, die zwei Hemisphären lagen hübsch nebeneinander in einer Schale. Es sei ganz frisch, sagte er, kein großes Gehirn, aber ein apartes, sehen Sie nur, wie zierlich die

Hypophyse ist. Da wurde mir schwindlig. Da mußte ich aufpassen, daß ich nicht auf der Stelle umfiel. Da gelang es mir gerade noch rechtzeitig, den Saal zu verlassen.

Am nächsten Tag ging ich zur Evidenzstelle im ersten Stock des alten Universitätsgebäudes und änderte meine Studienrichtung. Soviel war mir evident: Medizin war nicht das Richtige für mich. Ich war damals achtzehn oder neunzehn, im ersten Semester, das war das zweite Mal, daß ich die Großmutter schwer enttäuschte. Das erste Mal war ich sieben oder acht gewesen, da sollte ich in der Klavierschule Cerny vorspielen, was ich im Lauf des ersten Halbjahrs gelernt hatte, aber daran wollte ich mich nun wirklich nicht erinnern.

Also doch lieber an den *Froschkönig*, obwohl der Froschbrunnen nicht dort war, wo ich ihn erwartet hatte? Vielleicht war er weiter oben, es regnete nun zwar etwas stärker, aber ein Stück wollte ich noch gehen. Am Ende des Beethovengangs kam die Kahlenbergerstraße, da ging es nun etwas steiler bergan, aber das schaffen wir leicht, sagte die Großmutter. Nach und nach wurden die Villen am Wegrand schütterer, dahinter sah man schon Hügel mit Weingärten.

Beachtlich, wie fit die Großmutter damals gewesen war. Was mich betraf, so kam ich jetzt schon etwas außer Atem. Beachtlich auch, wie brav ich als vier- oder fünfjähriges Kind marschierte. Aber da mir dabei immer Geschichten erzählt wurden, fand ich das anscheinend nie langweilig.

Und die Großmutter *erzählte* die Geschichten nicht *einfach so*. Oder ich *hörte* sie nicht *einfach so*, daß sie beim zweiten, dritten Erzählen schon langweilig wurden. Oh ja, ich hatte auch dafür ein feines Ohr. Übrigens hatte ich etwas abstehende Ohren, jedenfalls bei der Kurzhaarfrisur, die man mir vor meinem Schuleintritt verpaßte, manchmal konnte ich mich im Spiegel gar nicht anschauen.

Froschkönig also. Diese Geschichte von einer Prinzessin, die mit einem Frosch in allzu engen Kontakt kommen sollte. Was sie, sobald es mit dem Versprechen, das sie ihm vorerst leichtfertig gab, ernst wurde, peinlich berührte. Diese Prinzessin spielte mit einer goldenen Kugel, um die ich sie lange beneidete. Und sie spielte ausgerechnet am Rand eines Brunnens.

Es muß übrigens ein Brunnen mit niedrigem Rand gewesen sein, eher ein Teich, denn die Kugel fiel nicht direkt ins Wasser, sondern zuerst auf die Erde, von wo sie ins Wasser rollte. Die Großmutter liebte es, das Rollen der Kugel zu beschreiben, da blitzte das Gold noch kokett in der Sonne, die durch die Zweige am Waldrand schimmerte, aber dann – platsch. Und da stand das arme Kind, das allerdings, so ähnlich wie Dornröschen, auch schon ein junges Mädchen war. Und die Kugel sank auf den Grund des Brunnens oder Teichs, und der war noch dazu tief.

Und jetzt kommt der Frosch, taucht auf aus der Tiefe, in der man schlecht hört, aber oben, da hört er nicht nur das Weinen der doch etwas leichtsinnigen Prinzessin um ihr liebstes Spielzeug, sondern kann mit seiner Froschzunge sogar reden. Dieser Frosch ist übrigens alles andere als ein selbstloses Tier, was gibst du mir dafür, fragt er gleich, wenn ich dir die Kugel heraufttauche. Aber das ist, wie er angesichts der Königstochter sehr schnell abschätzt, seine Chance. Seine Chance auf Erlösung nämlich, obwohl die in diesem Märchen grausamerweise darin besteht, daß der zu Erlösende an die Wand geworfen wird.

Was jedoch, dachte ich später manchmal, was wäre, wenn der Erlösungsmechanismus nicht funktioniert? Oder wenn er nichts anderes wäre als der faule Trick irgendeiner gemeinen Macht, die dem armen Frosch jene irrwitzige Idee nur vorgaukelt? Sodaß er, die Prinzessin mit der Zumutung seiner Bettgenossenschaft zu einem Ausbruch von Ekel und Wut provozierend, nichts anderes erreicht als jenes unschöne Ende? Eines langen Winterabends in Maine, als ich, in einer Anwandlung von Philosophie im Schlafzimmer, diesen Gedankengang Ruth mitteilte, hat sie laut gelacht.

Von der Geschichte mit dem Froschkönig kam die Großmutter ohne weiteres auf die mit dem *Glöckner von Notre Dame*. Der hieß Quasimodo, und das klang ja auch wie ein Froschname. Quasimodo aber war kein verzauberter König, sondern ein armer Krüppel. Hingegen war Esmeralda eine Prinzessin, wenn auch nur unter Bettlern und Gauklern. Und sie war schön. Sie war schön auf eine extrem verführerische Weise. Wie vermittelt eine Großmutter ihrem vier- oder fünfjährigen Enkel, was verführerisch ist? Es war wahrscheinlich der Tonfall, mit dem sie es schaffte. Nicht, daß sie outrierte. Sie ließ es eher in Nuancen durchklingen.

Übrigens hatte ich mir damals vielleicht doch schon vorstellen können, was verführerisch war. Warum sonst fiel mir gerade jetzt dieses Mädchen ein. Sie hatte ein weißes Kleid getragen und weiße Kniestrümpfe. Vorerst war sie auf der Wiese herumgesprungen, die Großmutter, der sie ein bißchen auf die Nerven ging, sagte herum*getanzt*, einen bunten Ball in die Luft werfend und wieder auffangend, dann hatte sie sich, hübsch erhitzt, ins Gras niedersinken lassen, und dabei war ihr Kleid ein schönes Stück über die Knie hinauf gerutscht.

Wo war das gewesen? Bei der Josefinenhütte oder auf der Sofienalpe? Und wie hatte sie bloß geheißen? Ihr Name war irgendwie besonders. Keiner der damals in Wien verbreiteten Namen. Sie war schon zehn oder elf, also für meine damaligen Begriffe ziemlich erwachsen.

Sehr hell, dieses Mädchen, mit einer Haarfarbe wie der Löwenzahn auf der Wiese. Esmeralda dachte ich mir im Gegensatz zu ihr sehr dunkel. In einen dunklen Winkel des

Turms ritzte der finstere Priester Frollo ein griechisches Wort, ich hatte vergessen, was genau es bedeutete, aber es war etwas wie Leidenschaft oder Begehren oder Verstrickung. Als Kind glaubte ich, es handle sich um ein verbotenes Wort, ebenso verboten wie – ja, vielleicht eben wegen dieses Verbots – erregend, ein Wort, das die Gassenkinder, mit denen ich nicht zu spielen brauchte, weil ich die Großmutter hatte, manchmal an die Wände schmierten.

Verboten, aber auch auf paradoxe Weise heilig. Ein Wort, das man wahrscheinlich nicht aussprechen durfte. Wenn man es aussprach – konnte man dann abschätzen, was passierte? Damit berührte man vielleicht den Ursprung der Welt.

So etwas fiel mir natürlich auch erst später ein. Was einem so einfällt, wenn man lang genug lebt. Und liest. Der Erzdechant Frollo war übrigens auch sehr belesen. Aber das nützte ihm nichts. Im Gegenteil. Gewisse elementare Bedürfnisse machten ihm schwer zu schaffen.

Gott, wie verführerisch Esmeralda war! Und wie sich der finstere Frollo nach ihr verzehrte! Vom Turm mit den berühmten Wasserspeiern schaute er herunter (oder war das Quasimodo?). Hoch über dem Kirchplatz, über den Esmeraldas zierliche Füße gingen.

Den *Glöckner von Notre Dame*, sagte die Großmutter, habe sie in Paris sogar auf französisch zu lesen begonnen. Ein paar Seiten nur, aber immerhin – die deutsche Übersetzung habe sie schon früher gekannt. Der Cousin habe ihr geholfen, auf diversen Bänken im Jardin des Plantes (oder war es der Jardin du Luxembourg?) habe sie ihm halblaut vorgelesen. Er habe den Arm um ihre Taille gelegt und gelegentlich charmant ihre Aussprache korrigiert.

Wenn du groß bist, sagte die Großmutter, wirst du Französisch lernen, das ist eine elegante Sprache. Englisch oder genaugenommen Amerikanisch hielt sie im Grund für ordinär. Es ist schon wahr, sagte sie, daß die halbe Welt heutzutage diesen Jargon spricht. Aber das muß man nicht mitmachen. Den Gebrauch der nach und nach vordringenden Amerikanismen verweigerte sie konsequent.

Daß ich nach dem Entschluß, das Medizinstudium aufzugeben, oder vielmehr erst gar nicht richtig anzufangen, Englisch statt Französisch inskribiert hatte! Sie konnte nicht umhin, mich ihre diesbezügliche Mißbilligung spüren zu lassen.

Anglistik. Ach so.

Und dabei war das ja nur mein Nebenfach. Mein nunmehriges Hauptfach erfüllte sie erst recht mit Skepsis.

Psychologie, das sei nicht Fisch und nicht Fleisch. Sagte sie das in der Meierei im Volksgarten, oder war das im Café des Kaufhauses Gerngroß? Im Volksgarten trank sie ihr Glas saure Milch, bei Gerngroß trank sie ihre Schale Kaffee. Wenn schon nicht Medizin, dann Jus, aber Psychologie, was willst du damit anfangen?

Mit Medizin oder Jus kann man Geld verdienen. Wenn du schon glaubst, du kannst materielle Motive nobel hintanstellen, warum studierst du dann nicht gleich ein wirklich humanistisches Fach? Geschichte zum Beispiel. Geschichte hätte die Großmutter selbst interessiert. Hätten sie mich studieren lassen, sagte sie, so hätte ich Geschichte inskribiert.

Psychologie aber? Nebbich. Sie konnte sich wirklich nicht damit befreunden. Sie trank eine Melange. Das war also eher bei Gerngroß. Dort oben im letzten Stock des beliebten Kaufhauses. Oder war es in der Konditorei Aida in der Margaretenstraße?

Sowohl da als auch dort fand sie den Kaffee damals noch gut. Aber in dieser Szene sieht sie drein, als ob er ihr nicht schmeckt.

Weißt du, was ich glaube? sagt sie. Du suchst nur ein Alibi.

Und damit hat sie ja recht. Diese Großmutter durchschaut mich.

Sie durchschaute auch meine Liebesverhältnisse. Deine Katrin', sagte sie, ist ja ein liebes Mädchen. Sie hat so was Anschmiegsames, das macht einen ganz weich. Aber wenn du mich fragst, ich find es nicht gut, daß sie dich so umklammert.

Sie liebt mich halt, sagte ich.

Ach ja, die Liebe, sagte die Großmutter. Die Liebe wäre schon schön, wenn sie wirklich wahr wäre. Es gibt aber Verwechslungen. Eigentlich gibt es die meistens. Man hält etwas für pure Liebe, aber möglicherweise ist es auch etwas anderes.

Damals protestierte ich natürlich. Woher wollte diese Oma das denn wissen? Mit der Liebe hatte sie ja gar nicht soviel praktische Erfahrung. Der Cousin, na ja gut, aber daraus war eben nichts Wirkliches geworden ...

Jetzt halt dich aber zurück, sagte sie. Kein Wort mehr!

Sie war plötzlich zornig geworden. So hatte ich sie noch nie gesehen. Ihre Lippen und ihr Kinn bebten, ihre Hand mit der Kaffeetasse zitterte. Wenn aus mir und meinem armen Cousin etwas geworden wäre, wenn ich dann nicht meinen ersten und vor allem meinen zweiten Mann kennengelernt hätte, Gott hab ihn selig ... Dann wär ich jetzt nicht mehr am Leben, dein Vater wär nicht auf die Welt gekommen, und von dir wär überhaupt keine Rede.

Bei dieser Erinnerung angelangt fühlte ich mich alles andere als wohl. War sie doch eine der wenigen Erinnerungen an Dissonanzen mit der Großmutter. Sonst war da meistens Gleichklang. Hier offenbar nicht. Das störte mein retrospektives Harmoniebedürfnis.

Auch das Wetter wurde unangenehm. Nach der ersten etwas strapaziösen Steigung führte der Weg wieder etwas sanfter bergan, aber wegen des immer stärker werdenden Regens konnte ich diese schöne Passage kaum genießen. Die Aussicht, die sich nun auftat, enttäuschte mich überdies. Okay, bei derart verhangenem Himmel konnte man nicht verlangen, daß die Donau blau war, aber ich hatte den Fluß als anmutiges Band in Erinnerung, nicht als langweiliges, von einer Unzahl bloß funktionell konzipierter Brücken überspanntes Rinnsal.

Ein paar Hochhaustürme standen im Panorama. Was machen die da? hätte die Großmutter gesagt. Die gehören nicht hierher! Als Student hätte ich die Stadtplaner noch verteidigt: Wien ist kein Museum, Oma – wieso siehst du nicht die Ästhetik der modernen Architektur? Jetzt aber neigte ich dazu, ihr recht zu geben.

Sturzbäche Wasser rannen mir über die Stirn und in den Nacken. Ich brauchte dringend einen Unterstand. Nicht weit von hier, fiel mir jetzt ein, mußte die *Eiserne Hand* sein. Ein Gasthaus, in dem die Großmutter und ich vor dem endgültigen Anstieg auf den Kahlenberg meist eine kleine Rast eingelegt hatten.

Wenn nicht schon vorher beim Froschbrunnen, aber an dem war ich nicht vorbeigekommen. Mußte ich wirklich annehmen, daß man ihn weggerissen hatte? Diese Barbaren! Sie wären dazu imstande! Anderseits bildete ich mir ein, daß mir die Stelle aufgefallen wäre, an der der Brunnen nun fehlte. Diese Vorstellung tat mir geradezu weh. Ja, ich spürte nun wieder den Druck im Magen. Außerdem ärgerte es mich, daß mir der Name jenes Mädchens nicht einfiel. Wie hatte sie nur geheißen? Doris? Iris?

Der Druck im Kopf, der Druck in der Magengegend. Konnte es sein, daß das eine mit dem anderen zusammenhing? Oder waren das zwei verschiedene Herde? Das Wort Krisenherde irrlichterte mir durchs Gehirn – wenn das, wovor man sich fürchtete, einmal in der einen Region anfing, ging es womöglich schon bald in der nächsten los.

Vor mir war die Senke, in der die *Eiserne Hand* liegen mußte. Tatsächlich: Ich sah sie schon: Ein kaisergelbes Gebäude mit weißen Läden. Allerdings war die Sicht dorthin eigenartig verwachsen, und das letzte Stück Weges war nicht nur wetterbedingt schlecht. Ich hatte zu laufen begonnen, doch bei diesen Bodenverhältnissen mußte ich aufpassen, daß ich nicht ausrutschte und hinfiel.

Dieser oberflächlich rutschige, untergründig lehmige Boden! Oben lief man Gefahr, die Haftung zu verlieren, unten mußte man befürchten einzusinken. Meine Schuhe wurden schwer und klebrig, es war immer schwieriger, voranzukommen. Aber es konnte sich nur mehr um wenige Meter handeln.

Und dann stand ich dort, wo ich den Gastgarten vermutet hatte. Natürlich hätte ich jetzt nicht draußen sitzen können, aber ich hatte naiverweise erwartet, daß hier immer noch Tische und Sessel im Freien standen. Auf Wiesen- oder auf Kiesboden, dessen war ich nicht mehr ganz sicher. Davon war jedenfalls keine Spur mehr, der Grund, auf dem der Garten gewesen sein mußte, war irgendwie weggebaggert oder plattgewalzt, seit ich das letzte Mal da gewesen war, das kam mir jetzt brutal zu Bewußtsein, war ein sogenanntes Menschenalter vergangen.

Die Fensterläden waren ebenso geschlossen wie das hohe Gittertor des Gebäudes. *Vorsicht vor dem Hund und vor dem Herrn* stand auf einem am Tor angebrachten Schild. Den Hund gab es wirklich, wie verrückt bellend sprang er mit allen vier Pfoten gegen den Zaun. Offenbar konnte er meinen naiven Annäherungsversuch an die Vergangenheit nicht fassen.

9

Kaum mehr als zwanzig Minuten hätte ich noch bis zum Gipfel des Kahlenbergs gebraucht. Aber dort oben angelangt wäre ich völlig durchnäßt gewesen. So war ich lieber nach Nußdorf zurückgekehrt. Die Strecke bergab hatte ich im Eilschritt zurückgelegt, aber unten angekommen war ich kaum trockener, als ich es oben gewesen wäre.

Ich hatte heiß geduscht und mich anschließend heftig frottiert. Nun saß ich erneut in der Küche der leeren Wohnung. Vor dem Fenster regnete es nicht nur, es war nun auch ein starker Wind aufgekommen. Die aufgeplatzten Kastanien und die Blätter auf dem Katzenkopfpflaster schwammen in einer tristen Pfütze.

Da saß ich und fühlte mich auf eigenartige Weise unbehaglich. Nein, das hatte nichts mit der Angst an der Basis meines Bewußtseins zu tun. Die war seit Monaten da, die kannte ich schon. An das Leben mit einer gewissen Todesangst hatte ich mich einigermaßen gewöhnt.

Das Unbehagen, das ich seit dem letztendlichen Scheitern meines kleinen Ausflugs verspürte, war ein anderes. Aus der Zeit meines Psychologiestudiums hatte ich noch den Begriff Quasibedürfnis in Erinnerung. Das war das Bedürfnis, eine einmal begonnene Handlung auch zu vollenden. Aber war es nur das? Ich wurde das Gefühl nicht los, daß noch etwas anderes dahintersteckte.

Auf dem Herd kochte Teewasser, Aspirin hatte ich noch im Koffer, aber Rum hatte ich nicht im Haus. Auch das war ärgerlich, ich hätte daran denken sollen, als ich aus dem Taxi stieg. Nußdorf hin und retour per Taxi, jeden Tag durfte ich mir solche Fahrten nicht leisten. Selbst wenn Harry bald einen Käufer für mein Haus in Lewiston fand, würde es wohl eine Weile dauern, bis das Geld dafür überwiesen war.

Trotzdem: Finanzielle Sorgen hatte ich im ganzen bisherigen Lauf meines Lebens für nebensächlich gehalten. Von dieser Haltung würde ich mich auch jetzt, in der Zielkurve, nicht abbringen lassen. Ein, zwei Monate würde ich mit meiner vorläufigen Barschaft schon noch auskommen. Nein, das war es nicht, was mir im Magen lag.

In der Flasche, die ich am Vortag gekauft hatte, war noch ein Rest Wein. Um ihn zum Glühwein zu machen, dazu fehlten nun wieder Zimt und Gewürznelken. Ich goß ihn also in den Tee, zur Erwärmung würde das auch nützen. Eine Verkühlung war immerhin etwas, wogegen man selbst etwas tun konnte.

Ich legte die Hände um die Schale und trank. Doch, das tat gut. Die Wärme verbreitete sich im Körper. So wurde das Unbehagen immerhin schwächer. Aber ganz wurde ich es nicht los, und vielleicht, dachte ich, sollte ich es nicht einfach wegstecken.

Das Gefühl, daß es mit dem Ort zusammenhing, an dem ich mich zur Umkehr genötigt gefühlt hatte, war wohl nicht unrichtig. Klar, da war die Enttäuschung darüber, daß das Lokal nicht mehr existierte. Das Gasthaus *Zur eisernen Hand*, das unter den bestehenden Wetterumständen eine Zuflucht gewesen wäre. Da war auch der Ärger über das wenig gastfreundliche Warnschild, das ja vielleicht witzig sein sollte, und über den blöden Cerberus.

Aber möglicherweise war das nicht alles. Ich trank die Tasse Tee aus und schaltete den Laptop ein. Vielleicht brachte es ja etwas, wenigstens im Geist an den Ort zurückzukehren. Ich versuchte, mir das Gasthaus *Zur eisernen Hand* zu vergegenwärtigen, wie es gewesen war.

Den Garten davor. Die Tische und Sessel auf dem Kiesboden. Oder war es ein Wiesenboden gewesen? Gut möglich. Es kam mir so vor, als seien da Obstbäume gestanden. Und dazwischen standen gelbe, freundliche Sonnenschirme.

In meiner Erinnerung gab es keinen hysterischen Hund, sondern ein gutartiges Tier, das sich streicheln ließ. Ja, ein Hund und eine Katze, die gut miteinander auszukommen schienen. Womöglich gab es sogar zwei Katzen, eine schwarz und eine getigert. Und der Wirt oder der Kellner war ein freundlicher Mensch in Hemdsärmeln.

Die Großmutter bestellte mir meist ein Glas Sodawasser mit Himbeere. Sich selbst bestellte sie Apfelsaft, manchmal bestellte sie sich auch einen Gespritzten. Schau wie schön, sagte sie, gleich nach dem Holzzaun zum Gasthausgarten begannen die Weingärten. Die Weinblätter glänzten in der Sonne, die Weinbeeren waren noch klein, aber damit sie in Ruhe reifen konnten, gab es eine Vogelscheuche, die sich lustig im Wind bewegte.

Alles idyllisch, oder? Und trotzdem war etwas an diesem Ort unangenehm. Natürlich. Jetzt fiel es mir ein. Das lag an der Sage.

Der Sage vom *Ritter mit der eisernen Hand.*

Mit dieser Sage hatte ich meine Probleme.

Sooft sie die Oma erzählte. Irgend etwas daran blieb dunkel. Obwohl mich die Geschichte interessierte, ja irgendwie (das Wort schien hier passend) packte, hatte ich sie nie richtig behalten. Lag es an der Großmutter, die doch sonst so großartig erzählte, oder lag es an mir? Gewisse Fragen schienen mir nie zureichend beantwortet, gewisse Zusammenhänge hatte ich nie verstanden.

Trug der Ritter, um den es sich drehte, eine Prothese? Vielleicht war er auf einem Kreuzug verwundet worden, dort unten im sogenannten heiligen Land, das man befreien wollte. Was für ein Land war das eigentlich? Und wer wollte es von wem befreien? Manchmal sprach die Großmutter auch vom *gelobten* Land, aber das verstand ich erst recht nicht.

Vielleicht stammte die Verwundung des Ritters aber auch von der Türkenbelagerung.

Davon hatte ich als Kind schon eher einen Begriff. Jedenfalls sobald ich die Schule besuchte. Schon in der ersten oder längstens in der zweiten Klasse bekamen wir es mit der Türkenbelagerung zu tun.

Mit den Türkenbelagerungen genaugenommen, denn es gab ja zwei. Erst war der Sultan Soliman mit einem großen Heer angerückt, und dann, hundertfünfzig Jahre später, der Großwesir Kara Mustafa. Mit einem noch größeren Heer. Die ganze ummauerte Stadt Wien war von Türkenzelten umgeben. Ehrlich gesagt bedauerte ich, daß die Türkenzelte nicht mehr da waren.

Ich stellte mir das schön vor. Zelte gefielen mir.

Ja, aber die Türken hatten die Vorstädte *gebrandschatzt*.

Was sollte das heißen? – Es gab unsympathische Wörter in dieser Geschichte.

Vielleicht waren es allerdings auch die Verteidiger, die die Vorstädte gebrandschatzt hatten.

So geht das im Krieg, sagte die Großmutter, was soll man da machen. Tod und Teufel sind da entfesselt, Mord und Brand. Am Ende wollten die Türken die Stadt aushungern. Aber da hat sich oben, auf dem Kahlenberg, oder war es der Leopoldsberg, ein Heer gesammelt, um die Stadt zu entsetzen.

Wieso zu *entsetzen*?

Na ja, sagte die Großmutter, das hat man früher so gesagt.

Das Entsatzheeer, zur Rettung des Abendlandes.

Auch Prinz Eugen war dabei. Der habe hier seine Feuertaufe erlebt.

Feuertaufe. Auch dieses Wort war erschreckend.

Erschreckend. Naturgemäß. Das war eine *Schlacht.* Aber in so einer Schlacht kann ein Mann *seinen Mann stehen.* Nach der Befreiungsschlacht von 1683, in der er sich *seine ersten Sporen verdiente*, schlug Prinz Eugen noch zahlreiche Schlachten. Deswegen bekam er dann das Denkmal auf dem Heldenplatz, in dem er auf seinem stattlichen *Schlachtroß* saß. Mit Sporen an seinen Stiefeln. Sobald das Denkmal freigelegt war, konnte man diese Sporen groß und deutlich sehen. Wenn er sie einsetzte, waren sie bestimmt eine Qual für das arme Roß. Glücklicherweise war dieses Roß nur aus Bronze. Unglücklicherweise war es dem Bildhauer etwas mißlungen.

Was die Schlacht um Wien betraf, so war sie hingegen ein Erfolg. Nämlich für die Befreier, für deren Erscheinen die in der Stadt Eingeschlossenen Gott dankten. Da stürmte das christliche Entsatzheer unter der Führung des besonders christlichen Polenkönigs Sobieski vom Kahlenberg hinunter. Und den Türken, die nicht überrannt und niedergemetzelt wurden, blieb nichts anderes übrig, als unter Zurücklassung der Zelte und tausender Säcke Kaffee die Flucht zu ergreifen.

Ende gut, alles gut: Seither gab es in Wien Kaffeehäuser.

Aber der Ritter mit der eisernen Hand.

Wie war das mit dem? fragte der Enkel.

Ach so, der, sagte die Großmutter. Also der hat möglicherweise in dieser Schlacht seine Hand *verloren.*

Die eiserne? Nein. Die hatte er ja noch nicht. Die, die er früher hatte. Eine Hand aus Fleisch und Blut. Zwar war die Chirurgie damals noch nicht so fortgeschritten wie später, und die hygienischen Verhältnisse in den Feldlazaretten waren gewiß fragwürdig. Aber mit Glück und Geschick konnte man so eine Hand, die in der Schlacht verlorengegangen war, auch damals schon ersetzen.

Darüber sprach die Großmutter betont sachlich. Nach ihrer provisorischen Ausbildung als Krankenschwester hatte sie in einem Verwundetenspital gearbeitet. Das war ja der Grund für die rasche Ausbildung gewesen. Damals, am Ende des Ersten Weltkriegs, hatte sie keine Säuglinge und Wöchnerinnen zu betreuen, sondern zu Invaliden geschossene Männer.

Vielleicht allerdings sei alles ganz anders gewesen. Vielleicht hatte der Ritter mit (oder genauer *von*) der eisernen Hand schon viel früher gelebt, in der richtigen Ritterzeit. Und vielleicht, sagte die Großmutter, habe er in Wirklichkeit gar keine eiserne Hand gehabt. Vielleicht habe er nur so geheißen, weil die Bauern in der Umgebung seine Hand so besonders hart gespürt hatten.

Daß ihr Mann statt der rechten Hand eine Prothese getragen hatte, daran bestand allerdings kein Zweifel. Auf einem offenbar mit Selbstauslöser aufgenommenen Bild stand er in Windjacke und Knickerbockerhosen vor irgendeiner Schutzhütte. Die linke Hand legte er um die Schulter einer kleinen Frau, die der Großmutter nur entfernt ähnlich sah. Die rechte, mit einem eigenartig starr vor die Brust gewinkelten Arm, steckte in einem schwarzen Lederhandschuh.

Dieses Bild war das erste im Album der Oma. Neben der Schachtel mit der Mondsichel auf dem Deckel, die sie unter ihrer Intimwäsche aufbewahrte, hatte sie natürlich auch ein Album. In der Schachtel, so viel begriff ich allmählich, verwahrte sie Fotos und Andenken aus ihrer Vorzeit. Das Album hingegen, mit seinem Einband aus plissiertem braunen Leder, enthielt die Bilder ihres offiziellen Lebens.

Marta Prinz, Gattin von Wilhelm Prinz, Postoberoffizial. Einem Mann, über den sie knappe Auskünfte gab. Daß er aus dem Sudetenland gestammt habe, daß sie ihn als Pflegerin im Verwundetenspital Wien 5, Gassergasse, kennengelernt habe, daß sie, sobald es möglich gewesen wäre, geheiratet hätten.

Daß sie miteinander zuerst im 2. Bezirk gewohnt haben und dann im 4., zuerst in Untermiete und dann schließlich in Hauptmiete, schon in der Wohnung, in der später das Klavier stand.

Das Türschild mit Namen und Titel des Verstorbenen hatte sie erst abmontieren lassen, als ich schon ins Gymnasium ging. – Oberoffizial. – Was war das überhaupt? – Ein hoher Amtstitel. Ihr Gatte war stolz darauf. Hätte die Monarchie noch bestanden, so hätte er kraft seines Amtes einen Säbel tragen dürfen. Als Student äußerte ich daran gewisse Zweifel, aber da war die Oma beleidigt.

Über ihren seligen Mann, wie sie ihn nannte, ließ sie nichts kommen. Ein gewissenhafter Mensch. Erst kam die Pflicht als Postbeamter und Familienerhalter und dann kam lang nichts.

Daß er nebenbei Briefmarken sammelte, war bei seinem Beruf wohl naheliegend. Er hatte aber auch Münzen und Schmetterlinge gesammelt.

Die Marken und Münzen interessierten mich weniger, doch von der Schmetterlingssammlung ging eine gewisse gruslige Faszination aus. Sie hatte ebenfalls einen Platz im Schrank. Die Schmetterlinge waren in vier Reihen geordnet, links oben und rechts unten die kleinen, eher unscheinbaren, also verschiedene Sorten von Weißlingen und Bläulingen. Gegen die Mitte zu aber die immer größeren, schöneren, also Perlmutterfalter, Admirale, Trauermäntel, Pfauenaugen. Im Zentrum die Segelfalter und Schwalbenschwänze. Und das Prachtstück: ein Alpenapollofalter. Flügel wie Seide, schwarze und rote Punkte wie Samt. Leider zerfiel er mit der Zeit – immer größere Teile seiner Fühler und Flügel lagen von ihm losgelöst auf dem Boden des straff mit Zellophan überklebten Sperrholzkastens.

Jetzt fielen mir auch Fotos ein, auf denen der Herr Prinz als Schmetterlingsjäger zu sehen war. In kurzen Hosen und mit einem Netz in der Linken lief er etwas verwischt über eine blasse Wiese. Auf einem anderen Bild sah man, wie er einen Schmetterling mit Äther betäubte. Mein winziger Vater, auch er in kurzen Hosen und mit spindeldürren Beinen, mußte dabei assistieren.

Auf bittere Bemerkungen, die auf ein katastrophales Verhältnis zwischen ihrem Sohn und dem Herrn Prinz schließen ließen, reagierte die Großmutter mit Rückzug. Das wolle sie nicht hören, sagte sie, das werde dem Verewigten nicht gerecht. Über Verstorbene soll man nichts Schlechtes reden. Egal, ob wir uns in ihrer Wohnung in der Mühlgasse befanden oder in unserer in der Oberen Bahngasse, wenn sich das Gespräch in dieser Richtung entwickelte, stand sie auf und verließ den Raum.

10

Vom ersten Mann der Großmutter gab es im Album kein Foto. Über ihn hatte sie für gewöhnlich noch weniger reden wollen als über den zweiten. Nur in seltenen Augenblicken und ganz unvermittelt überkam sie eine auf ihn und ihre kurze Geschichte mit ihm bezogene Mitteilsamkeit. Weißt du, sagte sie dann etwa, sich an ihren fünf- oder sechsjährigen Enkel wendend, wie an einen Erwachsenen, im Grund genommen hat uns meine Familie auseinandergebracht.

Ihre Familie. Also ihre Eltern und ihre Schwestern. Hätten sich die nicht eingemischt, so wären wir vielleicht heute noch beisammen. Sagte die Großmutter. Nein, er sei kein schlechter Mensch gewesen. Er. Ihr Erster. Lange Zeit hatte dieser verschwundene Großvater für mich keinen Namen.

Spielmann, ach ja. Es war erstaunlich, daß dieser Unbekannte so hieß wie ich selbst. Aber die Großmutter hatte ihn nie so genannt. Von Beruf, das erwähnte sie nur sehr nebenbei, sei er Friseur gewesen. Wie und wo sie sich kennengelernt hatten, darüber schwieg sie sich aus; wahrscheinlich war ihr Kontakt einfach über die Haarpflege zustande gekommen.

Ich war jetzt in einem eigenartigen Zustand. Eine innere Vibration – Tee, Wein und Aspirin taten anscheinend ihre Wirkung. Es war schon wieder spät nachts, vielleicht hatte ich tatsächlich ein wenig Fieber, wahrscheinlich wäre es vernünftiger gewesen, mich hinzulegen. Anderseits verspürte ich eine fast euphorische Lust, gerade jetzt weiterzumachen.

Möglichkeit einer Geschichte: Es war einmal ein junges Mädchen namens Marta. Dieses junge Mädchen war in Paris gewesen, aber das war zu dem Zeitpunkt, zu dem diese Geschichte beginnt, schon wieder zwei Jahre her. Damals hatte sich Marta ein bißchen in ihren Cousin, einen Studenten der Medizin, verliebt. Aber bis auf ein paar Küsse war kaum etwas geschehen – als er, auf einer Bank im Jardin des Plantes (oder war es der Jardin du Luxembourg?) ein ganz klein wenig frech geworden war, da hatte sie ihm, wie es sich gehörte, auf die Finger geklopft.

Nach ihrer Rückkehr nach Wien geschah erst recht nichts. Vielleicht, dachte sie manchmal, hätte ich etwas länger in Paris bleiben sollen. Oder ganz. Ihre Tante hatte ihr das eines Abends angeboten. Sie war aber nicht sicher, ob die Tante das im Scherz oder im Ernst gemeint hatte.

Außerdem hätten das ihre Eltern wahrscheinlich nicht zugelassen. Oder doch? Vielleicht wären sie im Grunde froh gewesen, sie los zu sein. Eine Tochter weniger an den Mann zu bringen. In Frankreich wäre die Tante für sie verantwortlich gewesen.

Seit sie wieder in Wien war, hatte Marta jedenfalls so eine Sehnsucht im Leib. Natürlich hatte sie auch eine Sehnsucht in der Seele. Auf der Ringstraße gab es eine Frauendemonstration, da marschierten einige tausend Frauen für ihr Wahlrecht. Aber davon erfuhr ein junges Mädchen wie Marta nur am Rande.

Marta las. Sie las Bücher, die etwas mit Frankreich zu tun hatten. Nicht auf französisch, nein, ohne den Cousin hätte sie das nicht geschafft. Obwohl ihr ein paar französische Phrasen noch lang im Kopf herumspukten. Und obwohl sie manchmal im Traum französisch redete.

Sie hatte sich in die Bücherei in der Zirkusgasse einschreiben lassen. Sie las Bücher von Victor Hugo, von Dumas Vater und Sohn, von Jules Verne. Manches davon hatte sie schon in Kierling gelesen, aber sie war ihr Lebtag eine leidenschaftliche Wiederleserin. Sie las auch Bücher über die Französische Revolution und Napoleon.

Und Flaubert las sie, *Madame Bovary*, das hatte ihr der Cousin empfohlen. Aber so richtig konnte sie sich nicht damit anfreunden. *Der Graf von Monte Christo* war ihr viel lieber. Mit der in ihrer Ehe eingesperrten Emma Bovary konnte sie sich, ihrem Geschlecht zum Trotz, vorläufig weniger gut identifizieren als mit dem im Chateau d'If eingekerkerten Edmond Dantès.

Eines Tages im Jahr 1912 ging Marta jedenfalls zum Friseur. Warum sie nicht in den Friseursalon ging, in den sie bis dahin mit ihren Schwestern gegangen war, weiß ich nicht. Ebensowenig weiß ich, warum sie allein ging. Aber vielleicht, ja, wahrscheinlich, war es so, daß ihre Schwestern, beide bereits über zwanzig, schon verheiratet und aus dem Haus waren.

Sie betrat also den für sie neuen Friseursalon. Vielleicht eine subjektive Entscheidung, spontan, weil ihr der junge Mann durchs Glas eines mit einem künstlichen Damenkopf dekorierten Schaufensters so nett zunickte. Vielleicht gab es auch objektivere Gründe, vielleicht war der alte Coiffeur, zu dem sie bisher gegangen war, von einem Tag auf den anderen in Konkurs gegangen. Kompliment, Verehrung, sagte jedenfalls der junge Mann, nehmen Sie Platz, Mademoiselle, und daß er Mademoiselle sagte, gefiel ihr.

Der junge Mann hatte außerdem lustige Augen. Ich stelle mir diese Augen ungefähr so vor wie die meines Vaters. Lustige Augen, die, solang es ging, über die Traurigkeit der Welt hinwegzwinkerten. Die sah Marta also schon durch die Schaufensterscheibe und dann, erst recht, im Spiegel.

Der junge Mann stand hinter ihr und machte ihr Komplimente. Ihr schönes Haar, Fräulein, wirklich, ich hab selten so schönes schwarzes Haar gesehen. Er sprach mit leichtem

Akzent, leider war dieser leichte Akzent nicht wirklich französisch. Daß der böhmische Akzent verglichen mit dem französischen als weniger nobel galt, war weder gerecht noch vernünftig zu begründen.

Nichtsdestoweniger dürfte der junge Mann seinen ganz spezifischen Charme gehabt haben. Martas Vater nannte ihn einen Falotten, aber dazu hatte er erst später Gelegenheit. Jaroslav, so hieß er, obwohl er einen deutsch klingenden Familiennamen hatte, Jaroslav kämmte und wusch Martas Haar mit sanften Händen. Unwahrscheinlich, daß sie in jenem Frisiersalon zu zweit allein waren, selbständig gemacht hat sich der junge Mann unter den Umständen, deren Potentialität sich in diesen paar Minuten einer ersten Berührung ergab, erst im darauffolgenden Jahr.

Vielleicht ist es trotzdem nicht unangebracht, die Umgebung bis zu einem gewissen Grad aus der Szene auszublenden:

Eine Frage, Fräulein.

Ja, bitte.

Darf ich Ihnen die Haarspitzen nur ein kleines Stück schneiden?

Nein, sagte sie. Warum? Sie sei nur zum Waschen und Legen hereingekommen.

Ich weiß, sagte er. Aber ich hätt gern eine Locke von Ihnen.

So ungefähr. Martas Vater nannte ihn einen *Schmalspur-Don Juan*. Denkbar, daß Jaroslav sie für Sonntag nachmittag ins Erste oder Zweite Kaffeehaus einlud. Der Prater und seine Hauptallee waren nicht weit. Wenn die Großmutter und ich im Zuge unserer Spaziergänge dort vorbeikamen, wo diese Cafés einst gewesen waren, versäumte sie nie, darauf hinzuweisen, wie angenehm es gewesen sei, hier zu sitzen, und zu beobachten, wie die Fiaker vorbeifuhren.

Eine Kapelle spielte etwas von Lehár. Die Schokolade mit Schlag war so süß, daß Marta danach noch ganz gern von einem Gläschen Wein nippte. Und die Kastanien platzten aus ihren Schalen. Sie fielen und lagen dann braun glänzend auf dem weißen Kiesboden.

Herrgott, die Phantasie! Natürlich konnte ich solche Details gar nicht wissen... Aber wenn man erzählt, sagte die Großmutter, dann ist das, wie wenn man einen Weg geht. Einen Weg, an dessen Rand man von Schritt zu Schritt mehr sieht. Und hört, dachte ich. Vielleicht hatte ich wirklich ein feines Ohr.

Ein tschechischer Friseur, sagte Martas Vater. Eine schöne Partie!

Aber jetzt war es passiert. Was sollte man machen?

Da mußte *nolens volens* geheiratet werden.

Daß der Vater der Braut, um die Partie etwas besser aussehen zu lassen, diesem *Nebbochanten* von Schwiegersohn noch Geld für ein eigenes Geschäft vorstreckte, war angesichts der schlechten wirtschaftlichen Lage natürlich Irrwitz, doch wenn es darauf ankam, hatte Herr Augustin Glück, der sich aus kleinen Verhältnissen zum Großhändler emporgearbeitet hatte, seinen Stolz.

Der junge Mann richtete sich also ein Geschäft ein. Und zwar in der Heinestraße, die später in Ritter von Schönerer Straße umbenannt wurde. Dies jedoch erst ein Vierteljahrhundert später. Da war mein Vater, der im Mai 1913, als seine Mutter zum ersten Mal heiratete, schon etwa ein halbes Jahr unterwegs gewesen sein muß, bereits fünfundzwanzig.

Vorerst war er aber noch ein winziger Embryo, und die Schwangerschaft war seiner Mutter lange Zeit nicht anzusehen. Im Juni 1913, als der Zeppelin über Wien flog, war sie allerdings nicht mehr zu verbergen. In der Menge, die am Stephansplatz stand und zum Himmel starrte, wurde der jungen Frau überdies schlecht. Ihr Mann mußte eine Droschke nehmen und sie nach Haus bringen.

Das war nun nicht mehr in der Praterstraße, sondern in der Kleinen Mohren-Gasse. Dort lebten Marta und Jaroslav auf Untermiete. In einem Kabinett, mit Küchenmitbenützung. Nicht die ideale Voraussetzung für eine junge Ehe, aber zu jener Zeit nicht ungewöhnlich.

Trotzdem. Für Marta war das ein tiefer sozialer Abstieg. Aber den hatte sie sich, fand ihr Vater, selbst zuzuschreiben. Er hatte gute Miene zum bösen Spiel gemacht, er hatte den Mann, mit dem sie sich unpassenderweise eingelassen hatte, sogar finanziell unterstützt. Damit hielt er seine Mission für erfüllt und wollte nichts mehr mit all dem zu tun haben.

Was ihm nicht ganz gelang. Das Geschäft, zu dem er Jaroslav verholfen hatte, ging nicht. Ob es am Ungeschick seines unerwünschten Schwiegersohns lag, ist schwer zu sagen. Die Zeit war sozusagen ins Gleiten geraten. Jaroslav glitt allerdings auch – dem Vernehmen nach begann er zu trinken.

Sagte meine Mutter, die eine gewisse Neigung meines Vaters manchmal als Erbanlage darstellte. Batterien von Bierflaschen habe man hinter den Spiegeln seines Friseurladens gefunden. Nachdem er nämlich auf einmal verschwunden war. Von heute auf morgen. Er hatte sich auf französisch oder böhmisch empfohlen.

Ich weiß nicht, woher meine Mutter das wissen wollte. Sie war ja damals noch nicht auf der Welt gewesen. Auch daß es Jaroslav mit anderen Frauen getrieben habe, deutete sie an. Wahrscheinlich waren das indirekte Vorwürfe an meinen Vater. Womöglich hatte sie die Munition, die sie da abschoß, von Tante Theres'. Die war ja nur eifersüchtig, sagte die Großmutter. Die hat ja dem Jaroslav selbst schöne Augen gemacht. Als Kind verstand ich das alles nur halb und doch besser, als die Erwachsenen glaubten.

Mein Großvater schien sich jedenfalls noch vor der Geburt seines Sohns nach Prag abgesetzt zu haben. Seine junge Frau überließ er damit ihrer Familie und ihrem Schicksal. Irgendwann hatte die Großmutter einen Brief erwähnt, den er vor seinem Verschwinden hinterlegt habe, des Inhalts, daß er eine anständige und unabhängige Existenz aufbauen wolle, und sie und das Kind zum gegebenen Zeitpunkt nachkommen sollten. Aber ob das nun eine tröstliche Lüge war oder nicht – im Juni 1914 brach der Weltkrieg aus, und danach war selbst von den angeblichen Wahrheiten, die davor in Umlauf gewesen waren, fast nichts mehr wahr.

Zweiter Teil

I

Irgendwann muß ich über dem Laptop eingeschlafen sein. Das erste, was ich beim Erwachen sah, war der Bildschirmschoner. Eine Traube von Ballons, die, sich zu bizarren Blüten verformend, im dunklen, leeren Raum schwebte. Doch vor dem Fenster, das ich rasch öffnete, war es schon hell.

Es regnete nicht mehr. Wenn ich mich aus dem Fenster beugte, sah ich sogar ein Stück blauen Himmel. Ich griff mir an die Stirn, hinter der ich nach wie vor einen gewissen Druck spürte. Aber der war mir ja beinah schon vertraut. Erhöhte Temperatur oder gar Fieber hatte ich anscheinend nicht.

Na komm schon, hätte die Großmutter gesagt, gehen wir an die Luft.

Ich ging ins Badezimmer, warf das verschwitzte Zeug ab, duschte.

Aus dem Koffer nahm ich die letzte saubere Wäsche.

Zieh dich rasch an, sagte die Großmutter, und dann nichts wie hinaus ins Freie.

Vom Hof aus konnte man um diese Tageszeit die Sonne noch nicht sehen, aber als ich auf die Straße trat, reflektierte die gelbgestrichene Fassade des gegenüberliegenden Hauses ein schönes, warmes Licht. Es war kurz vor acht, Horden von Kindern strömten lärmend zur benachbarten Schule. Fast beschwingt ging ich die etwas abschüssige Gasse hinunter. In der Trafik verlangte ich einen Zehnerblock Straßenbahnfahrkarten, außerdem fiel mir ein, daß ich ein neues Notizbuch brauchte.

Notizbücher habe sie nicht, sagte die Trafikantin, aber einfache Schulhefte.

Auch gut, sagte ich, geben Sie mir ein Schulheft.

Eine der Zeitungen, die auf dem Ladentisch lagen, verkündete in Balkenlettern die Gefahr eines Dominoeffekts im Nahen Osten.

Für einen Augenblick war ich versucht, sie zu kaufen, aber dann ließ ich es lieber bleiben.

Ich ging durch den Park, in dem ich vor drei Tagen mit den Notizen begonnen hatte. An der nächsten Haltestelle stieg ich in die Straßenbahn. Hier war das Antiquitätengeschäft – ob das Klavier noch da war, konnte ich im Vorbeifahren nicht sehen. Und da der Ramschladen – die weißblonde Frau hatte anscheinend soeben aufgesperrt und war dabei, die Bücherschachtel wieder vor die Tür zu stellen.

Einen Moment lang hatte ich den Impuls auszusteigen. Aber nein, ich würde vielleicht später noch vorbeikommen. Nachmittags, dachte ich, oder am früheren Abend. Für den Vormittag hatte ich ein anderes Programm.

In das soeben gekaufte Schulheft schrieb ich den Entwurf eines Briefs an Harry. Ich hatte ganz einfach das Bedürfnis, mich jemandem mitzuteilen. Und Harry war ja tatsächlich nicht nur mein Anwalt. In all den Jahren, die ich in Lewiston verbracht hatte, waren wir in freundschaftlichem Kontakt gestanden.

Ein ehemaliger Student, einer meiner besten. Daß er nicht bei der Literaturwissenschaft geblieben war, hatte ich immer bedauert. Er hatte mir sehr talentierte Arbeiten abgegeben. Jetzt allerdings profitierte ich davon, daß er sich der Jurisprudenz zugewandt hatte.

Einen Brief, ja. Ich würde ihm einen Brief schreiben. Dear Harry, schrieb ich, I'm going to write you a letter. Okay, that's an old-fashioned way of communicating. But given the condition in which I find myself, I guess it's better to have a little more time and space to say the things I want to say.

It's not so easy to say what's happening with me. I am in a strange mood, sometimes I think it's nothing but sentimental weakness, sometimes I feel it's a burst of – yes – of inspiration.

You know that I stopped writing many years ago. But now there's something that pulls me back into the past, maybe back to the beginning.

Hier unterbrach ich den Briefentwurf, denn ich mußte in die U-Bahn umsteigen. Bis zur nächsten Umsteigstelle, jener in die S-Bahn, fand ich keinen Sitzplatz. Außerdem mußte ich mich auf den Weg konzentrieren. Mit dem Wiener Verkehrsnetz war ich nicht mehr vertraut, und natürlich hatte sich in meiner Abwesenheit einiges geändert.

Tatsächlich fuhr ich ein Stück in der falschen Richtung. Über eine Flucht von Rolltreppen und Fußgehertunnels wieder auf den richtigen Bahnsteig zu kommen, war nicht einfach. Endlich langte ich doch noch an, wo ich wollte. Station Rennweg. Gleich dort war die Obere Bahngasse.

Daß das alte Haus Ecke Hohlweggasse nicht mehr stand, überraschte mich nicht. Davon hatte mir mein Bruder berichtet, als wir einander noch geschrieben hatten. Trotzdem gab es mir einen Stich, als ich an seiner Stelle das neue Bürogebäude sah. Es war auf eine Art unpersönlich, die ich fast als persönliche Beleidigung empfand.

Diese Aura – oder genauer: diese Abwesenheit von Aura! Ein sogenanntes Catering-Service im Parterre, in den höheren Stockwerken nichts als Büros. X-Consulting, Y-Holding, Z-Trading. Ich kam aus einem englischsprachigen Land, aber ich konnte mir unter keiner dieser Bezeichnungen etwas vorstellen.

Dort oben, im ersten Stock, war mein Erker gewesen. Außen ein Mauervorsprung, der dem Haus etwas Charakteristisches verlieh, ein besonderes Kennzeichen, an dem man es schon von weitem erkannte, innen ein kleiner sechseckiger Raum, der an unserem Wohnzimmer hing, als wäre er eigens für mich gebaut. In diesen Raum hatten mir die Eltern einen Schemel gestellt, den der Tischler in der Fasangasse tatsächlich extra für mich angefertigt hatte. Auf diesem Schemel stehend hatte ich aus dem Fenster geschaut.

Der Blick auf die Bahngleise. So etwas hatte gewiß nicht jedes Kind. Andere wünschten sich eine Modelleisenbahn. Ich brauchte das nicht. Ich hatte die Bahn vor dem Fenster. Zwar handelte es sich nur um die sogenannte Verbindungsbahn, hier wurden vor allem Güterzüge abgestellt und verschoben, aber gerade das, dieses Hin und Her der Loks und Waggons, war etwas, worum mich die wenigen Schulkameraden, die mich selten aber doch besuchen kamen, beneideten.

Die Nähe der Bahn war allerdings auch der Grund gewesen, warum so viele Häuser in der Umgebung von Bomben getroffen worden waren. Daß unseres stehengeblieben war, wenn auch durch die Erschütterungen in der Umgebung mitgenommen, sei ein Wunder. So hatte das mein Vater erlebt, als er aus dem Krieg zurückgekommen war. Aber das war die Vorzeit, an ich mich glücklicherweise nicht erinnern konnte – als die Bomben gefallen waren, da war ich mit meiner Mutter auf dem Land, evakuiert, wie das damals hieß, doch auch das wußte ich nur aus Erzählungen.

Seit mein Bewußtsein wach war, schien es mir selbstverständlich, hier zu wohnen. Und stundenlang aus dem Erkerfenster zu schauen. Bis an mein sechstes, siebentes Lebensjahr stand ich dabei auf dem Schemel. Schaute ich nach rechts, so sah ich auf die Bahngleise, schaute ich nach links, so sah ich, bevor diese Aussicht Mitte der Fünfzigerjahre verbaut wurde, bis zur Ungargasse.

Und von dort war die Großmutter zu erwarten. Ich erinnerte mich, wie ich sie schon von weitem gesehen hatte. Ihre kurzen Beine, deren Unterschenkel sich nach und nach etwas nach innen bogen. Sie war eben eine Oma, aber ihr Anblick erfüllte mich jedesmal mit einer aus der Brust in die Kehle aufsteigenden Freude.

Die Oma kommt!

Ja, sagte die Mutter, du wirst es noch erwarten. Manchmal hatte ich den Verdacht, sie sei ein bißchen eifersüchtig. Und möglicherweise hatte sie damit recht. Manchmal fühlte ich mich weniger als Kind meiner Mutter denn als Enkel meiner Großmutter.

Auch der Großmutter schien die Zweisamkeit mit mir das primäre Anliegen zu sein. Sie kam, um mit ihrem Enkel spazierenzugehen, sie kam nicht, um mit ihrer Schwiegertochter in der Küche sitzen zu bleiben und sich Klagen über ihren Sohn anzuhören. Diese Klagen, mit gedämpfter Stimme vorgebracht, weil sie das Kind, das dann natürlich umso eher die Ohren spitzte, nicht hören sollte, betrafen meist den sogenannten Leichtsinn meines Vaters, worunter sowohl sein Umgang mit Geld zu verstehen war, als auch der mit Frauen, mit denen er angeblich beruflich zu tun hatte. Und natürlich seine Neigung zum Alkohol, sei es im Rahmen solcher Geselligkeit, sei es allein, wenn er darüber unglücklich war, daß sich das nicht mit seinem Eheglück vereinbaren ließ.

Er ist halt so, sagte die Großmutter dann meistens. Und schließlich habe er es nicht leicht gehabt. Es käme halt darauf an, ihn richtig zu behandeln. Schon wahr, über all das müsse man einmal ausführlicher reden, aber jetzt sei nicht der Zeitpunkt dazu, draußen laufe inzwischen die Sonne davon.

Komm, zieh dir endlich die Schuhe an, sagte sie dann zu mir, wir gehen!

Zwischen Tür und Angel küßte ich noch die Mutter, die mir ein bißchen leid tat.

Dann aber waren da nur mehr die Oma und ich.

Mit einem Blickwechsel des Einverständnisses über gewisse Dinge, die nicht zu ändern waren, aber nun besser hinter uns blieben, mit einem gemeinsamen, leicht ironischen Aufatmen, so traten wir aus dem Haus.

2

Und wohin gingen wir? Für gewöhnlich gingen wir in den Prater. Waren Spaziergänge in die Innere Stadt und Ausflüge an den Stadtrand eher etwas Besonderes, so waren die Praterspaziergänge beinah das Alltägliche. Aber was für ein Geschenk war diese Alltäglichkeit! Damals, als ich fünf, sechs oder sieben Jahre alt war, kam mir das alles ganz normal vor, doch soviel war mir schon klar: daß ich ein privilegiertes Kind war.

Mit dieser Großmutter. Und mit ihren Geschichten. Der Weg von der Oberen Bahngasse bis zur Rotundenbrücke war ja im Prinzip öde. Das hatte sich, wie ich jetzt feststellte, in den letzten fünfzig Jahren kaum geändert. Aber ich konnte mich nicht erinnern, daß er mir je langweilig geworden wäre.

Das unerschöpfliche Erzählrepertoire! Eins gab das andere, ja, auch auf dieser Durststrecke. Ohne literaturhistorische Chronologie, ohne Gattungsgrenzen. Die Oma war imstande, in der Kleistgasse mit dem *Zerbrochnen Krug* oder dem *Kohlhaas* zu beginnen, in der Apostelgasse zu *Quo vadis* zu wechseln und in der Rasumofskygasse auf *Krieg und Frieden* zu kommen.

Doch damit hatte es nicht sein Bewenden. Wenn wir am Palais Rasumofsky vorbeikamen, das zwar damals Sitz der englischen Kommandantur war, so wies sie natürlich darauf hin, daß der Fürst, für den es gebaut worden war, russischer Gesandter in Wien gewesen sei. Ein sagenhaft reicher Mann, ein Förderer der Künste. Und schon kam sie wieder auf Beethoven, der dem reichen Herrn drei Quartette gewidmet hatte, ganz zu schweigen von der Fünften Symphonie, die nebenbei bemerkt die Schicksalssymphonie hieß, den Anfang sang sie mir glatt vor, mit todernster Miene, denn mit des Geschickes Mächten sei kein ewiger Bund zu flechten, das habe auch Napoleon einsehen müssen, und deswegen gab es nachher den Wiener Kongreß.

Womöglich fühlte ich mich manchmal doch etwas überfordert. Jetzt, als ich mich der Brücke näherte, erinnerte ich mich daran, daß ich die Großmutter einmal gebeten hatte, mir ein Mickymausheft zu kaufen. Ja, genau hier. An einem Kiosk, den es nun nicht mehr gab. *Walt Disney's Mickymaus*. Na schön, hatte die Großmutter gesagt, *wenn du meinst …*

Damit hatte ich eine bessere Kommunikationsbasis zu Gleichaltrigen. Allerdings erkannte ich die von der deutschen Übersetzerin in die Sprechblasen geschmuggelten Klassikerzitate. Das ist aus dem *Tell*, sagte ich zum Beispiel, und das ist aus dem *Faust*. Meine Schulkollegen verstanden kein Wort. Für sie war und blieb ich ein komischer Vogel.

So eine Großmutter war also auch ein Problem. Durch sie bekam ich ein *elitäres Bewußtsein*. Nicht, daß ich damals gewußt hätte, was das war. Aber empfunden habe ich es: dieses Gemisch aus Stolz und Unsicherheit.

Anders herum: dieses Gemisch aus Unsicherheit und Stolz. Ich war schlecht im Turnen. Mein Körper war ungeschickt. Ich war ein guttrainierter Fußgänger, aber sonst wußte ich mit meinem Körper nicht viel anzufangen. Das war ein zu kleiner Körper mit einem zu großen Kopf obenauf, manchmal kam ich mir vor wie der Kleine Muck, oder nein, eher wie der Zwerg Nase.

Ich neige ein wenig zur Hochnäsigkeit, sagte der Lehrer, der mir im Prinzip wohlwollte. Er frage sich, woher ich das eigentlich habe. Ich sei ohne Zweifel ein talentiertes Kind. Aber dies hier sei eine Volksschule und kein Gymnasium.

Das Wort Gymnasium erinnerte erst recht wieder an die

Nase. Was war falsch an dieser Nase? Manchmal betrachtete ich sie im Spiegel. Von vorn schien sie ganz in Ordnung, von der Seite konnte ich sie nicht sehen. Die Nase der Großmutter aber gefiel mir im Profil besonders.

Zum Beispiel, ja, just wenn wir über die Rotundenbrücke gingen. Hier blies immer ein schöner Wind von der Praterinsel herüber. Da sah diese Nase beinahe ein bißchen kühn aus. Ihr leicht geschwungener, schmaler Rücken schien mir fast indianisch.

Und tatsächlich erzählte die Oma drüben im Prater gerne Indianergeschichten. Das lag nahe, wenn wir die Jesuitenwiese überquert hatten und auf kleinen, verschlungenen Wegen durch den Auwald streiften. Vom *letzten Mohikaner*, dem edlen Uncas zum Beispiel, aber auch vom kaum weniger edlen Häuptling der Oconees, *Tokeah*. Und von seiner Ziehtochter, der *Weißen Rose*, die schließlich in die sogenannte Zivilisation zurückkehrte, während Canondah, die leibliche Tochter ihres roten Vaters, leider sterben mußte, aber wahrscheinlich war gerade die noch edler als alle anderen.

Mündete einer der kleinen, spannenden Pfade durch die Wildnis unversehens in die Hauptallee, so war das auch eine Art Rückkehr in die Zivilisation. Ich bedauerte das meistens, denn dann fielen der Großmutter eher wieder Geschichten von der Kaiserin Elisabeth und dem Kaiser Franz Joseph ein. Beim Konstantinhügel kam sie von den Habsburgern auf die Wittelsbacher, das hatte wohl mit den Schwänen zu tun, die im Teich am Fuß des Hügels im Kreis schwammen, denn der unglückliche König Ludwig von Bayern hatte sich ein Schloß namens Neuschwanstein bauen lassen. In diesem Zusammenhang neigte die Oma zu Exkursen über Lohengrin im besonderen und Richard Wagner im allgemeinen, doch mit Glück und Geschick brachte ich sie zurück ins alte Rom – so viel hatte ich mitbekommen, daß Konstantin, nach dem dieser Hügel weiß Gott warum hieß, auch ein römischer Kaiser gewesen war, wiewohl ein vergleichsweise farbloser, aber Nero, der Kupferbart, wie er in *Quo Vadis* genannt wurde, war noch viel verrückter als der arme Ludwig.

Eine halbe Stunde war ich schreibend auf einer Bank am Ufer des Teichs gesessen. Nun aber ging ich weiter, Richtung *Volksprater*. So nannte die Großmutter den Vergnügungspark. Auch das war ein Wort von viel früher, später sagte kein Mensch mehr so.

Dieser Bereich der Buden und Karusselle. Für meine Schulkollegen war einfach das *der Prater*. Die Großmutter und ich gingen dort allerdings selten hin. Sei es, weil hier anfangs noch eine gewisse Unheimlichkeit herrschte – Schieber und Schleichhändler, so die Oma, trieben dort ihr Unwesen –, sei es, weil der Rummel, der sich bis Mitte der Fünfzigerjahre wieder einstellte, uns beiden zu laut und zu grob war, ja, durchaus auch mir, der ich mich, wurde ich ab und zu doch auf dieses oder jenes Ringelspiel gesetzt, eher fürchtete als freute, zumindest fühlte ich mich unbehaglich; ich war schon ein eigenartiges Kind.

Einmal fuhren wir allerdings mit dem Riesenrad. Daran konnte ich mich noch sehr deutlich erinnern. Lange Zeit war ja das Rad nur ein schwarzes Skelett. Dann aber wurde es repariert und frisch gestrichen, und die paar Waggons, die man vorläufig daran angebracht hatte, zogen bedächtig ihre Bahn.

Andere Kinder fanden das angeblich langweilig. Ich aber, ganz und gar Enkel meiner Großmutter, schaute mit altklugem Blick aus dem Fenster der Gondel. Die Atmosphäre dieser Erinnerung ist die eines Schwarzweißfilms. Es war wohl ein Tag Ende Februar oder Anfang März, in einem harten Licht sehe ich die Stadt unter mir liegen, zum Teil noch zerstört, zum Teil schon im Wiederaufbau, das Wien von 1950 oder 1951.

Schau, sagte die Großmutter, da ist der Stephansdom. Das Dach, das – ebenso wie das Riesenrad – abgebrannt gewesen war, ein trauriges Gerippe, wurde gerade neu gedeckt. Und dort, etwas links davon, siehst du die Burg und den Heldenplatz. Und dahinter die zwei großen Museen mit dem Denkmal der Kaiserin Maria Theresia dazwischen.

Ja, Oma, sagte ich. Womöglich sehe ich das in meiner Erinnerung noch etwas näher und schärfer als damals in Wirklichkeit. Die Großmutter machte mich auch auf die Kuppel der Secession aufmerksam und auf die Wienzeile mit dem Naschmarkt. Wenn man ganz genau hinsah, konnte man auch das Haus sehen, in dem sie seit fast dreißig Jahren wohnte. Ging man dort in den zweiten Stock hinauf, so stand man vor ihrer Tür, und dahinter war der kleine Vorraum und die Küche und das Zimmer mit dem Klavier.

Ein ganz eigentümliches Gefühl, sich die Dinge, die man aus der Nähe kannte, einmal so aus der Distanz vorzustellen. Auch das Haus in der Oberen Bahngasse, mit dem Erker, aus dessen Fenster ich so gern schaute, und unsere Wohnung, in der meine Mutter wahrscheinlich schon wieder putzte. Daß sie so viel Zeit mit Aufkehren und Abstauben verbrachte, hatte gewiß nicht nur subjektive, sondern auch objektive Gründe. Von der Bahn, an der sich die Großmutter und ich nun zu orientieren versuchten, kam auch bei geschlossenen Fenstern Ruß herein.

Aber jetzt schauen wir auch auf die andere Seite, sagte die Großmutter. Da vorn sei der Praterstern mit der Tegetthoffsäule, etwas weiter rechts, diese traurige Ruine, das sei der Nordbahnhof. Dort hinten jedoch, diese zwei schönen Erhebungen, sanft geschwungen die eine, jäh zur Donau abfallend die andere, das seien der Kahlen- und der Leopoldsberg.

Siehst du sie?

Ja, sagte ich. Aber was ist das da vorne?

Da hockten zwei trotzig wirkende, graue Klötze. Bei flüchtigem Hinsehen hätte man sie für Relikte aus dem Mittelalter halten können. Doch waren sie glatter, abweisender, noch nicht im Stadium eines letztendlich fast idyllisch wirkenden Verfalls wie etwa die Burgen Dürnstein oder Aggstein, die ich von Schulausflügen her kannte.

Ach das da, sagte die Großmutter. Das sind die Flaktürme.

Was heißt das, Flak? fragte ich.

Das heißt Fliegerabwehrkanone, sagte die Großmutter. Diese zwei Flaktürme, sagte sie, stehen im Augarten. Gar nicht weit davon sei die Rembrandtstraße. Im Haus Rembrandtstraße Nr. 43, das im Zweiten Weltkrieg von einer Bombe getroffen wurde, hatte sie ein oder zwei Jahre nach dem Ersten mit dem seligen Wilhelm gewohnt.

3

Also ab ungefähr 1920. Vorher hausten sie noch in der Kleinen Mohrengasse. Das notierte ich schon in der Straßenbahn. Vom Prater zurückkehrend. Es war inzwischen Nachmittag geworden.

An der Station beim Park stieg ich aus und kam wieder an dem levantinischen Lebensmittelgeschäft vorbei. Wieder verlangte ich Fladenbrot und Oliven.

Auch eine Flasche Wein? fragte der Verkäufer.

Ja, sagte ich, Sie haben recht, auch eine Flasche Wein.

Den gleichen wie vorgestern?

Ja, sagte ich, der war ganz in Ordnung.

Was heißt ganz in Ordnung? sagte er. Der ist hervorragend!

Trinken Sie auch ab und zu ein Glas? fragte ich.

Ja, sagte er. Ab und zu. Jetzt lächelte er. – Was glauben Sie denn? Sehe ich aus wie ein Fundamentalist?

Eigentlich nicht, dachte ich.

Er wickelte die Flasche Wein in ein Stück Zeitung.

Und? sagte er. Was sagen Sie dazu, daß Israel schon wieder einen Krieg anfängt?

Ist das wirklich Israel? sage ich.

Es ist immer dasselbe, sagt er. Und Ihr Amerika unterstützt das natürlich!

Mein Amerika. Was sollte ich darauf sagen? Ich hatte ja gar nicht recht mitbekommen, was vorging. Auf dem Zeitungsblatt, das er um die Flasche gewickelt hatte, stand etwas von Selbstmordattentaten. Zurück in der immer noch leeren Wohnung, wickelte ich die Flasche aus und glättete das Blatt – es stammte aus einer Zeitung vom vergangenen Monat.

Ich fuhr den Laptop hoch, öffnete das Dokument, in dem ich zuletzt geschrieben hatte. Sollte ich daran anknüpfen oder den Brief an Harry weiterschreiben? Dear Harry, would you please tell me what's going on. Ich schob den Brief auf. Eins nach dem anderen, hätte die Großmutter gesagt.

War das nun eine Flucht aus der Gegenwart? Möglicherweise. Aber die Gegenwart floß doch aus der Vergangenheit. Wo treiben wir her, wo treiben wir hin – und warum lassen wir uns so treiben? Ich wollte versuchen, wenigstens einen Teil dieser Vergangenheit zu begreifen.

Es war einmal ein Mann Mitte dreißig, der hatte im Krieg Hand und Heimat verloren. Es war einmal eine Frau Mitte zwanzig, der hatte ein anderer Mann ein Kind gemacht. Es war einmal eine große Monarchie, die war Vergangenheit. Es war einmal eine kleine Republik, die war Gegenwart.

Es waren einmal Hungerjahre. Es war einmal eine Inflation. Es war einmal eine Zeit, in der Zehntausende auf der Straße standen. Die junge Frau wohnte in Untermiete bei einer alten Frau. Das Kabinett war zwar zwielichtig, und der offiziell gemeldete Untermieter war eigentlich ihr verschwundener Gatte, aber immerhin, es war ein Dach über dem Kopf.

Auch für zwei. Zwar sah der vorhandene Herr Prinz dem verschwundenen Herrn Spielmann kaum ähnlich. Aber die alte Frau war halb blind oder drückte ein Auge zu. Hauptsache, die Miete wurde bezahlt, ein Betrag, der infolge der Inflation von Monat zu Monat unfaßbarer wurde. Doch damals kostete auch schon ein Kilo Brot eine Million.

Marta und Wilhelm, keine Liebesgeschichte. In Zeiten wie jenen hatte man andere Sorgen. Welcher Art immer ihr Verhältnis im Spital gewesen sein mag. Draußen war es ein praktisch bedingtes Verhältnis.

Nicht nur für ihn, auch für sie, und zwar sehr entscheidend. Der Krieg war vorbei, das Spital, nicht nur der Ort ihrer Begegnung, sondern auch und vor allem ihr Arbeitsplatz, wurde wieder zu der Schule, die es im Frieden gewesen war. Marta bemühte sich um Heimarbeit, fertigte simple Textilien aus, kolorierte Postkarten. Aber davon allein hätte sie nicht leben können.

Und für ihr Kind aufkommen. Schlecht und recht. Es war einmal ein Kind, das sah seine Mutter nur selten. Es war einmal eine fremde Frau, die dieses Kind betreute. Die fremde Frau hatte zwei eigene Kinder und fütterte das dritte mit.

Nicht aus Liebe natürlich, sondern für Geld. Das Geld war zu wenig. Das Essen war auch zu wenig. Die Frau kochte Einbrennsuppe und goß sie tagelang auf. Den Geruch von Einbrennsuppe haßte das Kind sein Leben lang.

Ein Kind, das nie ganz erwachsen wurde: mein Vater.

Ein Erwachsener, dem seine Kindheit nachhing.

Körperliche und seelische Unterernährtheit.

1918 kam er in ein schwedisches oder amerikanisches Kinderheim, da wurde er zuallererst entlaust.

Mit diesem Kind wollte Wilhelm nicht viel zu tun haben. Es war klein, es war dünn, es war häßlich, es hatte die Krätze. Vor allem aber: Es war das Kind seines Vorgängers. Es erinnerte daran, daß es diesen Vorgänger gab.

Einen Mann von fragwürdiger Herkunft und zwei Jahre nach Kriegsende nach wie vor ungeklärtem Verbleib. Einen tschechischen Friseur, der sich seiner Verantwortung entzogen hatte. Womöglich hatte er nicht einmal seine Pflicht fürs nunmehr in Stücke zerbrochene Vaterland getan. Sich auch aus dieser Pflicht davonzustehlen, das hätte diesem verantwortungslosen Patron jedenfalls ähnlich gesehen.

Zuletzt gemeldet gewesen war er in Jung Bunzlau, das nun *Mlada Boleslav* hieß. Selbst Auskünfte wie diese zu bekommen, dauerte bei den schwierigen Beziehungen zwischen der neuen Republik *Deutsch-Österreich* und der Tschechoslowakei lang. Wilhelm schrieb, Wilhelm telegrafierte. Wilhelm versuchte sogar zu telefonieren. Auf deutsch selbstverständlich. Geantwortet wurde ihm auf tschechisch.

Natürlich! Das sei der typisch tschechische Mutwille! Wilhelm kannte die Tschechen. Sie seien *schon immer* so gewesen. Verschlagen und widerborstig, das war ihre Art. Ob sich Marta nicht daran erinnere, wie sie die deutschen Abgeordneten im Reichsrat provoziert hatten?

Nun, da es ihnen endlich gelungen sei, Böhmen von Österreich loszureißen, sei ihre Unverschämtheit noch größer. Eine Zumutung, wie sich die Tschechen benahmen! Daß sie die Monarchie ruiniert hatten, darauf bildeten sie sich auch noch etwas ein! Wilhelm haßte die Tschechen. Sie hatten ihm seine Heimat genommen.

Über den Tschechen Jaroslav bekam man jedenfalls keine brauchbare Auskunft. Er war, so schien es, ganz einfach spurlos verschwunden. Wer weiß, pflegte mein Vater, immer um Originalität bemüht, später manchmal zu sagen, vielleicht hat er sich noch vor dem August 1914 nach Amerika abgesetzt. Vielleicht hat er seine unabhängige Existenz statt in Prag in New York oder San Francisco aufgebaut, vielleicht erinnert er sich im hohen Alter doch noch an uns, vielleicht erben wir eines Tages Millionen.

Seine Mutter aber wollte und konnte nicht auf diesen Tag warten. Hätte sie den Herrn Prinz nicht kennengelernt, sie hätte wahrscheinlich nicht gewußt, wie alles weitergehen sollte. Jetzt konnte sie diese Frage an ihn delegieren. So ein Mann an der Seite, so ein Mensch mit durch geschlechtsspezifische Erziehung und Militär geschultem Organisationstalent, war in aus den Fugen geratenen Zeiten für eine Frau wie sie schon eine Hilfe.

Das war die Lage: Jaroslav war weg und Wilhelm war da. Ein Mann mit Organisationstalent und Ordnungsliebe. Streng und korrekt, auch sich selbst gegenüber – wer A sagt, muß auch B sagen. Eine Frau, mit der man Tisch und Bett teilt, auch wenn der Tisch wackelt und das Bett knarrt, muß man früher oder später heiraten. Er hatte den Willen, die Dinge in Ordnung zu bringen. Und wo ein Wille ist, sagte er, ist auch ein Weg. Wenn man den windigen Herrn S. auch in den Gefallenenlisten nicht fand, mußte man ihn eben für vermißt erklären. Das dauerte bloß eine Weile. Bis es endlich soweit war, hieß die Republik, in der man nun einmal weiterleben mußte, nicht mehr Deutsch-Österreich.

Durfte ganz einfach nicht Deutsch-Österreich heißen.

Nach dem Diktat der Sieger in Saint-Germain.

Republik Österreich. Deutschland, das war woanders.

So eine Frechheit, sagte Wilhelm, sind wir nicht deutsch?

Das war eine Definitionsfrage. Er fühlte sich jedenfalls sehr deutsch.

Was sie betraf, hatte sie sich diese Frage früher nicht gestellt.

Sie war eine in der österreichisch-ungarischen Monarchie geborene Person deutscher Muttersprache.

Oder deutscher *Vater*sprache? – Ihr Vater hatte jedenfalls ein sehr schönes Deutsch gesprochen.

Deutsch war seine beste Sprache. Ich stelle mir vor, er trug sie wie einen guten Anzug. Ein Kulturträger. Er zitierte gern Schiller und Goethe. Festgemauert in der Erde, steht die Form aus Lehm gebrannt. Vielleicht doch nicht ganz so fest. Wie, Heinrich, hast du's mit der Religion?

4

Es war einmal eine Herkunft. Die war durchaus respektabel.

Vielleicht war es nicht wirklich *preußisch* Schlesien gewesen, von wo Martas Vater seinen Ausgang genommen hatte.

Vielleicht war es *österreichisch* Schlesien, das es allerdings schon viel früher nicht mehr gab.

Jedenfalls auf den Landkarten. Aber was hatten die Landkarten schon zu bedeuten?

Ein paar Jahrhunderte früher war dort Polen, ein paar Jahrzehnte später sollte dort wieder Polen sein. Und manchmal war Polen, das auf der Landkarte hin und her geschoben wurde, wie es den gerade Mächtigen gefiel, ein Teil von Rußland. Ein kleines Stück östlich von Schlesien kam dann Galizien. Und Galizien, bitteschön, das war ein altes österreichisches Kronland – was war dagegen einzuwenden?

Übrigens lag der Ort, aus dem Martas Mutter stammte, vielleicht gar nicht in Galizien, sondern in der Bukowina. Wenn nicht überhaupt schon in Siebenbürgen. Bekanntlich ein altes deutsches Siedlungsgebiet. Bevor er in Wien gelandet war, war Martas Vater ziemlich weit herumgekommen.

Es war einmal eine Abstammung. Der Vater der Oma war nie im Leben preußischer Oberförster. Der Gesichtsausdruck, mit dem meine Mutter das manchmal gesagt hatte. Na und, sagte mein Vater, laß ihr doch ihre Freude. Aber weils wahr ist, sagte meine Mutter, ich bin nur für die Wahrheit.

Der Vater der Oma war kein preußischer Oberförster, sondern… Wenn sie das sagte, gab sie ihrer Stimme einen spöttisch singenden Tonfall. Ich war ein Kind und verstand noch nicht alles, aber der Tonfall gefiel mir nicht. Kein preußischer Oberförster, sondern ein jüdischer Kohlenhändler.

Na und, sagte mein Vater. Na und, hatte mein Urgroßvater gesagt. Vor dem Gesetz sind alle Staatsbürger gleich. So galt das seit 1867. Er war in den Siebzigerjahren nach Wien gezogen.

Ein ehrbarer Mann. Mosaischen Glaubens, na und? Nicht, daß ihm das allzuviel bedeutete, aber man durfte sich offen dazu bekennen. So hatte es der Reichsrat beschlossen, dafür garantierte der Kaiser. Damit sollte es eigentlich keine Probleme geben.

Daß es sie trotzdem gab, war bedauerlich. Daß es sie in den Achtziger- und Neunzigerjahren zunehmend mehr gab, war bedenklich. Er beschwichtigte seine Frau und sich selbst. Die da gegen die Juden hetzen, die sind halt dumme Menschen.

Auch *böse* Menschen, erklärte er seinen Töchtern. Ein griechischer Philosoph habe gesagt, es gebe einen ursprünglichen Zusammenhang zwischen Dummheit und Bosheit. So seien die Judenhasser eigentlich bedauernswert. Außerdem meinten sie gar nicht solche wie ihn und seine Familie, sondern die andern.

Nämlich jene, die vom Nordbahnhof kamen. In immer größeren Scharen kamen die. Gewiß, das seien im Grund entfernte Verwandte. Aber schon sehr entfernt. Es war besser, wenn sie vorbeigingen und nicht an die Tür klopften.

Klar, einen gewissen Unmut zog sich auch der Baron Rothschild zu. Der übrigens auch etwas mit der Nordbahn zu tun hatte. Als Hauptaktionär. Gegen so jemanden richtet sich natürlich der Neid. Aber er war ein tüchtiger Mann und ein leuchtendes Beispiel dafür, wie weit man es in diesem Land bringen könne.

Als Jud. Ja, zum Kuckuck, warum denn nicht? Wenn man tüchtig war, konnte man hier auch als Jud etwas erreichen. In diesem Land. In dieser Stadt. Aber dann kam der Bürgermeister Lueger. Und da war es vielleicht doch besser, wenn man katholisch war.

Dann werden wir halt in Gottes Namen katholisch.

Sagte Martas Vater. Das sagten damals auch andere.

Zum Beispiel Gustav Mahler. Danach wurde er Operndirektor.

Gustav Glück war Kohlenhändler. Nach der Taufe, die er in der dem Brückenheiligen Nepomuk geweihten Kirche in Wien 2 über sich ergehen ließ, glaubte er sich auf dem richtigen Weg zum Kohlen*groß*händler.

Und nannte sich fortan Augustin, so stand es im Taufschein. Augustin Glück, so stand es auch über dem Geschäftsportal. Er stand darunter: Ein Mann mit gepflegtem Bart und einer feinen Uhrkette am Bauch. Augustin Glück, Holz, Kohlen & Briquettes en gros & en detail.

Kein preußischer Oberförster somit oder Förster. Ob Herr Glück in Schlesien oder Galizien oder wo immer er ursprünglich herkam, je etwas mit Forstwirtschaft zu tun gehabt hatte? Und sei es als Jagdtreiber oder Holzarbeiter? Angesichts der Gegenwart seiner guten und besten Jahre war diese Vergangenheit kaum mehr von Bedeutung.

Bitte, man ging sogar ab und zu in die Oper. Zwar meist in die Volksoper, die anfangs noch Kaiser-Jubiläums-Stadttheater hieß – an einen *Freischütz*, den sie dort als Siebenjährige gesehen und gehört hatte, erinnerte sich die Großmutter noch mit siebzig enthusiastisch. Doch zu besonderen Anlässen ging man auch in die Staatsoper. Das ließ sich der Tate dann wirklich was kosten – nach einem *Lohengrin* zu Kaisers Geburtstag gingen sie noch ins Gasthaus Smutny, aber dort wollte die Mame fast nichts von den gojischen Speisen essen.

Sie war halt nicht so flexibel wie ihr Gatte. Sich taufen zu lassen hatte sie schlicht verweigert. Geh, Leny, das bissel Wasser, was soll denn das schaden? Alle Versuche ihres Mannes, sie doch noch zu überreden, waren vergebens gewesen.

Daß er das Weihwasser in St. Nepomuk auch über die Häupter der Töchter gießen ließ, konnte sie ihm allerdings nicht ausreden. Das machen wir, sagte er schwungvoll, in einem Aufwaschen. Ein praktisch denkender Mann. Vielleicht sogar ein weitblickender Mann. Die Mutter wollte den Hokuspokus allerdings nicht mitmachen, sie wachte auch in Hinkunft mit Sorgfalt darüber, daß Geschirr und Besteck für Fleischiges und Milchiges nicht leichtfertig durcheinandergebracht wurden, sie blieb wie und was sie war.

Leny Glück, geborene Weinstein, *mosaisch*.

Marta bemerkte genau, wie Wilhelm das las.

Obwohl er es leise las. Vielleicht bewegte er beim Nochmalslesen die Lippen.

Es geschah beim Sichten und Ordnen der Dokumente.

Der Dokumente, die man brauchte, um das Aufgebot zu bestellen.

Was sie an einem der nächsten Tage tun wollten.

Es war Abend. Sie wohnten noch in der Kleinen Mohrengasse.

Es war dunkel. In der Kleinen Mohrengasse gab es nur Petroleumlicht.

Wilhelm verkniff die Augen. Las er richtig?

Er putzte die Brille und setzte sie wieder auf.

Vater katholisch, Mutter mosaisch. Durfte das wahr sein?

Und dabei war es erst die halbe Wahrheit.

Wie ging er damit um? Nun, nach einigen heftigen Worten schwieg er zwei Tage.

Am dritten Tag teilte er Marta seinen Entschluß mit.

Er würde sie, sagte er, trotzdem heiraten, aber.

Die volle Wahrheit ihrer Herkunft, die sie ihm, so sah er das, schließlich eingestanden hatte wie eine Erbschuld, diese Wahrheit war in Hinkunft tabu.

5

War er ein Antisemit? Vermutlich war er nicht antisemitischer als damals viele. So sehr ihn die Entdeckung ihrer Herkunft einerseits irritiert haben mag, war sie ihm anderseits vielleicht ganz recht. Sie trug dazu bei, die Konstellation zu klären. Großer Mann, kleine Frau. So kam ihr Verhältnis in Ordnung.

Wie groß war er eigentlich? fragte ich ungefähr vierzig Jahre später die Großmutter.

Na ja, antwortete sie, ungefähr so groß wie du.

Wirklich nicht größer?

Nein, sagte die Oma, warum?

Also 1.72. Heute gilt das bestenfalls als mittelgroß.

Vielleicht war es das: Daß er neben ihr so groß sein konnte.

Daß er sie herausholen konnte aus dem Schatten der Kleinen Mohrengasse.

Immerhin in die Rembrandtstraße: nomen est omen.

Rembrandt, der Maler des Lichts, einer der deutschesten Künstler.

Darüber hatte er ein Buch gelesen: *Rembrandt als Erzieher*.

Der Verfasser hieß Langbehn. Rembrandt konnte nichts dafür.

Wilhelm Prinz als Erzieher. Das war eine Aufgabe.

Vielleicht war genau das die Perspektive, die ihn aufbaute.

Womöglich war das für ihn der Reiz der Beziehung.

Eigentlich hatte er sie aus Pflichtbewußtsein heiraten wollen, nun kam etwas wie Lust dazu.

Lust auf einer höheren Ebene wohlverstanden.

Lust mit Ethos. Eine höhere und im schönsten Sinne des Wortes ehereife Qualität der Zuneigung.

Es war einmal ein großer Mann und eine kleine Frau. Der große Mann holte die kleine Frau heraus aus gewissen Niederungen. Tatsächlich gelang es ihm, mithilfe eines Kollegen von der Post, eine andere Wohnung zu finden. Ein erstaunliches Glück oder Geschick unter den Bedingungen des Jahres 1920.

Er hob sie zu sich empor. Die Wohnung in der Kleinen Mohrengasse war im Parterre gewesen.

Die Wohnung in der Rembrandtstraße lag in einem der oberen Stockwerke.

Zwar wohnte man auch dort auf Untermiete.

Aber man hatte eine gewisse Aussicht.

Sogar auf den Augarten. Wenn sich Marta auf die Zehen stellte, sah sie ein paar Baumwipfel.

Die Flaktürme verunzierten damals noch nicht die Gegend.

Nach 1945 habe man erwogen, sie zu sprengen.

Aber, sagte die Großmutter, hätte man gegen den Eisenbeton wirksame Sprengsätze angewandt, so wäre die ganze Umgebung in die Luft geflogen.

6

Die weißblonde Frau hörte wieder Klaviermusik. Diesmal hörte sie aber nicht Schumann, sondern Schubert. *Moments musicaux*. Oder waren es die *Impromptus*? In der Schachtel, die noch immer draußen auf dem Gehsteig stand, hatte ich wieder einige Bücher gefunden.

Das Lächeln der Frau machte mich ein bißchen unsicher. Galt dieses Lächeln mir oder belächelte sie die Auswahl der Bücher? Gleich einen ganzen Stoß hatte ich vor sie auf den Ladentisch gelegt. Gewiß waren Titel darunter, die nicht zu einem Mann wie mir zu passen schienen.

Goldelse und *Die zweite Frau* zum Beispiel von der Marlitt. *Schloß Hubertus* und *Der Mann im Salz* von Ganghofer. *Was koche ich Gutes?* aus dem Jahr 1921. Es ist nämlich so, sagte ich: Vielleicht schreibe ich ein Buch über meine Großmutter.

Tatsächlich? sagte sie. Da wird sich Ihre Großmutter aber freuen.

Ich weiß nicht, sagte ich. Sie ist schon recht lange tot.

Das tut mir leid, sagte die Frau.

Sie ist allerdings sehr alt geworden, sagte ich.

Dann hat sie, sagte die Frau, hoffentlich ein gutes Leben gelebt.

Ein gutes Leben? Wie würden Sie das definieren? fragte ich.

Daß man bei sich ist, sagte die Frau, oder daß man bei sich *bleibt*. Sie schien eine Wendung zu suchen. Wie sagt man das auf deutsch?

Gerade erst war mir aufgefallen, daß sie mit leichtem Akzent sprach.

Ich schaute sie an. Sie war jünger, als sie mir letzthin vorgekommen war. Jedenfalls war sie um einiges jünger als ich. Über der Stirn war zu sehen, daß ihre Haare grau nachwuchsen. Aber in ihrem Gesicht, auf das nun noch ein Streifen Sonne durch die offene Tür fiel, war ein Nachschein von Jugend.

Daß sie jung war. Wie lang oder wie kurz mochte das her sein?

Zwanzig Jahre? Vielleicht auch erst zehn Jahre.

Daß man bei sich ist, hatte sie gesagt. Oder daß man bei sich *bleibt*.

Der Satz stand im Raum. Aber dann trug ihn die Musik davon.

Woher kommen Sie? fragte ich. Mit dieser Frage ging es ähnlich.

Da stand sie. Dann war sie weg. Hatte die Frau sie überhört oder wollte sie nicht darauf antworten?

Jetzt sah ich die Narbe an ihrem Haaransatz. Als sie es bemerkte, streifte sie rasch die Haare darüber.

Es war wohl Verlegenheit, daß ich mich nun kurz von ihr abwandte. Während sie die Bücher, die ich ausgewählt hatte, in zwei Tragtaschen aus Papier verstaute, tat ich mich noch ein bißchen in ihrem Laden um. Dabei bemerkte ich, daß es ja auch hier drin Bücher gab. Nicht so billig wie die draußen, aber im großen und ganzen viel besser erhalten – offenbar das seriösere Angebot.

Was blieb mir da übrig, als noch etwas mitzunehmen? Ein Buch über das Fin de Siècle, eins über Wien im Jahr 1918 und eins über den deutschen Einmarsch 1938. An Belletristik fand ich noch *Anna Karenina* – ein schweres Buch, hatte die Oma gesagt, aber eins, das du unbedingt lesen solltest, wenn du groß bist. Schließlich fand ich noch ein Altes und ein Neues Testament.

Als Marta und ihre Schwestern getauft wurden, müssen sie noch in die Volksschule gegangen sein. Damals bekam sie ein Neues Testament geschenkt, klein und schwarz sah es aus, wie ein Gebetbuch. Als ich heranwuchs und mich mit sechzehn oder siebzehn überraschenderweise für religiöse Dinge zu interessieren begann, schenkte sie es an mich weiter. Auf der ersten Innenseite stand ihr Mädchenname, geschrieben mit noch ungelenker Schrift, die Tinte war stark verblaßt.

Ob sie viel darin gelesen hatte? Es sah ziemlich vergilbt, aber nicht besonders benutzt aus. Jesus, sagte sie, war ja gewiß ein extrem guter Mensch – aber Sohn Gottes? Die Göttersöhne gehörten eher in die griechische Abteilung. Ihr Vater (oder war es ihr Mann?) habe gesagt, er sei der Sohn eines römischen Legionärs gewesen.

Das war aber später. Dem Sechs- oder Siebenjährigen wird sie das kaum erzählt haben. Jungfrauengeburt, ich bitt dich, so etwas ist medizinisch unmöglich! Anderseits: Sie traute mir einiges zu. Wir beide liebten Märchen, aber wir hatten auch Sinn fürs Reale.

Vom Fundus des Neuen Testaments machte sie nicht allzuviel Gebrauch. Wenn ich mir ins Gedächtnis zu rufen versuche, was sie mir daraus erzählt hat, so erinnere ich mich vor allem an die Geschichte von den drei Weisen aus dem Morgenland. Daß es mit ihrer Weisheit nicht so weit her gewesen sein könne, wenn ihnen bei ihrer Ankunft in Israel nichts Gescheiteres eingefallen sei, als schnurstracks zum König Herodes zu rennen, der dann den Kindermord in Bethlehem veranlaßte. Von Herodes kam sie kurz auf den kindermörderischen Pharao.

Aber dann war sie schon bei der weit hübscheren Geschichte mit dem Schilfkorb. Wie der dahergeschwommen kam, während die Tochter des Pharao im Nil badete. Zumindest habe die Tochter das ihrem Vater eingeredet. Nicht, daß ich diese profane Ironie dem Mythos gegenüber von Anfang an ganz begriffen hätte, aber wenn die Oma darüber lächelte, so lächelte ich mit.

Von Moses erzählte sie jedenfalls mehr als von Jesus. In den Geschichten über Moses war sie eher in ihrem Element. Wie seine Schwester Miriam der Pharaonentochter anbot, eine Amme für das Kind zu finden. Und wie das dann akkurat Moses' Mutter war, so daß er von Anfang an die richtige Milch trank.

Wie Moses dann am Hof des Pharaos aufwuchs und wie ein Prinz erzogen wurde. Aber da war etwas, das ihn aus den Palästen weglockte. Eine innere Stimme. Vielleicht war es auch die Stimme seiner Schwester. Und dann kam er eines Tages in die Gegend, in der die armen Leute in ihren Hütten hausten, diejenigen, die auf den Plantagen arbeiten mußten und in den Steinbrüchen und auf den Baustellen der Vorratshäuser, und womöglich mußten sie dem Pharao sogar Pyramiden bauen.

Nun hätte sich Moses um all das nicht kümmern müssen. Er hätte einfach in den Palast zurückkehren und ein schönes Leben führen können. Man hätte ihn verwöhnt von früh bis spät, dazu gab es anstellige Sklaven und schöne Sklavinnen. Wenn er in die Hände klatschte, brachten sie ihm, was er wollte, wenn er mit dem Finger schnippte, waren sie ihm zu Diensten.

Aber.

Was aber?

Er wurde dessen nicht froh.

Man bediente ihn hinten und vorn, er hätte sich in jeder Hinsicht satt in sein Himmelbett sinken lassen können, doch er schlief nicht gut. Er träumte schlecht, er hatte regelrechte Alpträume. In diesen Träumen sah er die armen Leute, die unter der Fuchtel der ägyptischen Aufseher arbeiten mußten, bis sie umfielen.

Und wieder hörte er die Stimme, die jetzt nicht mehr lockte, sondern rief. Und da sah er, wie ein Mann im Steinbruch von einem Ägypter halb tot geschlagen wurde. Da packte ihn heillose Wut oder heiliger Zorn. Und er packte den Ägypter und schlug ihn nicht halb, sondern ganz tot.

Hier wurde die Oma ungewohnt ernst, der ironische Unterton, der in ihren Erzählungen sonst meist mitschwang, selbst wenn es sich um ausgesprochen tragische oder schaurige Geschichten handelte, war kurz ausgeblendet.

Moses konnte das einfach nicht mehr mitansehen.

Was? fragte ich.

Wie sein Volk geknechtet wurde.

Wer war das, sein Volk?

Das arme jüdische Volk, sagte die Großmutter.

Sagte sie das wirklich? Ja. Daran erinnere ich mich jetzt genau. Wir waren kurioserweise in Mariazell, als sie mir das zum ersten Mal erzählte. Sie sagte: Das jüdische Volk. Sie sagte allerdings nicht: *Die Juden*. Der Katechet in der ersten Klasse, in die ich im Jahr darauf kam, sprach mit bei diesem Wort immer etwas zurückgenommener Stimme von *Israeliten*.

In Mariazell waren wir nach der Operation der Großmutter. Die Gallensteine. Ach ja. Das sei keine große Affäre. Sie hatte gewitzelt: Ich komme mir vor wie der böse Wolf mit den sieben Geißlein. Ich dacht', ich fraß sieben Geißlein, aber nun sind sie schwer wie Wackerstein'.

Tatsächlich hatte sie Angst gehabt, es könnte sich um etwas anderes handeln. Sie neigte kaum zur Hypochondrie, aber die Arbeit auf der Krebsstation hatte ihre Nachwirkungen. Jedenfalls war sie nach der Operation im zweifachen

Sinn des Wortes erleichtert. Und dankbar. Dem Himmel, egal welcher Konfession. Daß nun auch das vorbeigegangen war.

Vorbei wie der Krieg, der nun endgültig woandershin gezogen schien. (In ein Land namens Korea, aber das war am anderen Ende der Welt.) Vorbei wie die finsteren Jahre davor, von denen die Großmutter, wenn überhaupt, nur in Andeutungen sprach. Es sah so aus, als könnte man wirklich wieder frei atmen.

Mariazell also. Aus Dankbarkeit. Und der guten Luft wegen. Mariazell, Österreichs meistbesuchter Wallfahrtsort, ungefähr 150 Kilometer von Wien entfernt. Im Jahr 1949 war das noch eine richtige Reise, mit der Westbahn fuhr man nach St. Pölten und ab dort mit der Mariazeller-Bahn. Schloß ich jetzt, da ich mir diese Fahrt in Erinnerung zu rufen versuchte, die Augen, so sah ich die Schienen, die Tunnels, die schwarzen Felswände links und rechts.

Es war bereits Abend, als wir in Mariazell ankamen. Wir wohnten in einem Gasthof mit rustikaler Stube. Mir imponierten die ausgestopften Raubvögel an der Wand. Auch der Kachelofen gefiel mir, weil sein halbkugelförmiger Aufsatz aussah wie Risipisi, eine Speise, die ich gern aß.

Dann gingen wir auf unser Zimmer und legten uns ins Bett. Das Bett war kalt, man hätte eine Wärmflasche brauchen können. Aber so sei das, sagte die Großmutter, auf dem Lande. Vor dem Fenster, das die Großmutter, bevor sie sich zu mir legte, öffnete, war es zwar finster, aber in der Finsternis ahnten wir die Nebelschwaden.

Da erzählte mir die Großmutter vorerst von den *Huhlfrauen*, die man sich hinter diesen Nebeln vorstellen konnte. Ihre Gewänder aus Nebel, ihre Leiber darunter von noch luftigerer Beschaffenheit. Weil sie schon bei dieser Verwandtschaft war, erzählte sie mir auch von Erlkönigs Töchtern. Und vom Erlkönig selbst, der einem Kind erschienen war, mit dem der Vater durch Nacht und Wind ritt, aber solche Fantasien kamen vom Fieber.

Gott sei Dank merkte sie dann, daß ich mich mit all den Spukgestalten, die sie mir vergegenwärtigte, in dem fremden kalten Bett nicht ganz wohl fühlte. Da erzählte sie mir rasch noch von Bernadette, der die Mutter Gottes erschienen war. Manche nannten die Mutter Gottes auch die Heilige Jungfrau. Aber Bernadette, über die die Großmutter gerade ein Buch las, hatte immer nur von der *schönen Dame* gesprochen.

Am nächsten Morgen schien eine milchige Sonne, aber der Tag, sagte die Großmutter, wird schön und klar. Du wirst sehen, von der Bürgeralpe haben wir eine prächtige Aussicht. Bevor wir mit der Seilbahn auf die Bürgeralpe fuhren, machten wir noch einen Abstecher in die Kirche. Die Oma tauchte die Hand ins Weihwasserbecken und berührte mich kühl an der Stirn.

Wir gingen im Kirchenschiff vorwärts, unsere Schritte hallten. Weil alles dort drin so heilig war, durfte man nur flüstern. Die Frau über dem Altar hatte einen kleinen Kopf und keinen Körper. Sie trug eine Krone. Ebenso wie das kleine Kind, das sie vor sich hin hielt.

Statt des Körpers hatte die Frau einen staubig goldenen, dreieckigen Umhang. Man konnte sich kaum vorstellen, daß etwas darunter war. Die schöne Dame, von der Bernadette geschwärmt hatte, wurde recht anders beschrieben. Von ihrer zarten Taille war die Rede und davon, daß der Stoff ihres Kleides jede Regung ihrer Glieder durch sein Faltenspiel wiedergab.

Oben war sie gekleidet wie eine vornehme Braut, aber unten ging sie bloßfüßig. Das heißt, nein, sie ging nicht – ihre Füße wirkten, im Gegensatz zu ihrer sonstigen Körperlichkeit, völlig unbenutzt. Was auch besser war, denn sie trug kleine goldene Rosen zwischen den Zehen. Man wußte nicht genau, wie sie montiert waren, aber soviel war gewiß, daß sie diese Rosen bei normalem Gebrauch der Füße verloren hätte.

Wahrscheinlich war Moses das Kontrastprogramm. Bei der Seilbahnfahrt auf die Bürgeralpe erzählte die Großmutter immer noch von Bernadette, aber oben hatte sie genug davon. Die Sonne war nun klar und scharf, die Umgebung streng und karg. Da schweiften ihre Assoziationen in eine andere Himmelsrichtung.

Wie Moses in die Einöde floh und Schafe hütete. Und wie ihm ein Schaf abhanden kam, das er in der immer unwegsameren Gegend suchte. Felsen, Disteln, ein trockener Dornbusch, der brannte. Und wie ihn auf einmal die Stimme aus dem Dornbusch ansprach.

Wie er dann seine Schuhe ausziehen mußte, obwohl der Boden unter seinen Füßen heiß war. Und wie seine Hand verdorrte, damit er merkte, mit wem er es zu tun hatte. Die Hand verdorrte und wurde im Handumdrehen wieder heil. Geh zurück nach Ägypten, sagte die Stimme, und befrei meine Leute.

Und wie Moses seinen Stab zu Boden warf und eine Schlange daraus wurde.

Nun fiel es mir ein: Beim Abstieg von der Bürgeralpe sahen wir eine Kreuzotter.

Gewiß ein Erschrecken. Auch jetzt erschrak ich ein wenig.

Die Kreuzotter, wie sie im Gras lag, das dunkle Zickzackband auf ihrem Rücken.

Ja, sagte die Großmutter, diese Schlange ist giftig. Aber sie ist auch schön, schau nur richtig hin. Sie nahm mich fest an der Hand. Sei ganz ruhig, sagte sie. Wenn sie merkt, daß wir ihr nichts tun, tut sie uns auch nichts.

Wie Moses also seinen Stab zu Boden warf, und sich dieser Stab als respektgebietendes Reptil vor dem Thron des

Pharao schlängelte. Die ägyptischen Zauberer beherrschten diesen Trick allerdings auch. Vielleicht waren die Ottern oder Vipern, die aus ihren Stäben wurden, jedoch falsche Schlangen. Jedenfalls habe Moses dem Pharao gezeigt, wo Gott wohnt.

Wo *wohnt* Gott? fragte ich.

Damals hat er auf dem Berg Sinai gewohnt, sagte die Großmutter. Aber in der Wüste ist er dem Volk als Feuersäule vorangezogen.

Eine Vorstellung, die das Kind doch etwas befremdete.

Der *liebe* Gott? fragte ich.

Wer sagt denn, sagte die Großmutter, daß Gott lieb ist?

Manchmal sagte die Großmutter solche Sätze. Sätze, die nachklangen, jahrelang irritierend. Ein ähnlich gebauter Satz fiel mir jetzt ein:

Wer sagt, daß man heiratet, um glücklich zu sein?

7

Es war einmal eine Hochzeit, die wurde im kleinsten Kreise gefeiert. Bescheiden und sparsam. Das war in den Jahren nach dem Ersten Weltkrieg nicht außergewöhnlich. Trotzdem fand diese Hochzeit unter besonderen Voraussetzungen statt. Mit deiner Familie, hatte der Bräutigam zur Braut gesagt, will ich nichts zu tun haben. Auch er hatte seine Familie übrigens nicht eingeladen. Sicher – dafür gab es einige praktische Gründe. Die Anreise aus Reichenberg wäre kostspielig und anstrengend gewesen. Aber vielleicht war es ohnehin besser, wenn die Verwandten Marta nur vom Foto her kannten.

Vielleicht merkte man ja doch etwas im näheren Umgang mit ihr. Eine gewisse Neigung zum Gestikulieren, der Tonfall ihrer Rede … Wilhelm fragte sich, wieso er das nicht früher kapiert hatte. Nach dem Einblick in die Dokumente waren ihm jedenfalls die Augen aufgegangen, und seine Ohren hatten sich aufgetan.

Besser im kleinen Kreis also, zweifellos. Aufs Standesamt begleitet wurde das korrekt, aber schlicht gekleidete Paar lediglich von zwei Trauzeugen. Die waren Kollegen des Bräutigams und erschienen in Postuniformen. Der Standesbeamte sprach von Pflicht und Treue.

Pflicht und Treue auch der Republik gegenüber. In der man sich jetzt nach der an allen Ecken und Enden zu kurzen und zu schmalen Decke strecken mußte. Österreich schlicht und einfach. Was sollte man sagen. Öster*arm*, sagten manche, aber das war ein trauriger Kalauer.

Trotz allem ging man anschließend essen, alles was recht ist, sagte Wilhelm. In der Oberen Augartenstraße, nicht weit von der Wohnung, die er gefunden hatte, gab es ein Gasthaus. Vor dem Krieg hatte es als gediegenes Lokal gegolten. Unter den gegebenen Umständen war es nicht leicht, diesen Ruf aufrechtzuerhalten, aber man nahm sich zusammen.

Wilhelm hatte schon Wochen vor der Hochzeit ein Menü bestellt. So hatte man Zeit gehabt, die Ingredienzien zu besorgen. Nach einer aus angeblich echten Rindsknochen gekochten Suppe gab es Schweinsbraten mit Knödeln. Marta dankte Gott, daß sie ihre Mutter wirklich nicht eingeladen hatte, die hätte der Schlag getroffen.

Sie selbst vertrug tierisches Fett auch damals schon schlecht. Wie ein so mageres Schwein so fett sein konnte! Schon beim Löffeln des anschließend servierten, wässrigen Puddings fühlte sie, wie ihr der Geschmack nach Schwarten und Kümmel aufstieß. Dagegen nützte auch der saure Wein nichts.

Kaum hatten sie die Schwelle der nunmehr ehelichen Wohnung überschritten, griff sie nach dem zum Glück gleich links neben der Tür hängenden Toilettenschlüssel. Auf dem Gangklo gab sie das gute Essen wieder von sich. Als sie zurückkam, recht schwach auf den Beinen, saß Wilhelm im Lehnstuhl, den sie damals besaßen, dumpf brütend. Ob ihr bewußt sei, fragte er, ohne sie anzusehen, daß das Menü ein Viertel seines Monatsgehalts gekostet habe.

Nicht besonders ermutigend, dieser Anfang. Dennoch: Das neue Leben spielte sich ein. Vom nächsten Morgen an war Ehealltag. Und Marta bemühte sich, Frau Prinz zu sein.

Ich wollte versuchen, mir das vorzustellen.

Wie sie sich Mühe gab, dem Herrn Prinz gerecht zu werden.

Er seinerseits war doch, wenn sie es recht betrachtete, gerecht. Vielleicht paßte der Ausdruck *ein Gerechter* nicht in dem Sinn auf ihn, wie ihn ihre Eltern manchmal gebraucht hatten, aber immerhin hatte er sie zur Frau genommen.

Trotz allem. Trotz was? Nun ja, für ihn war das keine Kleinigkeit! Damit war er doch – wie sagt man? –: über seinen Schatten gesprungen. Oder über ihren. Über einen Schatten jedenfalls. Das mußte man würdigen. Daß er so gerecht oder – ja – so korrekt war.

Es ging darum, das Vertrauen, das er in sie gesetzt hatte, zu rechtfertigen.

Er sollte es nicht bereuen, daß er sich so entschieden hatte.

Es ging darum, ihren Gatten nicht zu enttäuschen.

Er hatte sich doch, letzten Endes, für *sie* entschieden.

So zu sein, wie er sie haben wollte: das war eine Aufgabe.

Sowohl etwas von Kapitulation hatte das, als auch von Neuorientierung.

Sie mußte etwas von dem aufgeben, was sie bisher gewesen war. Aber es war ihr auch etwas aufgegeben, das sie erfüllen sollte.

Erfüllen *durfte*. Das war eine Hausaufgabe.

Zuallererst war es eine Hausfrauenaufgabe.

Doch sie war bisher nie wirklich Hausfrau gewesen.

In der Kleinen Mohrengasse hatte sie nur kleine Speisen gekocht, zwischendurch; solang sie im Krankenhaus gearbeitet hatte, war sie aus der Spitalsküche versorgt worden.

Auch wenn sie manchmal Hunger gehabt hatte, in ihrem bisherigen Erwachsenenleben war Ernährung Nebensache gewesen. Etwas am Rand des Bewußtseins, und das war gut so. Der immer schlechteren Versorgungslage im fortschreitenden Krieg entsprechend. Die man, hätte man zu viel daran gedacht, als noch trister empfunden hätte.

Jetzt aber war da ein angebrochener Friede, wenn er auch noch so fragwürdig war. Und ein angebrochenes Eheleben. Da rückte die Nebensache auf einmal ins Zentrum. Wilhelm

Prinz war ein großer Mann, er ging morgens zur Arbeit und kam abends nach Hause, er gab seiner kleinen Frau Wirtschaftsgeld und wollte dafür etwas Anständiges auf dem Tisch haben.

Eine Aufgabe, deren Erfüllung unter den bestehenden Umständen nicht einfach war. Zwar hatte Herr Prinz seiner Frau eine neue Einkaufstasche aus gelbem und blauem Geflecht gekauft, doch die Versorgungsverhältnisse waren fast noch die alten. Die Kriegswirtschaft hatte längst nicht mehr funktioniert, die Friedenswirtschaft funktionierte noch lang nicht. Die Lebensmittellieferungen aus Mähren, der Slowakei und Ungarn, die das Angebot selbst in den ärmeren Zeiten der Monarchie noch relativ reich gemacht hatten, fielen in den ersten Jahren der Republik aus.

Zwar war der Karmelitermarkt nicht weit, aber das Angebot an den Marktständen war spärlich. Trotzdem: Nach ein paar Wochen Orientierung wußte Marta, in welchem Abschnitt des Markts und bei welchen Ständen sie halbwegs verwertbare Lebensmittel zu halbwegs vertretbaren Preisen bekam. Hier waren die Erdäpfel günstiger, dort die Hülsenfrüchte. Hier war das Wurzelgemüse weniger vertrocknet, dort waren die Kohl- und Salatköpfe weniger welk.

Bald kannte sie die Marktleute, bei denen sie regelmäßig einkaufte, beim Namen. Bei Frau Schöpf kaufte sie täglich Brot und Semmeln, bei Herrn Lagler einmal pro Woche mehr Knochen als Fleisch. Fisch kaufte sie nie, dagegen hatte ihr Mann eine Abneigung. Marktstände, deren Besitzer- oder Pächternamen jüdisch klangen, mied sie.

8

Zu ihrer Familie hielt Marta ohnehin eine gewisse Distanz. Zu ihrer *Mischpoche*, wie Wilhelm wegwerfend gesagt hatte. Wenn Wilhelm es aussprach, klang dieses Wort verächtlich. Im Mund ihres Vaters oder ihrer Mutter hatte es manchmal fast zärtlich geklungen.

Aber die Zeit der Zärtlichkeit war vorbei.

Das war nicht recht, sagte sie, wie sie mich damals behandelt haben. Nach meinem *Fehltritt*. Gerade damals hätte sie Zuwendung gebraucht.

Just damals habe sie sich von ihrer Familie im Stich gelassen gefühlt.

Seelisch. Materiell habe sich ihr Vater nicht lumpen lassen. Da sei er sich sicher noch großzügig vorgekommen. Da war ja auch etwas Wahres dran, sagte die Großmutter. Und trotzdem: Nach ihrem Fehltritt sei alles, was ihre Familie für oder gegen sie getan habe, falsch gewesen.

Wenn Marta darauf zu sprechen kam, sah sie noch als Großmutter bitter drein.

Anfangs begriff ich noch nicht, was ein Fehltritt war.

Zwar redete die Großmutter, bei aller Poesie ihrer Erzählsprache, manchmal sehr konkret.

Aber in diesem Punkt blieben ihre Ausführungen vage.

Mit einer gewissen Sinnhaftigkeit erfüllte sich dieser Begriff für mich aber doch. Und zwar bei der Wanderung durch die Ötschergräben. Du bist schon ein zünftiger Bergsteiger, sagte die Großmutter. Der Ötscher, immerhin fast 2000 Meter hoch, das war schon etwas anderes als der Kahlenberg.

Aus der Waldschlucht, durch die wir vorerst gingen, konnte

man ihn noch nicht sehen. Auf einem schmalen Steig kamen wir an einem aus großer Höhe herabstürzenden Wasserfall vorbei. Und dann öffnete sich die Schlucht, und man sah den hohen Berg, das war aufregend. Aber paß auf, sagte die Großmutter, hier darfst du keinen Fehltritt tun – bei diesen Worten faßte sie mich wieder fest an der Hand.

Auf der einen Seite stürzte ein Wasserfall, auf der anderen ging es zum Wildbach hinab. Links zersprang das Wasser in Millionen weiß wirbelnder Tropfen, rechts war der Fels grün und glitschig. Auch das Holzgeländer war glitschig und morsch. Wenn du hier einen Fehltritt tust, sagte die Großmutter, fällst du tief.

Martas Fehltritt. An sich wäre der nicht so dramatisch gewesen. Sie war nicht die erste und nicht die letzte, der so etwas passiert war. Sagte die Großmutter. Aber die Reaktion ihrer Familie. Eine abgrundtiefe Kränkung, die sie ein Leben lang nicht vergaß.

Der Vater, die Mutter, sein Reden, ihr Schweigen, alles falsch. Die Enttäuschung durch den Vater. Der bei aller aufgesetzten Flexibilität in dieser Situation den starren Prinzipien der Mutter folgte. Selbst wenn er das zu kaschieren und nachträglich zu korrigieren versuchte. Auch und erst recht die Enttäuschung über die Mutter.

Eine jiddische Mame. Die für ihr Kind durch Wasser und Feuer geht. Unberufen. So hatte sich die Tochter das nicht vorgestellt. Wahrscheinlich war ja in ihrem empörten Schweigen ein Anteil Hilflosigkeit. Aber auch diese Hilflosigkeit wollte ihr Marta lang nicht verzeihen.

Zu allem Überfluß das Geschwätz der Schwestern. Die damals nicht mehr im Elternhaus wohnten, aber zu Besuch kamen. Falsch, so empfand das Marta, und noch einmal falsch. Die aufgeregte Geilheit unter dem geheuchelten Mitleid.

Und Mitleid wofür eigentlich? Daß sie ein Kind bekommen sollte? Galt das nicht an und für sich als erfreulich? Ach ja, der Mann, von dem sie es hatte, war nicht der Richtige. Ein Goj, ein Böhm, ein Friseur – mit einem Wort ein Nebbich.

Und dann die Intrigen. Vielleicht hatte der Vater nichts davon gewußt. Doch von der Mutter waren sie ausgegangen. In diesem Bereich war die Mame bestimmt nicht hilflos. Schluß, sagte Marta, kein Wort mehr davon, sagte die Großmutter.

Sie habe nämlich auch ihren Stolz gehabt. Also Distanz zur Familie, die sie wahrte. Obwohl es ihr anfangs ziemlich drekkig ging. Und obwohl sie nur einige Gassen von den Eltern entfernt wohnte.

Marta, eine von ihrem Mann im Stich gelassene junge Frau. 1914 war sie gerade einundzwanzig. Eine von ihrem Mann im Stich gelassene junge Frau mit kleinem Kind. Eine schon zuvor von ihren Eltern im Stich Gelassene.

Danach tat es ihnen zwar leid, aber das war erst recht verlogen.

Als es ihnen gelungen war, den unerwünschten Schwiegersohn zu vertreiben.

Der Versuch, die verlorene Tochter zurückzuholen.

Bevor sie ganz vor die Hunde ging und der Familie noch größere Schande machte.

Schließlich war Krieg. Und die Lebensmittel wurden von Tag zu Tag teurer.

Die Gegend war übelbeleumdet, und vom Nordbahnhof kamen in immer dichteren Strömen Flüchtlinge.

Eines Tages tauchte also Marlen' in der Kleinen Mohrengasse auf. Als Emissärin der Eltern. Die alles nicht so gemeint hätten.

Natürlich sei Marta nach wie vor ihre Tochter. Derentwegen sie nächtelang schlaflos lägen. Sie solle also ihre Siebensachen packen und in den Schoß der Familie zurückkehren. In Gottes Namen, mit dem Kind des böhmischen Falotten.

Nein, danke, ließ Marta bestellen, das wolle sie nicht. Zu Besuch würde sie ab und zu kommen. Aber ohne ihr Kind.

Das Kind war arm, aber Marta stand zu ihrer Entscheidung. Ihre Eltern sollten sich jetzt nicht als Großeltern aufspielen.

Und wovon lebst du? fragte die Mutter beim ersten Besuch.

Die Stelle im Versehrtenspital hatte Marta damals noch nicht, der große Schub mit Verwundeten kam erst später.

Hilfsarbeit in einer Uniformschneiderei? Konnte man davon sich und ein Kind erhalten?

Die Mame wußte nicht, daß der Tate der Tochter heimlich Geld schickte.

Seit sie wieder zu Besuch kam, steckte er ihr das Geld beim Abschied persönlich zu.

Er begleitete sie die Treppe hinunter und gab es ihr im Hausflur.

Offenbar glaubte er, ihr etwas schuldig zu sein.

Sie nahm die Scheine und steckte sie einfach ein.

Allerdings konnte er ihr nach und nach immer weniger geben.

Das ehemals florierende Geschäft ging immer schlechter, ein Lieferant nach dem anderen fiel aus, die Armee requirierte immer mehr Heizmaterialien.

Am Ende hatte der Beinahe-Großhändler für Holz, Kohlen & Briquettes selbst nicht mehr genug zum Heizen.

Als er seine jüngste Tochter zum letzten Mal ans Haustor begleitet hatte, war er ihr schon sehr verfroren vorgekommen.

Martas Stolz. Marta und ihre Distanz zur Familie.

Nach dem Tod des mit einer scheuen, aber gebrochenen Liebe geliebten Vaters fiel es ihr gar nicht so schwer, den endgültigen Bruch zu vollziehen.

Von ihrer Mischpoche. Vielleicht hatte Wilhelm ja bis zu einem gewissen Grad recht.

Vielleicht war es wirklich besser, diese Herkunft zu vergessen.

Die Frage war bloß: Wo blieb ihr Stolz gegenüber Wilhelm?

So eine Frage, sagt die Großmutter, steht dir nicht zu.

Das sagte die Großmutter im Traum. Wieder war ich über dem Laptop eingeschlafen.

Jetzt schreckte ich auf. Draußen im Hof polterte die Müllabfuhr.

9

Während ich Tee trank, bedächtig, um meinen Magen nicht zu irritieren, begann ich im Kochbuch zu blättern. Genaugenommen handelte es sich um ein Koch- und Hauswirtschaftsbuch. 7. Auflage, ein bewährtes Werk. Gut möglich, daß es auch meine Großmutter benutzt hatte.

Es war schon reichlich zerfleddert, die Seiten vergilbt. Auf der zweiten Innenseite verblaßte Fotos der Verfasser oder Herausgeber, zweier bärtiger Herren, dann folgten Illustrationen, die ein wenig an die in alten Kinderbüchern erinnerten... Ein Küchenkalender mit Speisevorschlägen für alle Monate des Jahres. Rubriken für Sparküche, einfache Küche, feine Küche und Schnellküche.

Ich stellte mir vor, wie die Großmutter es studierte. Feiner Nudelteig: Man schüttet 2 dl Mehl auf ein Nudelbrett, macht in der Mitte eine Grube, schlägt ein großes Ei hinein, salzt etwas, mischt zuerst mit dem Messer und arbeitet dann mit den Händen den Teig recht fest und glatt ab. Gewöhnlicher Nudelteig: Derselbe wird ebenso bereitet wie der vorige. Nur mit dem Unterschiede, daß etwas mehr Mehl genommen wird und nebst dem Ei ein wenig Wasser hinzugefügt wird. Auf dem mit Mehl bestaubten Nudelbrett rollen wir mit dem Rollholz die Teigteile so dünn als möglich aus. Dann lassen wir diese Nudelteigflecken trocknen. Ist auch das geschehen, stäuben wir etwas Mehl darüber und schneiden der Länge nach zirka 3 Finger breite Streifen. Wir können auch statt der Nudeln Flecken schneiden, die sich ebensogut als Suppeneinlage wie als Mehlspeise verwenden lassen.

So schnell Marta sonst las, das Lesen des Kochbuchs ging langsam. Und das Kochen ging anfangs erst recht langsam.

Das Postamt in der Großen Schiffgasse, in dem Wilhelm arbeitete, schloß abends um halb sieben. Er kam also um sieben. Spätestens um vier mußte sie zu kochen beginnen.

Aber davor war natürlich noch *gründlichzumachen*. Die Wohnung war nur geringfügig größer als die in der Kleinen Mohrengasse, aber heller. Da sah man den Staub viel eher. Im Zimmer tanzte er in den am frühen Nachmittag durchs Straßenfenster fallenden Sonnenstrahlen. In der Küche aber, die nur ein kleines Fenster zum Lichthof hatte, neigte er dazu, sich als *Lurch* unter Herd und Kredenz zu sammeln.

In der Küche, schrieben die Verfasser des Koch- und Hauswirtschaftsbuchs, muß selbstverständlich größte Reinlichkeit herrschen. Einmal an jedem Tag ist feucht aufzuwischen. Besitzt die Küche einen Holzboden, so ist derselbe zwei Mal wöchentlich zu scheuern und zu spülen, bei Steinboden hat das täglich zu geschehen. Einmal pro Woche müssen alle Möbel weggerückt, muß jedes Möbelstück abgewischt und abgerieben, müssen die Wände abgekehrt, muß der Ölfarbenanstrich abgewaschen werden.

Marta bemühte sich, diesen Anweisungen einigermaßen zu folgen. Auch den Rezepten versuchte sie zu folgen, so schwer es ihr anfangs fiel, sich in ihre Terminologie einzulesen. Sie gab sich Mühe, anständig kochen zu lernen. Oft war es trotz der Rezepte ein Versuchs- Irrtums-Lernen.

Nicht selten ging etwas schief, mußte auf halbem Kochwege abgebrochen und neu angefangen werden. Manches schmeckte im Endeffekt trotzdem versalzen, angebrannt, sitzengeblieben. Ihr Mann, dessen Mutter in Reichenberg natürlich perfekt gekocht hatte, sprach von einer Schonfrist, die er ihr lasse. Aber als noch nach drei Monaten die Marillenknödel, auf die er sich gefreut hatte, zu hart waren, seinem Urteil nach ungenießbar, warf er sie an die Wand.

Diese Geschichte erzählte die Großmutter öfter. Sie erzählte sie als amüsante Geschichte. Auch als lehrreiche Geschichte. Die nächsten Obstknödel gelangen. Als Hausfrauenerzieher war Herr Prinz offenbar erfolgreich.

Wie erfolgreich war seine Erziehung auf anderen Gebieten? – Nun, vorerst zitierte er manchmal aus Herrn Chamberlains *Grundlagen des XIX. Jahrhunderts*. Das war ein Buch, das aufs Erste recht seriös wirkte. Kulturgeschichte, dafür hatte die historisch interessierte Marta durchaus etwas übrig.

Ein paar Passagen, bei deren Vortrag Wilhelm die Stimme erhob, schienen ihr zwar ein bißchen übertrieben. Aber eine gewisse Reserve gegenüber manchen Erscheinungsweisen des jüdischen Lebens und Strebens und eine bereitwillige Begeisterung für alles Germanische kannte sie ja sogar von ihrem Vater. Vielleicht hatte der Verfasser, ein Engländer, den eine etwas eigenartige Liebe zu allem Deutschen erfaßt hatte, ja da und dort recht. Außerdem ging es in diesem Buch auch um das antike Griechenland und das alte Rom, damit hatte Marta ihren Geist und ihre Phantasie immer gern beschäftigt – wenn ihr Wilhelm daraus vorlas, hörte sie ernsthaft zu.

Dann aber, eines Nachmittags, zitierte er die Protokolle der Weisen von Zion.

Ach ja, davon hatte Marta schon früher gehört. Sie mußte fast lachen. Daß Wilhelm *mit so etwas* daherkam! Eine plumpe Fälschung, hatte ihr Vater gesagt, ein bösartiger Scherz.

Wilhelm indes nahm ihn ernst. Und er war nicht der Einzige. Henry Ford, sagte er. Immerhin der amerikanische Automobilkönig. Auch der hatte ein Buch geschrieben. Und jetzt war es übersetzt. *Der internationale Jude* hieß es. Nimm und lies.

Marta las unwillig, aber trotzdem, sie las.

Daß die Juden einen Plan hätten, die alten Ordnungen zu zersetzen und zu zerstören.

Daß sie zur Durchführung dieses Plans die Plutokratie auf der einen Seite und die Revolution auf der anderen Seite benutzten.

Und daß alles darauf hinaus lief, daß sie letzten Endes die Welt beherrschen wollten.

Ich weiß, sagte Wilhelm gütig, du kannst nichts dafür.

Aber wissen sollte sie, was gespielt wurde.

In der Zeitung stand zwar, daß Henry Ford sich von seinem Buch distanziert hatte.

Aber das hatte er bestimmt unter dem Druck des internationalen Judentums getan, und die Presse, die davon berichtete, war ja erst recht verjudet.

Gewiß glaubte Marta das nicht Wort für Wort.

Im Gegenteil. Etwas in ihr sträubte sich dagegen, das zu glauben.

Anderseits: Vielleicht war doch etwas Wahres daran.

Sie war nur eine kleine Frau. Ihr großer Mann würde doch nicht einer blanken Lüge aufsitzen.

Das Buch war ihr unsympathisch. Sie legte es halb gelesen weg.

Anderseits arbeitete es in ihrem Kopf weiter.

In ihrem Kopf und in ihrer immerhin getauften Seele.

Um sich abzulenken oder zum Trost las sie Ganghofer.

Daß Marta Ganghofer las, sah Wilhelm gern. Nicht wenige der grünen Bände, die in ihrem Bücherschrank standen, hatte er ihr zu passenden Anlässen geschenkt. Er selbst las darin. Auch wenn er der schönen Literatur sonst mißtraute. Fürs gesund aus dem Heimatboden Emporwachsende hatte er etwas übrig.

Deswegen stieg er auch gern hinauf auf die Berge. Er war kein Kletterer, nein, aber ein tüchtiger Bergwanderer. Früher war er allein gewandert – im Riesengebirge war er wiederholt auf die Schneekoppe gestiegen; nun legte er Wert darauf, daß seine kleine Frau mitging. Auf dem Ötschergipfel, den die Großmutter dem Enkel von unten zeigte, seien sie mehrere Male gewesen.

Und einmal waren sie gar in Berchtesgaden. Das mußt du dir vorstellen, sagte die Großmutter, statt dem Ötscher gibt es dort den Watzmann. Das ist ein Unterschied von rund 1000 Metern! Von der Erinnerung an Berchtesgaden fühlte sie sich noch immer gehoben.

10

Hingegen die Niederungen der Leopoldstadt.

Dear Harry, this afternoon I was in the Second district. Traditionellerweise der Wiener Bezirk mit der stärksten jüdischen Besiedlung. Kurioserweise nach dem Kaiser benannt, der die Juden vorerst von dort vertreiben ließ.

Die Niederungen der lokalen Geschichte. Zuerst wurden die Juden aus der Inneren Stadt dorthin verbannt, dann, nur ein halbes Jahrhundert später, wurden sie auch von dort vertrieben. Die Synagoge brannte, an ihrer Stelle wurde eine Kirche errichtet. Nebenbei wurden die Vermögen und Wertsachen der Juden requiriert, ach ja, die Leute wußten schon längst das Nützliche mit dem Rechten zu verbinden.

Hier und anderswo. Mein Gott, Harry, was ist das für eine Zeit, in die wir unversehens geraten sind? Wieso bricht plötzlich wieder aus, was wir für überwunden gehalten haben? In der Straßenbahn habe ich die Zeitung gelesen, aus Belgien und Holland wird von der Schändung jüdischer Friedhöfe berichtet. In Dänemark wurden Molotowcocktails in eine Moschee geworfen.

Ich habe auch von weiteren Flugzeugträgern gelesen, die nun nicht nur in den Persischen Golf geschickt werden sollen, sondern auch ins levantinische Mittelmeer. Ist das wahr, Harry? Plant das Pentagon wirklich noch eine Intervention? Die Sicherheit Israels, klar. Darüber habe ich mit Ruth bis zur Erschöpfung diskutiert. Aber wenn ich höre und lese, wie wir (und wer, verdammt noch einmal, ist das eigentlich: *wir*?) also wie unsere Politiker und Militärs im Nahen Osten agieren, dann fällt mir zuallererst das Wort Öl ein. Und dann das Wort Feuer.

Am Schwedenplatz bin ich ausgestiegen und über die Brücke gegangen. Die Bezirke 2 und 20 liegen ja genaugenommen auf einer Insel. Zwischen dem Donaukanal auf der einen Seite und der Donau auf der anderen. Wenn man aus der Inneren Stadt kommt, ahnt man von der Donau allerdings noch nichts, die liegt weit draußen auf der anderen Seite des Praters.

Lieber Harry, gerade merke ich, daß ich Dir unversehens auf deutsch schreibe. Aber ich darf hoffen, daß Du es seit der Zeit, in der Du mein Student warst, nicht ganz verlernt hast. Schon eigenartig: Mein Gehirn hat sich in den paar Tagen, die ich nun hier bin, wieder auf das deutschsprachige Programm eingestellt. In Maine habe ich in den letzten Jahren meist auf englisch gedacht, auch geträumt, aber hier hat sich das rascher als erwartet geändert.

Wahrscheinlich hängt das damit zusammen, daß ich mich so viel mit meiner Kindheit und meiner Herkunft beschäftige. Ich frage mich übrigens, ob das wirklich mein freier Entschluß war. Irgendwo habe ich gelesen, daß in gewissen Hirnpartien Entscheidungen schon getroffen werden, bevor sie uns bewußt werden. Vielleicht war ja schon meine rasche Abreise aus den Staaten so eine Vor-Entscheidung.

Wie dem auch sei. Jetzt bin ich hier und gehe einer Vergangenheit nach, die mir nicht einfach vergangen scheint. Einer Vergangenheit, die womöglich in die Zukunft wirkt. *Am End*, würde die Großmutter sagen. Aber vielleicht sind das alles nur Wahnideen. Jedenfalls gehe ich, indem ich dieser Vergangenheit nachgehe, auch ganz konkrete Wege.

Heute nachmittag also im zweiten Bezirk. In der Praterstraße bin ich vor dem Haus gestanden, in dem der Kohlenhändler Augustin Glück mit seiner Frau und seinen drei Töchtern gewohnt hat. Sein Geschäftsportal gibt es natürlich nicht mehr.

Im Hof liegen keine Kohlenberge mehr, sondern Autobestandteile.

Ein Mann mit bulgarischem oder russischem Akzent hat mich gefragt, was ich hier suche. Es war mir zu kompliziert, ihm das zu erklären. Er war mißtrauisch. Solang ich im Hof geblieben bin, ist er hinter mir her gegangen. Chef ist nicht da! hat er ständig wiederholt. Ja, ja, ich weiß, habe ich gesagt.

Chef ist nicht da. Ich habe mein Notizbuch herausgenommen und mir diesen Satz aufgeschrieben. Ich weiß nicht recht, warum, aber dieser komische kleine Satz ist mir bemerkenswert erschienen. Irgendwas hat da für mich noch mitgeklungen. So ein Oberton oder so ein Unterton höherer oder tieferer Bedeutung.

Ja, Harry, ich war (und bin) in einer recht eigenartigen Verfassung. Seit einigen Tagen schon. Manche Wörter haben in meinem Kopf ein eigenartiges Echo. Vielleicht hängt auch das mit der Umstellung von Englisch auf Deutsch zusammen. Wörter, die ich denke, Wörter und Sätze, die ich höre oder lese – manche stehen dann eine Weile sozusagen kursiv geschrieben auf meinem inneren Bildschirm.

Vielleicht hat diese Verfassung aber auch mit der gesteigerten Aufmerksamkeit zu tun. Ich bin, habe ich den Eindruck, nun hellhöriger und scharfsichtiger als sonst. Ist das ein Symptom für etwas? Stimmt, ich habe nach wie vor diesen eigenartigen Druck im Kopf. Aber vielleicht ist das ja nur ein Zeichen dafür, daß mein Kopf arbeitet.

Mit diesem Kopf ging ich jedenfalls weiter durch die Praterstraße. Als ich an der Johann Nepomuk-Kirche angelangt war, habe ich zuerst einmal die Informationen für die Pfarrgemeinde in einem rechts neben dem Portal hängenden Schaukasten gelesen. Da ging es um die Erhaltung der Kirche, um die Mission irgendwo in Afrika und um die für die nächsten

Monate im Pfarrsaal angebotenen Veranstaltungen. Eine dieser Veranstaltungen (eigentlich eine wöchentlich stattfindende Diskussionsrunde) hieß *Spurensuche*.

Natürlich. Das paßte nun wieder genau zu meinem Beziehungswahn. Aber ist dieser Beziehungswahn nicht der ganz normale Autorenwahnsinn? Gerät man nicht immer in diesen Zustand, wenn man sich im Ernst aufs Schreiben einläßt? Man kann natürlich auch schreiben, ohne sich dieser Gefahr auszusetzen, aber ich rede wohlgemerkt nicht von den Sprachdesignern.

Ich rede von mir. Vielleicht rede ich auch von Dir. Du hast doch, ich weiß das, auch eine Zeitlang geschrieben. Und gar nicht schlecht. Wahrscheinlich kennst Du das also. Daß von einem gewissen Zeitpunkt an alles zum Text gehört, daß es da einfach keine Zufälle mehr gibt, jedenfalls keine Zufälle, die nicht ins System passen.

Die Spurensuche, von der hier die Rede war, im Schaukasten der St. Nepomuk-Kirche in Wien 2, bezog sich allerdings auf die Religion. Irgendwas stand da von Rückkehr zu den Wurzeln. Aber genau darum geht es ja, dachte ich. Hier hatte der Herr Glück sich und seine drei Töchter taufen lassen.

Nolens volens, wie die Großmutter sagte.

Sie sagte das nicht in diesem Zusammenhang, aber sie sagte es oft.

Was heißt das, Oma?

Ach das, sagte die Großmutter, das ist lateinisch. Das heißt, du mußt halt in den sauren Apfel beißen.

Bona fide. Ja, auch das sei lateinisch. Leider habe sie nicht studieren dürfen, aber gewisse Phrasen kenne sie ganz einfach. Die habe ihr Vater verwendet, der zwar auch nicht studiert habe. Doch seinerzeit seien die Leute noch nicht so ungebildet gewesen wie heute.

Bona fide also. Guten Glaubens. Er hatte wohl geglaubt, daß es was nützen würde. Katholisch zu werden. Man mußte ja nicht alles glauben, was die Pfarrer redeten. Daß die Juden den lieben Jesus umgebracht hätten, den ersten Ehrenarier – also diesen Schmonzes müsse man doch nicht wirklich ernst nehmen.

So ungefähr stelle ich ihn mir vor, den Herrn Glück. Ein auf seine Art aufgeklärter Mensch. Mit einem gewissen Vertrauen auf die Vernunft. Man lebte doch bitte nicht mehr im Mittelalter. Was da heraufkam, das war das zwanzigste Jahrhundert!

Ich habe mir das in der Kirchenbank sitzend notiert. Die Kirche ist irgendwann im zweiten Teil des neunzehnten Jahrhunderts erbaut. Neoklassizistisch. Mit einem neugotischen Kreuzweg. Jesus hell und blauäugig, seine Peiniger dunkel und krummnäsig. Großer Gott, das ist halt Tradition!

Wird Augustin Glück gesagt haben, falls es ihm überhaupt aufgefallen ist. So eine Taufe ist ja keine Kirchenbesichtigung. Man geht hin und beugt den Kopf und läßt sich ein bißchen mit Weihwasser besprengen. Und dann geht man weg und die Geschichte ist ein für allemal erledigt.

Schon wahr, es gab extreme Spinner wie die Herren von List, von Liebenfels und von Schönerer. Die erzählten irgendeinen Schwachsinn von rassischen Merkmalen, die auch durch die Taufe nicht wegzuwaschen seien. Solche Reden führe auch der neue Herr Bürgermeister, der sonst ein tüchtiger Mann sei. Aber das sei halt Politik, der rede halt seinen Wählern nach dem Maul, es würde nie so heiß gegessen, wie gekocht werde.

Soweit kommts noch. Wo sind wir denn? Das hier sei ein zivilisiertes Land.

Daß es soweit käme, das würde schon der Kaiser verhindern.

Der Kaiser halte seine schützende Hand über alle, ohne Ansehen der Nationalität, der Religion und der Person.

Gott erhalte, Gott beschütze. Die Haydnhymne sang Martas Vater mit Inbrunst.

Ich bin dann durch die Heinestraße gegangen, in der der windige Herr Jaroslav Spielmann seinen Salon hatte. Tatsächlich ist an der Stelle, an der ich ihn erwartet habe, noch immer oder schon wieder ein Friseursalon. Im Schaufenster Poster mit schönen Ansichten aus dem Libanon, über mediterranen Küstenhügeln die rotweißrote Fahne mit der Zeder, dahinter ein junger Mann mit goldbraunem Teint. Vielleicht würde Marta heute auf ihn hereinfallen.

An den Herrn Schönerer erinnert hier nichts mehr. Hingegen gibt es ein paar koschere Läden. Außerdem gibt es ein Café namens Heine. Daran konnte ich nicht vorbeigehen. Ich beschloß, einen Mocca zu trinken.

Ein altes Lokal mit schöner Holztäfelung und fast edlen Beleuchtungskörpern. Trotzdem wirkt es ein bißchen schäbig. Wie lang gibt es das schon? fragte ich die Kellnerin, hat es das schon vor 1914 gegeben? Ich bin zwar kein Teenager mehr, antwortete sie, aber gar so lang bin ich auch noch nicht da.

Entschuldigung, sagte ich.

Keine Ursache, sagte sie. Schreiben Sie für eine Zeitung?

Nein, sagte ich, ganz privat. Ich mache mir einfach Notizen.

Café Heine. Ab 1938 hat es wohl nicht mehr so geheißen. Aber da war der Herr Jaroslav Spielmann schon ganz woanders.

Unter der Erde, verscharrt irgendwo an der nicht mehr haltbaren Ostgrenze. Oder in der Gegenrichtung ausgebüxt, über dem großen Teich. Denk Dir nur, Harry, im Extrazimmer gibt es eine kleine Nachbildung der Freiheitsstatue. Die

Fackel, die sie nach wie vor in der hocherhobenen Hand hält, hat jemand als Aschenbecher benutzt.

Nach dem Mocca bestellte ich mir einen Cognac. Im Extrazimmer gab es auch eine Figur von Charlie Chaplin. Ich trank und notierte. Ein bißchen stelle ich mir Jaroslav jetzt wie Chaplin vor. Wie er auf einem mit Auswanderern überladenen Schiff im Hafen von New York ankommt, und wie er, der seinen charmanten Humor trotz allem behalten hat, einer puppenhaften jungen Frau zuzwinkert.

Was einem einfällt, was man so phantasiert. Aber wenn man sich einmal auf so ein Gedankenspiel einläßt, dann ist man auch schon drinnen. Ein Spiel, eine Sucht. Am anderen Ende des Raums saßen und standen die Kartenspieler. Unter ihnen konnte ich mir den smarten Herrn Jaroslav noch etwas realistischer vergegenwärtigen.

Das Outfit müßte natürlich anders sein. Hohe Krägen, gestreifte Westen, röhrenförmige Hosen. Jaroslav der Coiffeur. Ein junger Mann mit gelocktem Haar. Allerdings hätte er den kleinen runden Hut nicht abgelegt, sondern verwegen in den Nacken geschoben.

Gewiß trägt er einen Schnurrbart, aber der sieht nicht aus wie der Chaplins. Er ist an den Spitzen dezent aufgezwirbelt. Darunter lächelt er nonchalant, wenn er verliert. Im Kinn hat er ein Grübchen. Das ist symptomatisch für die Veranlagung zur Untreue.

Wer hat das gesagt? War das meine Mutter oder war das Katrin'? Eine blöde Theorie! Die Großmutter hatte eine ganz andere. Das Grübchen, hat sie gesagt, sei der Abdruck eines Engelsfingers. Der Engel drückt dem neugeborenen Kind den Zeigefinger aufs Kinn und sagt: Du gefällst mir.

Ich zahlte und fragte die Kellnerin, wo die Kleine Mohrengasse sei. Die Kleine Mohrengasse? sagte sie. Die sei bestimmt nicht weit von hier. Es gebe die Große Mohrengasse und es gebe die Kleine Mohrengasse. Aber wo genau, das falle ihr im Moment nicht ein.

Sie riet mir, einen Taxifahrer zu fragen. Gleich gegenüber sei ein Taxistandplatz. Das war kein schlechter Rat, ich war drauf und dran, ihn zu befolgen. Aber just als ich aus dem Café trat, fuhr das letzte Taxi, das auf dem Standplatz gestanden war, davon.

So irrte ich also eine Weile umher. Große Stadtgutgasse, Kleine Stadtgutgasse, Novaragasse, Zirkusgasse. Bei der Rotensterngasse wäre ich schon sehr in der Nähe gewesen. Aber dann bog ich vorerst in der falschen Richtung ab.

In der Afrikanergasse glaubte ich auf dem richtigen Weg zu sein. Das war eine Illusion – sie führte wieder zurück zur Novaragasse. Insgesamt übrigens eine fragwürdige Gegend. Nichts als heruntergekommene Bars und Nachtlokale.

In der Odeongasse ein betonierter Spielplatz, dahinter ein Abbruchhaus. Fußballspielende Buben, die einander mit türkischen Namen riefen. Eine Weile stand ich dort und bewunderte ihr rasches Kombinationsspiel. Doch dann war ihnen meine Anwesenheit anscheinend verdächtig, jedenfalls hörten sie zu spielen auf, standen im engen Kreis beisammen und flüsterten.

Graffiti an den Wänden, die meisten Parolen verstand ich nicht. Aber *Power of Ghetto*, das war ziemlich eindeutig. Es ist wahr, Harry, für mehr als zwei Jahrhunderte war dieser Bezirk das Ghetto. Wahrscheinlich wissen das diese Kids von heute gar nicht, jedenfalls ist zu vermuten, daß sie nicht die geringste Lust verspüren, mit denen identifiziert zu werden, die hier früher gehaust haben, aber vielleicht gibt es tatsächlich so etwas wie einen Ortsgeist.

Einen Ortsgeist, für den der Herr Prinz nicht viel übrig hatte. Auch wenn er vorerst zu Marta in die Kleine Mohrengasse zog. Nolens volens, so hat wohl auch er gedacht. Aber über kurz oder lang mußte er von hier weg.

Die Kleine Mohrengasse – schließlich habe ich sie doch gefunden. Kurz und dunkel. So ungefähr hatte ich sie mir auch vorgestellt. Gewiß lag es auch an der Tages- und Jahreszeit. Am Vormittag und im Sommer ist der Einfallswinkel der Sonnenstrahlen wahrscheinlich günstiger.

Welches mochte das Haus sein, in dem Marta mit Jaroslav und dann mit Wilhelm gewohnt hatte? Hat sie je eine Hausnummer genannt? Ich kann mich nicht daran erinnern. Ein paarmal ging ich die Gasse hinauf und hinunter. Aber ein Gefühl der Evidenz in bezug auf dieses oder jenes Haus wollte sich nicht einstellen.

Dann habe ich noch die Rembrandtstraße gesucht. Ich habe die Taborstraße überquert und bin über den Karmelitermarkt gegangen. Es war nun schon Abend, die Lokale leuchteten in einem warmen Licht. Der Blick in ihr freundliches Inneres erinnerte mich an den in die offenen Fenster eines Adventkalenders.

Gewiß, das war eine kindliche Assoziation. Naiv. Romantisch. Mit einem Wort: unzeitgemäß. Auch was die Jahreszeit betrifft. Wir hatten ja erst Ende Oktober. Und was den multikulturellen Bildhintergrund anlangt. Aber ich habe diese Assoziation nun einmal gehabt.

Und wäre das wirklich so abwegig, die Vorstellung eines etwas anderen Advents? In dem alle möglichen, sehr verschiedenen Leute um einen netten Platz herum beim Abendessen sitzen? Ein friedliches Miteinander? Oder zumindest ein friedliches Nebeneinander? Und die Idee, daß im nächsten Moment irgendein verirrter Gottesstreiter ein Lastauto voll Sprengstoff in diese Szene lenkt, ist ebenso jenseitig wie die, daß auf einmal Bomben vom Himmel hageln, als Strafgericht einer von all ihren guten Geistern verlassenen Weltmacht, die sich als Allmacht aufspielt, aber das war einmal, das liegt hinter uns, und was dann vor uns liegt, ist Feierabend?

Entschuldige, Harry. Diese Vorstellung hat mich für ein paar Sekunden ergriffen. Das wäre dann wohl das Ende der Geschichte. Und so ein Ende der Geschichte könnten wir uns gefallen lassen. Nur wenige Gassen hinter dem Karmelitermarkt war ich übrigens gleich wieder in der Geschichte zurück.

Die Gegenwart: Eine Synagoge oder ein jüdisches Gemeindezentrum, schwer bewacht. Die Vergangenheit: Eine Gedenktafel für noch am letzten Tag vor der deutschen Kapitulation im Mai 1945 von der SS ermordete Widerstandskämpfer. Die Zukunft. Wer weiß. Vielleicht muß sich einer wie ich ja nicht mehr allzulang mit dieser Frage plagen. Was immer noch kommen mag: Bislang hat meine Generation (jedenfalls hier, in diesem endlich aus dem Zentrum der Geschichte geratenen Weltwinkel) ungewöhnliches Glück gehabt.

Krummgasse, Hochedlingergasse, Förstergasse, dann endlich die Rembrandtstraße. Hier war der Herr Prinz mit seiner Frau dem Ghettobezirk noch nicht wirklich entkommen, aber, so mag er das gesehen haben, wenigstens an seinen äußersten Rand gerückt. Am Haus Nr. 43 steht eine Tafel, die darauf hinweist, daß es in den Kriegsjahren 1938 bis 1945 von Bomben beschädigt, aber 1955 aus den Mitteln des Wiederaufbaufonds renoviert wurde. Aus den Fenstern der oberen Stockwerke sieht man vielleicht wirklich ein Stück Augarten.

Es war bereits finster, aber das große Tor war zu meiner Überraschung noch offen. Ich ging also ein paar Schritte in den Augarten hinein. Das Geräusch meiner Schritte auf dem Kiesweg, die Silhouetten der Hecken. Irgendwo im Hintergrund mußte das Palais sein; ja, und natürlich die Flaktürme.

Was man natürlich nennt. Im Jahr 1923 waren diese Klötze noch nicht da. Da war das einfach eine gepflegte Gartenanlage. Ein barockes Palais. Mit einem ebenerdigen Restaurantpavillon. Hier soll sogar Mozart sogenannte Morgenkonzerte dirigiert haben.

Erzählte die Großmutter. Mit ihr war ich allerdings nur selten da. Vielleicht überhaupt nur einmal, die Erinnerung daran ist vage. Etwas zu leer schien der Park im Vergleich zu Volks- und Burggarten. Etwas zu geradlinig gestreckt in Sonne und Windstille.

Das Augartenpalais im Hintergrund sah aus wie eine Bühnendekoration. Jetzt im Dunkeln konnte ich es nicht sehen, aber ich versuchte mir das vorzustellen. Nein, ich versuchte mir nicht vorzustellen, wie die Großmutter und ich durch den Augarten gegangen waren. Die Personen, die mich nun interessierten, waren Marta und Wilhelm.

Wilhelm und Marta. Sie würden doch manchmal hier spazierengegangen sein. Gemessenen Schritts, wie ein wohlanständiges Ehepaar. Marta an Wilhelms Arm, wie es sich gehörte. Wenn er nicht einfach ein paar Schritte vorausging.

Nicht prinzipiell, nein, aber wenn sie, wie er es nannte, trödelte. Bei den Tennisplätzen, ja, jetzt erinnerte ich mich, daß sie etwas davon erzählt hatte. Daß es hier Tennisplätze gegeben habe, und daß sie da gerne stehengeblieben sei, um ein bißchen zuzusehen und zuzuhören. Wie die jungen Herren und Damen in ihren weißen Dressen und Kostümen über den roten Sand liefen und wie der kleine Ball, dessen Berührung mit den Schlägern ein zugleich gespanntes und weiches Geräusch verursachte, übers Netz flitzte.

Das sei eine elegante Sportart, fand Marta. Aber Wilhelm hatte nichts dafür übrig. Das sei kein Sport, keine körperliche Ertüchtigung, sondern Getue. Nun ja, vielleicht war es weniger der Sport, der ihm mißfiel, als die Leute, die ihn betrieben.

Diese Figürchen, die sich hier produzierten! Vor dem Augartenpalais mit der Porzellanmanufaktur im Hintergrund. Tennispielende Großbürger (manche bestimmt Juden). Da hüpften sie herum in ihren weißen Höschen und Kleidchen, aber in Wahrheit seien sie der Dreck, der in diesem fauligen Tümpel von Staat obenauf schwimme.

Aber ich bitt' dich, Wilhelm, sagte Marta. Sie erschrak, wenn er so sprach. Nicht nur, weil sie fürchtete, daß andere Leute es hören könnten. Die Gehässigkeit seiner Tiraden ging ihr gegens Gemüt, manchmal wurde ihr schlecht davon. Ich glaub, ich muß nach Haus, sagte sie dann, ich vertrag die starke Sonne nicht.

Ob Marta auch allein durch den Augarten ging? Denkbar, daß sie sich manchmal ein Stündchen davonstahl. Gelegenheit hatte sie, während ihr Mann *im Dienst* war. Aber wahrscheinlich hatte sie dabei immer ein schlechtes Gewissen.

Wenn sie beim Tennis zusah und es trotz allem schön fand. Und wenn sie manchmal sogar die Leute, die es spielten, schön fand. Zumindest anziehend. Ihre Bewegungen, ihre Zurufe, ihr Lachen. Ja, durfte sie denn das? Hatte sie denn ein Recht, so zu empfinden?

Ein schlechtes Gewissen hatte sie natürlich auch, wenn sie mit einem Buch auf einer Bank saß. Wenn sie auf einer Bank saß und sich Träumen hingab. Den Träumen wildfremder Menschen und ihren eigenen Träumen. Den eigenen Träumen, die sich an jene Träume anhängten.

Wie kleine Luftballons an große Heißluftballons. Da saß sie, Marta, eine Frau von dreißig Jahren, und las zum Beispiel Jules Verne. War das ein Rückfall in ihre Jungmädchentage? Kann sein. Das auch. Aber Jules Verne paßte ganz einfach besser hierher als Ganghofer.

Etwa so: Die Phantasie der Landung einer Montgolfiere

vor dem Augartenpalais. Herr Phileas Fogg und sein treuer Diener Passepartout, die dort eine Schale Kaffee tranken. Oder nein, Tee natürlich, Phileas Fogg trank bestimmt lieber Tee. Anderseits: Wenn er schon da war, auf einen Abstecher nach Wien, dann sollte er seine öden englischen Gewohnheiten durchbrechen und sich eine Melange gönnen.

Solche Träume. Während ihr Mann in der trüben Realität des Postamts in der Großen Schiffgasse saß. Und dort seine Pflicht erfüllte, um sie zu erhalten. Um sie zu erhalten und ihr Kind obendrein. Wenn Frauen mit Kindern vorbeigingen, sah Marta lieber weg.

11

Es war einmal eine sehr kleine Frau, die hatte ein sehr kleines Kind. Dieses Kind hatte sie in diversen Heimen untergebracht und nur ab und zu besucht. Nun sollte es zwar schon in die Schule kommen, aber es war immer noch sehr klein. So klein war es, daß es auf den Fotos, die diese kleine Frau mit ihrem großen Mann zeigten, gar nicht zu sehen war.

Wo war dieses Kind, das später mein Vater wurde? Wir haben den Walter, sagte die Großmutter, zu den Schulbrüdern gegeben. Wilhelms Idee. Bei den Schulbrüdern, sagte er, herrscht Disziplin. Dafür konnte man ihren Katholizismus in Kauf nehmen.

Zwar äußerte sich der Herr Prinz des öfteren antiklerikal. Aber in Erziehungssachen konnte man von der Kirche lernen. Die Schulbrüder also. Dort konnte man Martas Bankert deponieren. Damit wäre das Problem für die nächsten vier Jahre erledigt gewesen.

Wäre er bloß nicht ausgerissen, der Bub!

Er hat Heimweh gehabt, sagte die Großmutter – fragt sich, nach welchem Heim. Ich weiß nicht, wohin ich gewollt habe, sagte mein Vater. Ich bin einfach ausgerissen und gerannt, bis sie mich wieder erwischt haben.

Nach dem dritten oder vierten Mal, seufzte die Großmutter, ist es den Schulbrüdern zu dumm geworden. Schwer erziehbar. Dafür fühlte man sich bei aller Neigung zur Disziplin nicht zuständig. Na schön, habe Wilhelm gesagt, und sich einen Ruck gegeben. Dann werde er die Erziehung des Knaben selbst besorgen.

So wurde Walter also nach Hause genommen. Zu Hause – das war damals nicht mehr in der Rembrandtstraße im zweiten Bezirk, sondern schon in der Mühlgasse im vierten. Die Wohnung war kaum größer und die Aussicht kaum besser. Aber Wilhelm war es darum gegangen, endlich von der *Mazzesinsel* wegzukommen.

Das hatte er also geschafft, ein Erfolg seiner Konsequenz. Das Postamt, auf dem er seinen Dienst versah, war nun nicht mehr in der Großen Schiffgasse, sondern in der Phorusgasse. Liebe Mutter, schrieb er nach Reichenberg, ich bin nicht unzufrieden. Mit dem häßlichen Kind, über das er nichts schrieb, würde er auch noch fertig werden.

Er, der Erziehungsberechtigte. Genaugenommen war er das wahrscheinlich gar nicht. Das Kind behielt ja den Namen seines Erzeugers. Spielmann, na eben, schon dieser Name wies doch auf etwas Unernstes, Unstetes. Es reichte doch wohl, wenn er sich um den Jungen kümmerte, er mußte ihn nicht auch noch adoptieren.

So etwa mag er gedacht haben, der Herr Prinz. Er ließ sich zum Vormund bestimmen, das genügte. An seiner Erziehungsberechtigung hat er ohnehin kaum gezweifelt. In gewisser Hinsicht fühlte er sich ja auch als der Erziehungsberechtigte seiner Frau.

Die demgemäß schwieg, wenn er seine Stimme erhob. Und wegschaute, wenn der Mann das schwierige Kind schlug. Es muß durchaus nicht so gewesen sein, daß er das aus Lust am Schlagen tat. Manchmal tat er es vielleicht aus seinem Verständnis von Verantwortungsbewußtsein, manchmal aus hilfloser Wut.

Aus Wut über die Abwesenheit des Kindes, das er doch heimgeholt hatte. Ja, das war es. Daß dieses Kind in seiner nunmehrigen Anwesenheit abwesend war. Einfach woanders, das war es, man wußte nicht, wo. Diese Art von Abwesenheit deutete der Herr Prinz als Renitenz.

Hörst du nicht, was ich dir sage, siehst du nicht, was ich dir zeige? Ein Kind, wenn man es schon erziehen muß, sollte aufmerksam sein, präsent. Ein Hund, wenn man ihn dressiert, muß zuerst einmal sitzen, wenn man ihm zu sitzen befiehlt. Sitzen muß er, der Hund, und die Ohren spitzen.

Nichts von dieser fügsam empfänglichen Haltung war an Walter. Er war wie ein Hund aus dem Tierasyl, einer, der sich in die Ecke zurückzieht und den Schweif einklemmt. Einer, dessen Augen angstunterlaufen von unten herauf schauen, einer, der, wenn man ihn anrührt, möglicherweise schnappt. Zuweilen war dieses Kind dem Herrn Prinz wahrscheinlich sogar unheimlich.

Und selbst der Mutter, obwohl sie sich Mühe gab. Mühe, die Fremdheit zu überbrücken, die zwischen ihr und diesem Kind lag. Eine Fremdheit, an der sie ja mitschuldig war. Dieses Kind war ihr eigen Fleisch und Blut, aber indem sie es, wie sie viel später, in einem denkwürdigen Gespräch mit dem bereits erwachsenen Enkel, ein einziges Mal eingestehen sollte, *weggegeben* hatte, noch bevor es abgestillt war, der Not gehorchend und den eigenen Trieb unterdrückend, war eine Distanz entstanden, die nachwirkte und vorhielt.

Eine Distanz, die von seiten des Kindes manchmal ins Gegenteil umschlug. Eine Distanzlosigkeit, die seine Mutter erschreckte. Morgens zum Beispiel, wenn der Mann endlich weg war. Wie Walter da manchmal überfallsartig, sodaß sie nicht ausweichen konnte, in die Knie ging, ihre Beine umfaßte, mit dem Kopf ihren Schoß suchte und, beiseite geschoben, nach einem Schürzenzipfel faßte, an dem er zu saugen begann.

Großer Gott, dachte sie, wenn jetzt der Wilhelm zurückkommt! Für gewöhnlich kam das nicht vor, aber es konnte ja sein, daß er etwas vergessen hatte. Laß das, sagte sie, auch wenn sie dabei den Kopf des Buben streichelte. Walter, wach auf! Du bist doch kein Baby! Du mußt in die Schule!

Gewiß rührte er sie, manchmal kamen ihr in solchen Situationen einfach die Tränen. Aber zweifellos empfand sie sein gestörtes Verhalten auch als Vorwurf. Was sollte sie tun? Manchmal blieb ihr nichts übrig, als ihn am Haarschopf hochzuziehen. Sie atmete auf, wenn er bei gutem Wind beim Tempel draußen war.

Sie brauchte lang, bis sie darüber reden konnte. Ich war schon neunzehn oder zwanzig, als sie mir das zum ersten Mal erzählt hat. Richtig, das war in der Volksgartenmeierei. Genau, ich erinnere mich. Ich kam aus einer Vorlesung über Kinderpsychologie.

In der Vorlesung, über die ich kurz berichtete, war es um durch frühkindliche Verletzungen verursachte Verhaltensstörungen gegangen. Offenbar dadurch angeregt, hatte die Großmutter zu sprechen begonnen. Anders als sonst. Ganz anders als die märchenerzählende Oma. Ich erinnere mich an ihr Gesicht während dieser Erzählung – sie sah mich nicht an dabei, sie schaute in irgendeine Ferne.

Umso besser konnte ich ihr Gesicht betrachten. Ein Gesicht, dem man damals die Jahre schon deutlich ansah. Jahre, deren Zahl Leute, die ihr wirkliches Alter nicht kannten, meist grob unterschätzt hatten, solang ich ein Kind war. In dieser Erinnerung aber, in der hellen, weißen Sonne meines frühen Erwachsenseins, ist sie bereits eine sehr alte, graue Frau.

Hat sie Tränen in den Augen? Vielleicht kommen die auch vom Wind, der an diesem Nachmittag böig weht. Die Falten, die von ihren Mundwinkeln Richtung Kinn führen, sind tief eingegraben. Ihre Hände zerlegen eine Semmel und verfüttern sie an die Spatzen. Die Spatzen sind aufdringlich, sie begnügen sich nicht damit, auf dem Kiesboden herumzuhüpfen, sondern flattern ab und zu hoch und landen kurz auf dem Tisch, auf dem noch Teller mit Essensresten stehen.

Kam der Bub mittags von der Schule nach Hause, so mußte er etwas zu essen bekommen. Aber zu dieser Zeit hatte Marta schon mehr hausfrauliche Praxis. Ihm und sich ein kleines Essen auf den Tisch zu stellen, war nicht das Problem. Das Problem war eher, ihm gegenüberzusitzen und nicht zu wissen, wie die Wand des Schweigens, hinter der er sich verschanzte, zu durchbrechen war.

Wie wars in der Schule? Habt ihr was Neues gelernt?

Schmeckt dir die Suppe? Magst du noch ein Stück Brot?

Er saß da und aß. Fiel ihm ihr Blick zu sehr auf, so schlug er die Augen nieder. Auf ihre Fragen reagierte er bestenfalls mit Kopfnicken, Kopfschütteln, Achselzucken.

Ein wortloses, trauriges, ein verschlossenes Kind. Ich frage mich, wieso und wann mein Vater zu dem redseligen, nach außen hin lustigen Erwachsenen geworden ist, als den ihn die meisten Menschen seiner Umgebung kannten. Immer einen Witz auf den Lippen. Einer, der andere gern zum Lachen brachte. Die Großmutter hatte es damals, im Volksgarten, auch nicht sagen können.

Als Volksschulkind war er auf jeden Fall zum Heulen. Und zu allem Überfluß rann ihm die Nase. Schneuz dich, sagte sie, Walter, ich bitt dich, schneuz dich! Wollte sie ihm mit ihrem eigenen Taschentuch zu Hilfe kommen, so hob er reflexartig die Arme vors Gesicht.

Manchmal versuchte sie, ihm vorzulesen. Aus den *Deutschen Heldensagen* zum Beispiel. Von Siegfried und Dietrich von Bern und anderen starken Männern. Aber sie war nie sicher, ob er wirklich zuhörte.

Abwesend war er. Es dauerte Monate, bis sich das legte. Zeitweilig schien er total in sich versunken. Ein somnambuler Zustand, sagte die Großmutter. Sprach man ihn dann an, so schrak er auf, als hätte man ihn geweckt.

Dafür hatte Wilhelm überhaupt kein Verständnis. Von

dem Zeitpunkt an, zu dem ihr Mann nach Hause kam, vom Abendessen bis zu dem Moment, wo man das Kind ins Bett schickte, ging es Marta vor allem darum, Konflikte zwischen den beiden zu vermeiden. Die sich aus Walters gestörtem Verhalten ergaben. Und meist damit endeten, daß Wilhelm seine ratlose Autorität tatkräftig, das heißt handgreiflich, anwandte.

Sie dankte Gott, wenn der Bub dann endlich im Bett war. Das in der Küche aufgeklappt werden mußte, so waren die räumlichen Verhältnisse. Aus dem Zimmer, in dem sie meist bügelte oder nähte, während Wilhelm heftig in der Zeitung blätterte, hörten sie ab und zu, wie das Kind im Schlaf weinte. Ging sie, Wilhelms mißbilligendem Blick zum Trotz, um nach ihm zu sehen, so erinnerte sie die Haltung, in der er schlief, immer wieder ein bißchen erschreckend an die eines Embryos.

12

Diesmal stand die Bücherschachtel nicht auf dem Gehsteig – es regnete. Ich trat trotzdem ein. Auch im Inneren des Ladens war etwas anders. Stimmt – die weißblonde Frau hörte keine Musik. Bei Gewitter ist es besser, sagte sie, elektrische Geräte auszuschalten.

Tatsächlich blitzte es jetzt.

Da habe ich ja Glück gehabt, sagte ich.

Womit? fragte sie.

Daß ich es noch rechtzeitig zu Ihnen geschafft habe.

Zu mir?

Zu Ihnen und Ihrem Geschäft, sagte ich.

Nun lächelte sie wieder.

Die Bücherschachtel steht jetzt dort drüben, sagte sie.

Tatsächlich fand ich wieder einige Bücher. Auch solche, die das letzte Mal nicht dabei waren. *Die Zitadelle* und *El Hakim* zum Beispiel. Meine Großmutter war Krankenschwester, sagte ich, deshalb hat sie auch eine Schwäche für Ärzteromane gehabt.

Ah ja, sagte die Frau. Sie schreiben also wirklich ein Buch über Ihre Großmutter.

Ich habe damit begonnen, sagte ich.

Werden Sie es auch beenden? fragte sie.

So etwas, sagte ich, kann man nie wissen.

Sie haben also schon mehrere Bücher geschrieben?

Einige, sagte ich.

Muß man Sie kennen? fragte sie.

Nein, sagte ich. Wissen Sie, das ist schon lange her.

Ich bin nicht von hier, sagte sie, ich kenne also nicht viel deutschsprachige Literatur ...

Das gab mir Gelegenheit, meine Frage vom letzten Mal zu wiederholen.

Woher kommen Sie?

Diesmal überhörte sie die Frage nicht.

Wenn Sie es wirklich wissen wollen, sagte sie, ich komme aus Serbien. Wenn man das offen sagt, kommt man hier meist nicht gut an.

Ich bin auch nicht von hier, sagte ich spontan. Das heißt, das ist kompliziert. Eigentlich bin ich *schon* von hier. Aber ich bin vor Jahrzehnten weggegangen. Und jetzt …

In diesem Moment sah ich wieder die Narbe.

Diese Narbe unter dem Haaransatz. Nicht gut verheilt, wie es schien, oder nicht gut vernäht. Diesmal tat die Frau nichts, um sie zu verbergen. Ja, sagte sie, so etwas nennt man einen Lateralschaden.

Sie nahm eine Packung Zigaretten unter dem Ladentisch hervor.

Wollen Sie auch eine?

Obwohl ich mir das Rauchen abgewöhnt hatte, sagte ich nicht nein.

Das ist übrigens harmlos, sagte sie. Meiner Schwester hat es ein Bein abgerissen. Und meine kleine Nichte, damals war sie sieben Jahre alt, ist tot.

Aus Novisad komme sie. Wissen Sie, fragte sie, wo das ist?

Ungefähr, sagte ich.

Im Norden von Jugoslawien, an der Donau.

Wir haben, sagte sie, ein bißchen zu nah an den Brücken gewohnt. Vielleicht erinnern Sie sich: Die Brücken, die die Amis damals bombardiert haben.

Dear Harry, it's hard to explain how I felt at that moment. Das waren nicht die Amerikaner, hätte ich beinahe gesagt, sondern die Nato. Tut mir leid, hätte ich beinahe gesagt, aber ich unterließ auch das.

Reden wir über etwas anderes, sagte die Frau. Erzählen Sie mir von Ihrer Großmutter.

Wir sind dann gut eine Stunde beisammen geblieben. Eine gute Stunde. Wenn auch eine eigenartige Stunde. Draußen noch immer das Gewitter, drinnen diese Frau und ich. Sie können gern abwarten, bis es zu regnen aufhört, hat sie gesagt, draußen werden Sie patschnaß.

Die Situation hatte auch ihre komische Seite. Da sitzen zwei nicht mehr junge Menschen, die einen gewissen Magnetismus zwischen sich spüren, relativ nah beieinander. Draußen blitzt und donnert es. Sie rauchen eine Zigarette nach der anderen. Und was reden sie? Sie erzählen einander von ihren Großmüttern!

Denn auch sie (ich weiß ihren Namen nicht) begann von ihrer Großmutter zu erzählen. Und erzählte davon, was diese Großmutter erzählt hatte. Die sei über hundert Jahre alt geworden. Und habe noch ganze Heldenepen auswendig gekonnt.

Zu guter Letzt kamen wir aber doch wieder auf die Bücher. Auf die Bücher, die meine Großmutter gelesen hatte, und auf die Bücher, die wir selbst gern lasen. Die Frau nannte mir ein paar serbische Autoren, die ich zu meiner Schande alle nicht kannte. Nebenbei bemerkt habe sie nicht nur Bücher hier vorne, sagte sie plötzlich, sondern auch hinten im Magazin.

In diesem Magazin, einem kahlen, aber tatsächlich mit Büchern vollgestopften Raum, war ich dann doch etwas unsicher, ob es bei der bloß seelischen Annäherung bleiben sollte. Wahrscheinlich ging es ihr auch so, einen Moment lang standen wir einander unschlüssig gegenüber. Dann aber wandte ich mich den Büchern zu. Das ist ja nicht zu fassen, sagte ich, was für schöne Klassikerausgaben Sie hier haben!

13

Nicht nur Cronin und Knittel habe ich meiner kleinen Handbibliothek in der Küchennische also hinzugefügt, sondern auch einiges von Goethe und Schiller. Die Goetheausgabe ist lückenhaft (von den zwölf tatsächlich recht schönen dunkelbraunen Bänden mit mäßig verblaßter Goldprägung fehlen Band 3, 4 und 7), die Schillerausgabe umfaßt nur die Balladen und Dramen, die aber, soweit ich das beim ersten Durchblättern feststellen kann, vollständig.

Mit den deutschen Klassikern bin ich ja wirklich einigermaßen vertraut. Die Großmutter machte mich früh bekannt mit ihnen.

Goethe saß auf einem Denkmalsessel am Rand der Ringstraße und blickte genial. Schiller stand ihm vis-à-vis, auf einem der Ringstraße gegenüber etwas zurückversetzten Platz vor der Akademie der bildenden Künste. Saß Goethe breit, so stand Schiller schmal, das entsprach ihren Charakteren. Sie seien zwar, sagte die Großmutter, eine Zeitlang befreundet, aber ihrem Wesen nach verschieden gewesen.

Goethe breit – ein Mann von einer gewissen Robustheit, wie mir schien, vielleicht war diese Robustheit eine Spur zu groß, um sympathisch zu sein. Schiller schmal – von einer filigranen Überempfindlichkeit, die einem, hätte man ihn wirklich gekannt, möglicherweise ein wenig auf die Nerven gegangen wäre. Er sah nicht mehr ganz jung aus, aber er hatte, vermittelte mir die Großmutter, zeit seines Lebens, das nicht sehr lang dauerte, etwas Jünglingshaftes. Während Goethe, der ihn um viele Jahrzehnte überlebte, in seiner reifen Männlichkeit gut sitzen hatte und nach und nach alles überblickte.

Mir war damals Schiller gewiß sympathischer. So wie ihn die Großmutter darstellte, hatte er etwas Feuriges. Etwas von einem Pferd, das durch die Landschaft trabte, mit geblähten Nüstern, ein bißchen schnaubend, vielleicht aus der Koppel ausgebrochen. Und tatsächlich, sagte die Großmutter, sei es ihm *um die Freiheit* gegangen, das war, fand ich, schön und vor allem edel von ihm, meine Vorstellung von Freiheit war damals noch etwas vage, aber mit starken Emotionen verbunden.

Aufregend war das. Wenn mir die Großmutter *Die Räuber* erzählte, klopfte mir das Herz. Ein *revolutionäres* Stück, wie die Oma betonte. Was immer das war. Ich versuchte mir einen Reim darauf zu machen. Die Revolution, so viel hatte ich bald mitbekommen, war zuallererst eine französische Angelegenheit, und für französische Angelegenheiten hatte die Großmutter im Prinzip viel übrig.

Im Ton, in dem sie von jener Revolution sprach, schwang einerseits Bewunderung, anderseits Gruseln. Ein erregtes Gruseln allerdings: diesen Eindruck hatte ich immer wieder. Bastille, Marseillaise, Danton, Robespierre, Guillotine. Das waren Begriffe und Namen, die sie mit einem eigenartigen Vibrato in der Stimme zitierte.

Freiheit gut und schön, sagte sie, aber diese Revolutionäre haben sich ja letzten Endes alle gegenseitig unters Fallbeil gebracht. Das mit der Gegenseitigkeit habe ich mir nie recht vorstellen können. Wie dem auch sei, letzten Endes sei von der ganzen Revolution nur Napoleon übriggeblieben. Und der, obwohl er so klein gewesen sei, habe einen langen Schatten über Europa geworfen.

Schiller war anfangs auch revolutionär gewesen, aber das war ihm angesichts der Nachrichten aus Frankreich vergangen. *Wehe wenn sie losgelassen*, hatte er gedichtet, und *Da werden Weiber zu Hyänen. Die Räuber* aber hatte er als sehr junger Mann geschrieben. Irgendwie ging es darin um den Widerstand gegen die ungerechte Macht der Fürsten, die mir sowohl als Personen als auch in ihrer Funktion recht schattenhaft erschienen, aber es imponierte mir, daß man aus Auflehnung gegen ihre Ungerechtigkeit eine Räuberbande gründete.

Ich stellte mir Karl Moor wie Zorro vor, den Rächer der Enterbten, den ich im Kino gesehen hatte. Imponierend der Schauspieler Tyrone Power mit Hut, Maske, Mantel und Degen. Oder wie Ali Baba, der aber in der Hollywood-Adaption der Geschichte aus *Tausendundeine Nacht* nicht der arme Holzsammler war, der die Räuber überlistet. Sondern einer, der aus Empörung über die Willkür des Kalifen selbst unter die Räuber ging, und sich binnen kurzem an ihre Spitze setzte, um es den Mächtigen zu zeigen.

Natürlich erzählte die Großmutter auch von *Wilhelm Tell* und seiner Abneigung dagegen, den Hut auf der Stange zu grüßen. Diese Abneigung konnte ich verstehen, der Landvogt mußte ein zynischer Mensch gewesen sein. Das erwies sich spätestens, als er Tell, der den Gruß verweigerte, dazu nötigte, den Apfel vom Kopf seines kleinen Sohns zu schießen. Allerdings war Tell auch ein bißchen selbst daran schuld, daß der Landvogt auf diesen Einfall kam, anscheinend hatte er etwas zu sehr mit seiner Armbrustschützenkunst angegeben, weiß Gott, was er nicht alles auf welche Entfernung zu treffen behauptete, und das hatte er nun davon.

14

Den *Tell* hatte Marta mit ihrem Mann gesehen. Das war 1924. Im *Deutschen* Volkstheater. Das Burgtheater konnten sie sich nicht leisten, aber das Deutsche Volkstheater war Wilhelm ohnehin lieber. Nach dem zweiten Krieg hieß es nur mehr Volkstheater, aber auch die Großmutter ließ sich das Deutsche Volk nicht ausreden.

Ein revolutionäres Stück, auch der Tell, oder etwa nicht? Später, sagte die Großmutter, war es verboten. Obwohl Revolution nicht nur eine französische Angelegenheit sein mußte. Es gab auch eine russische, aber für die hatte Wilhelm schon gar nichts übrig.

Die Revolution, auf die er nach dem Theaterbesuch zu sprechen kam, war eine andere. Er sprach mit erhobener Stimme, während sie zu Fuß heimwärts gingen. Sie hätten auch mit der Straßenbahn fahren können, aber nach dem fünf Akte langen Sitzen, fand Wilhelm, würde ihnen die Bewegung guttun. Er schritt weit aus, Marta konnte kaum mit ihm Schritt halten.

Ein böiger Wind blies, es wird Anfang April gewesen sein. Wilhelm schritt entschlossen gegen den Wind. Eine *andere* Revolution. Die nicht Chaos zum Ziel hatte, sondern Ordnung. Eine *deutsche* Revolution. Die Völker haben eben verschiedene Charaktere.

Der deutsche Charakter ist ordentlich: Wir wollen sein ein einig Volk von Brüdern. Das hatten einander zwar die Schweizer geschworen, aber Schiller hatte das nicht für die Schweizer geschrieben. Meinte Herr Prinz. Außerdem waren die anständigen Schweizer auch deutschblütig. Nicht nur auf dem Rütli schwor man Treueschwüre.

Seine Stimme war erhoben, aber manchmal dämpfte er sie. Sie gingen am Messepalast entlang und überquerten die Mariahilferstraße. Du wirst sehen, Marta, sagte er, es geht aufwärts mit dieser Bewegung. Von der Gumpendorferstraße Richtung Wienzeile ging es allerdings steil abwärts.

Auf dem Naschmarkt mußte Herr Prinz die kleine Notdurft verrichten. Du wirst sehen, sagte er, du wirst hören, Marta. Es plätscherte. Die Kräfte der radikalen Reinigung sind schon am Werk. Sie haben schon die Hand an die Wurfschaufel gelegt. Wo in München ein Wille ist, da ist auch in Wien ein Weg.

Er war in Fahrt. Auch auf dem Weg durch die Mühlgasse redete er weiter. Im Brustton einer endlich zur Artikulation drängenden Überzeugung. Gewisse Dinge mußten einmal gesagt werden. Seine Brust war ein Resonanzkasten. Im Hausflur und auf der Treppe mußte Marta ihren Mann zur Mäßigung mahnen.

Als sie die Wohnungstür hinter sich geschlossen hatten, hätte er seinen Vortrag gerne fortgesetzt. Aber da war, wie sich zu seinem deutlichen Mißfallen herausstellte, der Bub noch wach. Saß aufrecht im Klappbett, das in der Küche neben der Abwasch stand, und weinte. Eigentlich, hatte Marta gefunden, hätten sie ihn ins Theater mitnehmen können, aber Wilhelm war der Ansicht gewesen, daß es danach für einen Knaben von knapp über neun Jahren zu spät würde.

Wie gewohnt wollte Wilhelms Hand auf ihn losschlagen, aber Walter hatte schon vorweg Flecken im Gesicht. Rote Flecken. Er klagte über Schmerzen hinter den Ohren. Die Masern, sagte Marta. Wilhelm zog sein gutes Sakko aus und begann es wütend zu bürsten. So ein großer Junge, schimpfte er, und noch Kinderkrankheiten!

Anfangs hatte Marta nicht begriffen, daß Wilhelm zu solchen Versammlungen ging. Einmal pro Woche ging er in einen Männergesangsverein. Dort sangen sie *Am Brunnen vor dem Tore* und *Wer hat dich, du schöner Wald*. Vielleicht sangen sie auch *Ich hatt' einen Kameraden* oder *Zu Straßburg auf der Schanz*, aber das war doch nichts Politisches.

Dann blieb er manchmal mehr als einen Abend aus, aber das war seine Sache. Jedenfalls legte er es so an – da gab es keine Diskussion. Wart heute abend nicht mit dem Essen auf mich. Vielleicht hatte der Gesangsverein zusätzliche Proben, vielleicht gab es ein Treffen zum Erfahrungs- und Gedankenaustausch mit Postkollegen.

Nach und nach bekam sie es trotzdem mit. Er glaubte, sie schlafe, aber zwischen den Wimpern sah sie, wie er, nach Mitternacht heimgekehrt, einen Packen Papier aus der Aktentasche nahm. Das Schnappen des Taschenschlosses, dann das Quietschen der Kastentür. In die Tiefe seines höchstpersönlichen Fachs schob er den Packen, hinter das Markenalbum und die Schmetterlingssammlung.

Wie immer versperrte Wilhelm die Tür und steckte den Schlüssel in seine Brieftasche. Marta sah jedoch auch, wie er den Packen wieder herausnahm. Das war ein paar Tage später. Sie stand mit dem Rücken zum Schrank am Bügelbrett. Aber im Spiegel, der dem Schrank gegenüber hing, sah sie die Frakturschrift und das Hakenkreuz.

Dann kam Wilhelm mit einem blutigen Auge und einem zerrissenen Hemd nach Hause. Das war im Mai. In den Rosensälen hatte eine Versammlung oder Kundgebung der Nationalsozialisten stattgefunden. Sozialdemokraten und Kommunisten hatten dagegen protestiert. Wenn Wilhelm von denen redete, hießen sie alle Bolschewiken.

Er kam nach Hause und hielt sich ein Taschentuch gegen

das Auge. Es war wieder Nacht, aber Marta stand auf – in dieser Situation konnte sie sich nicht schlafend stellen. Sie war eine zur Betreuung von Verwundeten ausgebildete Krankenschwester, und sie war Wilhelms Frau. Sie desinfizierte die Platzwunde und warf das Hemd in den Wäschekorb.

Er ertrug den brennenden Schmerz, den das Jod verursachte, mit zusammengebissenen Zähnen. Er saß auf dem Bett, im Unterhemd, sie stand neben ihm, im Nachthemd. Sie hielt ein Stück Verband und zwei Enden Heftpflaster in den Händen. Er blickte zu ihr auf (eine seltene Konstellation), da mußte sie lächeln.

Und dann überkam ihn eine Anwandlung wie damals im Spital. Er faßte sie und umfaßte sie – das war etwas anderes als die wöchentliche eheliche Pflichterfüllung. Sie kam gerade noch dazu, ihm den Verband auf die Wunde zu kleben. Über Wilhelms Schulter sah sie den Buben in der Tür stehen, der die Szene mit großen Augen beobachtete.

Der erzählte diese Szene Jahre später seinem Sohn.

Aber aus einer anderen Perspektive.

Walter haßte seinen Stiefvater. Marta haßte ihren Mann nicht.

Daß sie ihn liebte, wäre wahrscheinlich zu viel gesagt, aber er war der Mann, den sie hatte.

Und der Mann, um den sie zunehmend Angst hatte.

Bei den Krawallen gab es auch ernsthafter Verletzte, ja Tote.

Man konnte auch verhaftet werden. In Bayern wurde sogar Hitler verhaftet.

Aber die werden schon sehen, sagte Wilhelm, wozu das führt.

Das war im November. Er saß im Fauteuil hinter der Zeitung, die infolge seiner Erregung zitterte.

Er sprach von den Novemberverbrechern, aber damit meinte er nicht die Münchner Putschisten.

Die Novemberverbrecher und die Landesverräter von 1918.

Die werden schon sehen, wozu das führt, wiederholte er, faltete die Zeitung mit wiedergewonnener Selbstbeherrschung zusammen und erschlug damit eine späte Fliege.

Zuallererst führte es dazu, daß Hitler *Mein Kampf* schrieb.

Ein Buch, das mir die Großmutter eines Tages zum Lesen anbot.

Ich war siebzehn oder achtzehn. Ich äußerte politische Interessen.

Für den Fall, daß du dich informieren willst, sagte sie – ich habe noch ein Exemplar im Kasten.

Die Kastentür quietschte. Die Großmutter kniete nieder und öffnete die unterste Lade. Obenauf war noch immer die Schmetterlingssammlung. Ich hatte die Sammlung seit Jahren nicht mehr gesehen, der Zerfall der konservierten Insektenleichen war fortgeschritten. Doch die Schmetterlingssammlung war an jenem Tag nur Nebensache.

Die Hauptsache lag tiefer. Unter einer Schicht von Wäschestücken.

Mein Kampf also. Der mit einem dezenten Hakenkreuz verzierte Band roch stark nach Kampfer.

Auf der ersten Innenseite ein Ex Libris mit dem Namen Wilhelm Prinz.

Nimm es mit und lies, wenn du willst, sagte die Großmutter. Aber pack es in einen Umschlag.

Ob sie selbst je darin gelesen hatte? Ob sie ihr Mann, solang er lebte, überhaupt darin lesen *ließ*?

Das jüdische Endziel ist die Entnationalisierung, die Durcheinanderbastardisierung der anderen Völker ...

Wie sollte sie das finden? Was sollte sie damit anfangen?

Mit Wilhelm zur Bastardisierung beizutragen, lag jedenfalls nicht in ihrer Absicht.

Daß Walter keine Halbgeschwister bekam, war kein Zufall.

Ich war doch nicht blöd, sagte die Großmutter eines Tages zu meiner Mutter.

Wenn man einmal im Krankenhaus gearbeitet hat, weiß man gewisse Mittel und Wege.

Ein zweites Kind sei für sie jedenfalls nicht in Frage gekommen.

Wenn die Mittel nicht hinreichten, mußten gewisse Wege unternommen werden. Es war einmal eine immer noch junge, schmächtige Frau, die war mit einem kräftigen Mann verheiratet. Der Mann ging des Morgens zur Arbeit und kam des Abends nach Hause. In der Zwischenzeit mußte die Frau für verschiedenes Zeit finden.

Wenn er nach Hause kam, stand für gewöhnlich das Abendessen auf dem Tisch. Eines Abends stand nichts auf dem Tisch, und die immer noch junge Frau lag im Bett. Der Mutter sei plötzlich schlecht geworden, berichtete der inzwischen zwölfjährige Sohn. Das war, erinnerte sich der Sohn später, an einem Freitag im Mai 1925, zwei Tage bevor in Österreich zum ersten Mal der Muttertag gefeiert wurde – zu diesem Anlaß steckte ihm der Stiefvater einen Betrag Geld zu, damit er der Mutter einen anständigen Strauß Blumen kaufe.

Ende Mai, als es schon recht heiß war, fuhr Wilhelm dann eines Samstagnachmittags nach Mödling. Ein schöner Ort, ein lohnendes Ausflugsziel. Mit der Südbahn in einer knappen

Stunde erreichbar, manchmal waren Marta und Walter mit ihm dort gewesen. Jenseits des Städtchens führte die Straße unter dem schmalen und hohen Bogen eines Aquädukts in die Hinterbrühl, ein tiefeingegrabenes Tal am Bach mit dunkelgrünen Föhren und grauen Felsen, Burgruinen links und rechts und dem sogenannten Husarentempel auf einem der Hügel – ein romantisches Ambiente.

An diesem Samstag hatte Herr Prinz allerdings nichts Familiäres im Sinn. Vielmehr, sagte er, ein Treffen mit Kameraden. Als Marta das hörte, mußte sie sich setzen, sie fühlte sich immer noch etwas angegriffen. Eine gewisse Schwäche in den Beinen spürte sie manchmal auch bei der Hausarbeit, aber die Schwäche, die sie spürte, als ihr Mann von jenem Kameradschaftstreffen zu reden anfing, war eine andere.

Sie bat den Buben, ihr das Fläschchen mit den Baldriantropfen aus dem Medikamentenkästchen zu bringen. Jetzt mach kein Theater, brauste Wilhelm auf, das ist ja lächerlich! Sie ließ die Tropfen, einen nach dem andern, in ein Glas fallen, das Sechzehntel Wasser, das Walter an der Bassena draußen auf dem Gang eingefüllt hatte, färbte sich bräunlich. Was stehst du da und schaust dumm, sagte Wilhelm zu Walter, jetzt schau, daß du weiterkommst!

Fahr nicht, wollte Marta sagen, aber sie kam nicht dazu. Misch dich ja nicht in meine Angelegenheiten! sagte Wilhelm präventiv. Das sind Dinge, von denen du nichts verstehst! Und dann fuhr er natürlich. Und dann kam er abends nicht zurück. Denn da war er zum ersten Mal in Polizeigewahrsam.

Er kam Samstagnacht nicht zurück und nicht Sonntagmorgen. Ein Gerücht ging, daß es in Mödling zu einer regelrechten Schlacht gekommen sei. Nazis und Sozis, sagte die Nachbarin, die ein Radio hatte. Sie ließ immer die Wohnungsfenster offen, damit die Schallwellen ungehindert an den Empfänger gelangen konnten. Nationalsozialisten und

Sozialdemokraten. Ein Mödlinger Gemeinderat sei getötet worden. Ein Nazi liege schwer verletzt im Spital. Wo ist denn Ihr Mann, Frau Prinz? Auf Verwandtenbesuch, sagte Marta geistesgegenwärtig, im Sudetenland.

Von dort kam er dann erstaunlich rasch zurück. Schon Sonntagabend. Sodaß er Montag ordnungsgemäß zur Arbeit gehen konnte. Marta wollte ihn umarmen, aber er ließ es nicht zu. Diese Proleten! sagte er. Aber die Polizei hat es nicht gewagt, uns länger festzuhalten.

15

Es war einmal eine kleine Frau, die mischte sich nicht in die Angelegenheiten ihres Mannes. Es war einmal eine dumme Frau, die verstand nichts von Politik. Zwar war sie von jeher an Geschichte interessiert, aber das war etwas anderes. Die Geschichte, die soeben geschah, war nicht historisch, sondern gegenwärtig.

Sie war auch niedrig und schäbig, diese Geschichte. Während die alte Geschichte edel und hehr war. Zwar kündigte Wilhelm neue große Zeiten an. Aber im stillen zweifelte Marta daran, und im Grunde ihres Herzens sehnte sie sich nach vergangenen Zeiten.

Sie verspürte eine gewisse Nostalgie nach der Monarchie, also nach der Zeit, als ihr Vater noch gelebt hatte. Und nach der Zeit, als Franz Joseph noch gelebt hatte, der war immerhin ein Kaiser gewesen. Aber es geht nicht rückwärts, sagte Wilhelm, es geht nur vorwärts.

Marta nickte. Marta nahm sich zurück.

Und vielleicht hatte er ja recht, ihr Mann, vielleicht ging die Bewegung, der er sich verbunden fühlte, in die richtige Richtung.

Und vielleicht mußte sich das Neue, Größere, das ja, wie er ihr in missionarischen Stunden erklärte, auf etwas Altes aus war, die Verwirklichung eines seit dem Mittelalter geträumten Traums, des Traums vom Reich, wegen der Widerstände, die ihm entgegengesetzt wurden, auch mit Geschrei und Gewalt durchsetzen. Für Martas Gefühl waren die Nazis zu laut. Für Martas Instinkt waren sie zu massenhaft.

Aber das waren ja damals, sagte dreißig Jahre später die Großmutter, alle.

Schutzbund, Heimwehr – lauter laute Marschierer.

Nicht imstande, die Ordnung zu gewährleisten – im Juli 1927 brannte der Justizpalast.

Der Wind wehte den Ruß der verbrannten Akten bis auf den Naschmarkt.

Die gehören alle beide weg, sagte Wilhelm, die Schwarzen und die Roten.

Wir werden es ihnen schon zeigen, sagte Wilhelm.

Was Ordnung ist. Die Ordnung, die wir meinen.

Vielleicht hatte er ja recht. Er war der Mann. Sie war nur eine Frau.

Bloß als die Nazis im Kaufhaus Gerngroß Stinkbomben warfen, hatte sie das Gefühl, das gehe zu weit.

Das kann ich mir vorstellen. Das Kaufhaus Gerngroß war ein Ort, an dem sich die Großmutter merkwürdigerweise wohl fühlte. Trotz ihrer Allergie gegen Massen, die sie sonst bei jeder sich bietenden Gelegenheit äußerte. Ins Gewimmel der Kaufhäuser Gerngroß und Herzmansky stürzte sie sich mit Lust. Kaum hatte sie eins der beiden betreten, beschleunigte sie das Tempo ihrer Fortbewegung auf unwahrscheinliche Weise.

Wie soll ich das beschreiben?

Sie hatte eine eigene Technik, zwischen den dort strömenden Menschenleibern durchzuwieseln. Als Kind und schon gar als heranwachsender junger Mann, dessen im Wachsen von Kaufhausbesuch zu Kaufhausbesuch größerer Körper auf immer mehr Widerstand stieß, konnte ich ihr kaum folgen. Ein bis zwei Mal pro Jahr verschleppte mich die Großmutter auf die Mariahilferstraße, um mich einzukleiden. Und ich wußte das zu schätzen, auch wenn es mir, je erwachsener ich mir vorkam, von Mal zu Mal ein bißchen mehr auf die Nerven ging und – ja, auch das, denn die Großmutter erregte mit ihrem Gewiesel manchmal Unmut – peinlicher wurde.

Von dieser Peinlichkeit finde ich in meinen frühen Erinnerungen nichts. Da folgte ich der Großmutter noch gutwillig auf dem Fuß. Ins Kaufhaus Gerngroß gingen wir damals nämlich nicht nur, um einzukaufen. Im letzten Stock, den man mit Wiens erster Rolltreppe erreichte, gab es ein Marionettentheater.

Eine kleine Guckkastenbühne, hoch oben, sodaß man zwar von jedem der Plätze aus gut sah, aber den Kopf extrem in den Nacken kippen mußte. Figuren in langen Kleidern mit Pappmachéköpfen. Der Kalif Chasid zum Beispiel und sein treuer Großwesir. Beide trugen prächtige Turbans, aber ihre Arme und Beine hingen an Fäden.

Das störte mich anfangs, aber nach und nach konnte ich davon absehen. Nach und nach nahm die Illusion überhand: im Guckkasten war Bagdad. Der Kalif mischte sich manchmal unerkannt unter sein Volk, aber im Grund genommen war das langweilig. Der Wesir brauchte einen neuen Reiz für die verwöhnten Sinne seines Herrn.

Da kam ihm ein fremder Händler gerade recht. Ein übertrieben gestikulierender Mensch, der ihm eine Dose mit einer speziellen Art von Schnupftabak anbot. Schnupftabak, pah, sagte der Wesir, Seine Hoheit der Kalif wirft mich zum Palasttor hinaus, wenn ich ihm mit so etwas komme. Nicht, wenn Sie ihm sagen, antwortete der Händler, was eine Prise dieses magischen Tabaks bewirkt.

Und das wäre? fragte Mansor, so hieß der Wesir.

Man kann sich, sagte der Händler in singendem Tonfall, durch einfaches Schnupfen, verbunden mit dem Aussprechen eines Zauberworts, das auf der beigepackten Schriftrolle steht, augenblicklich in jedes beliebige Tier verwandeln.

Interessant, sagte Mansur. Aber ist kein Betrug dabei?

Ich bitte Sie, sagte der Händler – wer würde es wagen, den Großwesir und damit den Kalifen zu betrügen?

Nur eine Kleinigkeit müsse man im Falle der Anwendung des Mittels beachten. Wenn man im Zustand der Verwandlung lache, vergesse man den Zauberspruch und könne folglich nicht mehr in seine ursprüngliche Gestalt zurück.

Nun ja ..., zögerte der Wesir. Aber in diesem Moment trat der Kalif hinzu.

Unbedingt kaufen, sagte er. Wie werde ich mich freuen, wenn ich ein Tier bin!

Oh ja, diese Vorstellung hatte etwas Suggestives. Und die Geschichte vom *Kalif Storch* hatte das auch. *Mutabor*, sagten der Kalif und sein Wesir, das heißt, verwandeln wir uns. Ich verwandelte mich mit. Nach der Aufführung brauchte ich eine gewisse Zeit, um in die Wirklichkeit zurückzukommen.

Was man so Wirklichkeit nennt. Das Kaufhauscafé. Die Großmutter bestellte mir eine Tasse Schokolade. Ja, ja, sagte sie, das Marionettentheater. Goethe habe das schließlich auch schon beeindruckt.

Was man so Wirklichkeit nennt. Die leere Wohnung, in der ich schreibe. Noch immer. Schon wieder. Ich muß eine Pause machen. Der Klapptisch, das Klappbett, der Koffer, aus dem ich lebe. Die Bücher, in denen ich lese. Die Dosen, aus denen ich mich ernähre.

Draußen im Hof die Schatten. Der Kastanienbaum. Manchmal die Katze. Ihre Augen reflektieren das Licht aus meinem Zimmer. Vis-à-vis die zwei Fenster, nach wie vor dunkel. Die Mieter der Wohnung scheinen verreist zu sein.

Jetzt höre ich aber wieder Klaviermusik. Nach drei Tagen Stille ist sie wieder da, sei es in meinem Kopf, sei es irgendwo draußen. Am Ende des Hofs, hinter dem Maulbeerbaum, ist eine Ziegelmauer. Die Katze, der meine Anwesenheit immer noch nicht geheuer ist, setzt kurz zum Sprung an, dann ist sie schon oben, auf der Krone, geht, ihrer Balance bewundernswert sicher, von links nach rechts, und dann taucht sie ab, in ein jenseitiges Reich.

Dritter Teil

I

Wie die Großmutter mir den *Faust* erzählte. Faust war das Stück, das der kleine Goethe im Marionettentheater gesehen hatte. Nicht im Kaufhaus Gerngroß allerdings, sondern auf dem Jahrmarkt in Frankfurt. Also paß auf, sagte die Großmutter, diese Geschichte beginnt im Himmel.

Oben im Himmel, da treffen sich Gott und Mephisto. Aber unten auf der Erde in seiner Studierstube sitzt der Doktor Faust. Und der hat viele Falten und einen langen, eisgrauen Bart. Denn er ist beim Nachdenken über die Kräfte, die die Welt im Innersten zusammenhalten, alt geworden …

Die Frage nach den Kräften, die die Welt im Innersten zusammenhielten, war natürlich eine harte Nuß, nicht nur für den Doktor Faust, sondern auch für mich. Einerseits konnte ich mir nichts Greifbares unter ihnen vorstellen, anderseits vermutete ich, wahrscheinlich nicht zu Unrecht, daß die Welt, sollten sie Gott behüte zu wirken aufhören, auseinanderfallen würde. Zweifellos eine unangenehme Vorstellung, die auch dem Doktor Faust Sorgen machte. Weswegen er, bevor das passierte, gern noch einmal jung gewesen wäre, na, wenn es sonst nichts ist, sagte Mephisto, der sich als des Pudels Kern entpuppte, mutabor, verwandeln wir uns, und dann führte er den Doktor zuerst einmal in Auerbachs Keller.

Das war eine Art Heurigenlokal, in dem er, Mephisto nämlich, ein originelles Lied zum Vortrag brachte. Von einem König, der eine recht eigenartige Neigung zu einem Floh hatte. Den liebte er, hieß es in dem Lied, nicht weniger als seinen eigenen Sohn. Weswegen er den Schneider kommen und dem Floh Hosen anmessen ließ – die Großmutter sang mir dieses Lied manchmal vor, in einer schwermütigen Tonart, die man für einen solchen Text nicht erwartet hätte, doch je öfter ich es hörte, desto besser gefiel es mir, ich sang mit, jeweils am Ende der Verse, also zum Beispiel bei *Floh* und *Sohn* einfallend, und die Ironie, die hinter der scheinbaren Diskrepanz von Form und Inhalt steckte, erschloß sich.

Aber damit hatte die Geschichte vom Doktor Faust noch nicht ihr Bewenden. Es ging nämlich darum, zum Augenblick *verweile doch* zu sagen. Weil er, der Augenblick nämlich, so schön war. Und das Saufen und Singen in Auerbachs Keller war von begrenzter Schönheit.

Also führte Mephisto den Faust in die Hexenküche. Denn der alte Mann sollte ja in einen jungen verwandelt werden. Das fing bereits an, bevor er den Zaubertrank, den ihm die Hexe unter allerlei Hokuspokus braute, an die Lippen führte. Denn in einem Spiegel, in dem man sich eigentlich selbst zu sehen erwartete, wurde ihm das Bild einer Frau vorgegaukelt, und schon bei diesem Anblick begann sich etwas an jugendlichen Kräften und Säften in ihm zu regen.

Die Frau im Zauberspiegel war einerseits Gretchen und anderseits die schöne Helena. Die eine spielte die weibliche Hauptrolle im ersten und die andere im zweiten Teil der Tragödie. Und eine Tragödie war eigentlich ein Stück, das schlecht endete. Aber Faust bemühte sich immer strebend, das Ewigweibliche zog ihn hinan, auch wenn das arme Gretchen dabei auf der Strecke blieb.

Der *Faust*, sagte die Großmutter, ist das größte Drama deutscher Zunge. Da reicht nichts heran. Außer vielleicht der *Hamlet*. William Shakespeare, der ihn geschrieben hatte, sei allerdings ein Engländer gewesen. Aber ein außerordentlicher Kopf, so einer komme nur alle paar Jahrhunderte vor.

Auch ihn kannte ich früh. Er war ein Mensch mit sehr wenigen Haaren obenauf. Aber dafür fielen sie in langen Locken auf die Halskrause hinunter. Meine Großmutter nannte ihn einen Mann mit einer hohen Stirn. Da war viel Platz für die Phantasie dahinter.

Wenn es draußen regnete, spielte die Großmutter mit mir *Dichterquartett.* Ich weiß nicht mehr, ab wann. Das Dichterquartett war seit meiner frühesten Kindheit verfügbar. Lang bevor ich lesen konnte, kannte ich die Bilder, die für die einzelnen Stücke und Romane standen. Und die Köpfe der Dichter, in denen sich diese Hirngespinste entwickelt hatten.

Im Prinzip brauchte man zum Quartettspielen vier Personen. Manchmal waren meine Eltern dabei, manchmal irgendwelche Onkel und Tanten, aber, bei aller Liebe und Sympathie, ich fand diese Mitspieler entbehrlich. Sie behaupteten zwar zu wissen, wie das Spiel regelrecht zu spielen sei, aber sie hatten keine Ahnung. Jedenfalls hatten sie keine Ahnung, worum es der Großmutter und mir ging.

Die Oma und ich, wir spielten am liebsten zu zweit. Da konnte man zwar nicht gewinnen oder verlieren, aber darauf kam es uns gar nicht an. Wir tauschten einfach die Dichter und ihre Werke. Gibst du mir einen Lessing, so geb ich dir einen Grillparzer. Was kannst du mir für den *Nachsommer* anbieten? Wie wärs mit dem *Tod in Venedig*? Nein, nehmen wir lieber etwas Heiteres. Wie wärs mit dem *Felix Krull*?

Zu jeder Karte eine Geschichte. Oder zumindest der Ansatz einer Geschichte. Das Angebot einer Geschichte. Die Möglichkeit einer Geschichte. Bilder, die sich tief in mein Bewußtsein (und vielleicht sogar in darunter liegende Schichten) einprägten. Geschichten, die in meinem Kopf, der mir manchmal ein bißchen zu schwer vorkam, weiterwirkten.

Faust, die Stirn in tiefe Falten gelegt, in einer gotischen Kammer mit alchemistischen Instrumenten. Oder Hamlet, an eine Säule gelehnt, mit Yoricks Schädel in der Hand. Nora, blaß, mit aufeinandergepreßten Lippen in ihrem Puppenheim. Anna Karenina mit einer schönen, von Schnee überzukkerten Pelzmütze – im Hintergrund wartete schon der Zug.

In diesem Zusammenhang fiel mir natürlich Breitenstein ein. Die Gaststube des Alpengasthofs *Enzian*, die Tische und Sessel mit ihren gedrechselten Beinen. Unser Stammplatz in der Ecke, auf dem die Großmutter bestand. Rückenfrei, sagte sie immer, müsse sie sitzen, denn sie könne Bewegungen hinter ihrem Rücken nicht leiden.

Und unser Zimmer, das wir jedes Jahr wieder bewohnten. Nummer 11, das man nur über eine steile Treppe erreichen konnte, was uns der Wirt ursprünglich nicht zumuten wollte. Aber was glauben Sie, sagte die Oma, wir sind doch hervorragend in Form, wir zwei. Dort oben unter dem Giebel, das ist gerade das richtige für uns.

Breitenstein am Semmering, 743 Meter Seehöhe. Dort spielten wir das Quartett zu zweit mit besonderer Ausdauer. Die Großmutter hatte den Ort im Jahr vor meinem Schuleintritt entdeckt. Mit einer ehemaligen Krankenschwesternkollegin war sie über ein Wochenende dorthin gefahren, weil es ihr so gut gefallen hatte, war sie ein paar Tage länger geblieben.

Nur zwei oder drei Tage länger, doch das fiel auf. Ja so was! Wo bleibt denn die Oma? fragten meine Eltern. Natürlich fragte das auch und besonders ich. Schließlich war diese Oma vor allem die meine.

Sie kam braungebrannt und erholt zurück. Sie habe eine Karte geschrieben, sagte sie, aber die kam erst nach ihr an. Telephon gab es damals dort oben anscheinend noch keines, zumindest war es nicht möglich oder üblich, damit Ferngespräche zu führen. Aber es war so schön, sagte sie, ein wahres Paradies, sie habe sich gar nicht davon losreißen können.

So erholt und – ja – verjüngt sah sie aus, daß meine Eltern

sie neckten und ihr eine ländliche Liaison unterstellten. Und tatsächlich erzählte sie von einem Eisenbahner, einem Fahrdienstleiter in Ruhestand, der ihr Gesellschaft geleistet habe. Sowohl bei Tisch in dem schlichten Quartier, in dem sie gewohnt habe, als auch auf ihren ausgedehnten Spaziergängen. Aber daß der Umgang mit diesem ebenso einfachen wie auf seine Art kultivierten Herrn (so beschrieb sie ihn) gewisse Grenzen des sogenannten Anstands überschritten habe, das glaubte nicht einmal mein in erotischen Dingen sehr phantasievoller Vater wirklich.

Keine Angst, sagten meine Eltern zu mir, der ich mit meinen fünfeinhalb noch nicht jede, aber manche Anspielung verstand, die Oma wird dir nicht untreu. Daß ich die letzte Liebe meiner Großmutter sei, diese nicht nur scherzhafte Feststellung meiner Mutter hatte etwas für sich. Ich hatte sie von ganz klein auf gehört und zur Kenntnis genommen. Sie schien mir nicht falsch. Ich ließ sie mir im doppelten Sinn dieser Redewendung gefallen.

Weißt du was, sagte die Großmutter, wie um den Scherz, den meine Eltern über ihre Liebe und Treue zu mir gemacht hatten, im Ernst zu bestätigen, ich werde jedes Monatsende ein paar hundert Schilling zur Seite legen. Und im nächsten Sommer fahren *wir beide miteinander* dorthin. Tatsächlich fuhren wir nicht nur im *nächsten* Sommer, dem meiner ersten Schulferien, sondern von da an *jeden* Sommer. Zu Beginn für vierzehn Tage, dann für drei Wochen, schließlich, als ich zwischen acht und zwölf war, für einen ganzen Monat und dann, bis ans Ende meiner Gymnasialzeit, immer noch wenigstens acht Tage.

Und schliefen in *einem* Zimmer, ursprünglich sogar in *einem* Bett. Wenn ich das später erzählte, lachten die Zuhörer. Mir aber kam das als Kind gar nicht komisch vor. Anfangs schliefen wir sogar in einem Einzelbett, in einem Doppel-

oder, wie es der Wirt beim Erstellen der Rechnung ohne mit der Wimper zu zucken nannte, in einem *Ehe*bett schliefen wir erst, sobald ich etwas mehr Platz brauchte.

Als Kind war mir die physische Nähe der Großmutter durchaus angenehm. Auch als Heranwachsenden störte sie mich merkwürdigerweise kaum. Erst in einem der letzten Sommer, als sich, just an diesem idyllischen Ort, meine erste Liebschaft anbahnte … Da hätte ich natürlich gern ein eigenes Zimmer und ein großmutterloses Bett gehabt, aber bis dahin brauchte es elf oder sogar zwölf Jahre.

Es gibt komische Geschichten, sagte die Großmutter, und es gibt tragische Geschichten. Sowohl in der Literatur, sagte sie, als auch im Leben. Sie habe einiges gelesen und einiges erlebt. Bei manchen Geschichten, da wisse man halt nicht so recht, ob sie zu diesen gehörten oder zu jenen.

Beim Hamlet, sagte sie, sei das allerdings eindeutig. Obwohl es auch komisch sei, wenn am Schluß fast alle Hauptdarsteller tot umfielen. Nicht nur Hamlet und Laertes, die miteinander fechten und dann das vergiftete Rapier verwechseln, sondern auch Hamlets Mutter, die versehentlich einen Schluck aus dem von ihrem hinterhältigen Gatten für den mißliebigen Stiefsohn vorbereiteten Giftbecher nimmt. Und dann endlich auch der böse König selbst, der ja schon vor Beginn des Stücks den guten, Hamlets Vater, umgebracht hat – das ist die Gerechtigkeit, spät aber doch tritt sie ein, aber wenn ausgerechnet jener, Claudius heißt der Schuft, übrigbliebe, das wäre ja noch schöner.

Diese Geschichte war jedenfalls kompliziert. Ich kann nicht sagen, daß ich sie leicht durchschaute. Am meisten tat mir übrigens Ophelia leid, die ja schon einen oder zwei Akte vor diesem Seriensterben ums Leben kam. Auf den schönen Wanderwegen um Breitenstein, das eine im Gasthof aufliegende Broschüre nicht nur wegen seiner guten Luft, sondern auch wegen seiner kristallklaren Gewässer pries, kreuzten wir oft einen plätschernden Bach, an dessen Ufern prächtige Dotterblumen wuchsen – manchmal bildete ich mir ein, dort ein Mädchen sitzen zu sehen, das Blütenkränze flocht und in einer eigenartig schwebenden Tonart vor sich hin sang.

2

Shakespeare sei zwar ein Engländer gewesen und Hamlet, über den er geschrieben habe, ein Däne. Aber die Empfindung, die dem Drama zugrunde liege, sei zutiefst deutsch. Deutsch, das heiße aus der Tiefe der Seele empfunden, kraft eines hohen Sendungsbewußtseins. Die Welt ist aus den Fugen, also muß sie neu eingerichtet werden.

Deutsch, das ist, wenn man deutsch denkt und deutsch fühlt, nicht *entartet*. Sagte Wilhelm. Oh doch, die Kultur lag ihm durchaus am Herzen. Um sie deutsch zu erhalten, dazu fuhr er im Mai 1929 mit Gesinnungsgenossen nach Graz. Wo *Undeutsches* auf dem Programm stand. Dieses Machwerk eines proletarisch verkleideten Augsburger Fabrikantensohns.

Statt eben, zum Beispiel, Hamlet. Wo sind wir denn? fragte Herr Prinz. In Soho oder in Chicago? Dahin dürfen wir es nicht kommen lassen! Schon zuvor war die Wiener Staatsoper einer frechen Besudelung zum Opfer gefallen. Křenek. Ein tschechischer Halbjud. Stell dir das vor – Neger auf der Bühne!

Othello, das war etwas anderes. Der war auch kein simpler Neger, sondern ein edler Mohr. Josephine Baker war auch etwas anderes – von ihr, die im Johann Strauß-Theater aufgetreten war, hatte Herr Wilhelm Prinz ein Foto aufbewahrt. Der Gentleman genießt und schweigt. Die deutsche Hausfrau sieht anders aus. Die Grazer Provokation aber durfte man sich nicht gefallen lassen!

Huren und Hinterhofexistenzen auf den Brettern, die die Welt bedeuten! Die Welt ist aus den Fugen, sagte Wilhelm, akkurat! Da muß einer kommen, der sie wieder ins Lot bringt.

Und ich sag dir, Marta, er kommt: wir bereiten seinen Weg, wir ebnen seine Pfade.

Nicht nur Hamlet war seinem Wesen nach deutsch, sondern auch Julius Caesar. Weniger bei Shakespeare, aber umso mehr bei Mirko Jelusich. Das war ein Autor, den Wilhelm besonders schätzte. Mit einer ganz anderen Wertschätzung noch als den wackeren Ganghofer.

Jelusichs *Caesar* schenkte er Marta zu Weihnachten. Sie hatte etwas übrig fürs Historische: na bitte. Ein sehr männliches Buch, das wohl, so männlich wie das Antlitz auf dem Schutzumschlag. Aber warum sollte seine kleine Frau das nicht spüren – dieses Sichaufrichten und Straffen des männlichen Willens?

Das war Weihnachten 1929, ansonsten ein armes Fest. In Amerika waren die Aktien ins Bodenlose gefallen, in Österreich waren unter anderem die Christbaumpreise in den Himmel gestiegen. Statt eines Tannen- oder Fichtenbaums hatte man auf dem Naschmarkt eine Föhre gekauft. Die sah nicht sehr festlich aus, trotzdem war und blieb Wilhelm festlich gestimmt.

Auf die erste Seite des Caesar-Buchs hatte er seiner Frau etwas vom Rettenden geschrieben, das gerade dann wuchs, wenn – ja, wann eigentlich? Eine spitze, schräge Schrift, die ich als Volksschüler noch nicht lesen konnte. Kurrent, sagte die Großmutter, Friedrich Hölderlin stand unter der Widmung. Es war aber Wilhelm Prinz, der das geschrieben hatte.

Patmos, das war eine griechische Insel, aber es ging um Deutschland. Und dort war das Rettende schon bemerkbar im Wachsen. Sieben Prozent in Baden, acht Prozent in Berlin, elf Prozent in Thüringen! Aber auch hier, sagte Wilhelm, du wirst sehen, wir werden es erleben!

Marta las also den *Caesar* von Jelusich.

Ein Autor, der es noch weit bringen sollte. Bis zum Burgtheaterdirektor.

Das war Anton Wildgans, der zum Neuen Jahr im Radio redete, schon gewesen.

Politisch ein Quatschkopf, sagte Wilhelm. Der wisse ja selbst nicht, was er wolle.

Man muß wissen, was man will. Caesar war das Exempel eines Mannes, der das gewußt hatte.

Und wovon versprichst du dir das Heil? fragte Sulla, ein mit der Macht, die er noch trug, etwas träge gewordener Diktator.

Von der Herrschaft des starken Mannes, antwortete der junge, von Energie vibrierende Caius.

Und wenn der nicht da ist? fragte Sulla.

Er wird da sein, wenn es notwendig ist, sagte Caesar.

Nun ja. Natürlich. Das hatte schon etwas für sich.

Wilhelm war nicht der einzige, der sich durch solche Sätze bestätigt fühlte.

Marta las und nickte. Sie hatte durchaus was übrig für große Männer.

Aber wenn Wilhelm, was nun immer häufiger vorkam, nicht zu Haus war, las sie lieber etwas anderes.

Menschen im Hotel, 1929 erschienen, just im selben Jahr wie *Caesar*. In jenem Winter las Marta das Buch schon zum zweiten Mal. Sie hatte es im vergangenen Herbst gekauft. Man hörte und las so viel davon, sie hatte nicht widerstehen können.

Auch über die Autorin war einiges in der Zeitung gestanden. Daß sie aus Wien stamme, wo sie ursprünglich Musik studiert habe. Die Harfe hat sie gespielt, sagte die Großmutter respektvoll. Aber in Deutschland, wohin sie schon vor dem

Ersten Weltkrieg gegangen sei, habe sie die Musik aufgegeben und – vorerst als Journalistin für verschiedene Blätter – zu schreiben begonnen.

Für ihre Bücher habe sie recherchiert wie eine Reporterin. Über ihre Praxis in einem medizinischen oder chemischen Labor äußerte sich die Oma etwas vage. Mag auch sein, daß ich mir als Kind zu wenig darunter vorstellen konnte. Aber meine Vorstellung davon, wie sie sich zur Vorbereitung für einen Roman wie *Menschen im Hotel* als Stubenmädchen verdingt hatte, war durchaus lebhaft.

Die Großmutter wußte das auch auszumalen. Die Autorin mit Häubchen und Schürzchen, wie sie in den Zimmern der mondänen Gäste die Betten macht. Wie sie aber Augen und Ohren offen hält, wie sie hört und sieht, was sie für ihr Buch braucht. Und wie sie ab und zu ein Notizheft aus der Schürzentasche nimmt und sich etwas notiert.

In diesem Hotel arbeitete sie natürlich unter falschem Namen. Es hätte ja doch sein können, daß der eine oder andere Hotelangestellte eins ihrer früheren Bücher gelesen hatte. Eine tüchtige Person, diese Vicki Baum, sagte die Großmutter. Vicki Baum: dieser Name hatte Ende der Zwanzigerjahre bereits einen guten Klang.

Manche artikulierten ihn allerdings mit einem gewissen Tonfall.

Auch Wilhelm: Diese Frau Baum, um die sie jetzt ein derartiges Tamtam machen!

Keine richtige deutsche Schriftstellerin, auch wenn sie noch so viel in Berlin lebte.

Und keine richtige Frau. Eine Bohnenstange mit Bubikopf.

Und: War da nicht was? Hatte diese Person nicht ein skandalöses Buch geschrieben?

Er sprach das Wort Schwangerschaftsunterbrechung nicht aus, aber mit so etwas wollte er nichts zu tun haben.

Vielleicht empfahl es sich also, das Buch dieser Frau Baum in Zeitungspapier einzuschlagen.

Oder, noch besser, es durch einen ursprünglich für ein anderes Buch bestimmten Schutzumschlag zu tarnen.

Es stimmt schon, daß Marta meist darin las, wenn Wilhelm nicht da war.

Doch ab und zu reizte es sie, auch in seiner Anwesenheit darin zu lesen.

Nur ein paar Zeilen, maximal ein paar Seiten.

Das war ihr dann jedes Mal eine diebische Freude.

Jedes Mal ein kleiner, geheimer Triumph.

Das erzählte sie mir allerdings erst viel später.

Als ich erwachsen war (was man erwachsen nennt).

Dem Kind erzählte sie die vorläufig erzählbaren Geschichten.

3

Zum Beispiel – ja, zum Beispiel *Menschen im Hotel.* Dear Harry, ich weiß nicht genau, wie lang ich diese Wohnung schon nicht mehr verlassen habe. Sind es vierundzwanzig Stunden, sind es sechsunddreißig Stunden, sind es vielleicht schon achtundvierzig Stunden? Meine Uhr habe ich irgendwo abgelegt und nicht mehr gefunden.

Ich lese, ich schreibe, ich lese, ich schreibe wieder. Zwischendurch schlafe und träume ich, aber unabhängig von den draußen ablaufenden Tag- und Nachtzeiten. Jetzt schreibe ich diesen Brief, ich weiß nicht, ob und wann ich ihn auf die Post trage. Aber es tut gut, das Gefühl zu haben, daß er, wenn ich ihn adressiere und in ein Couvert stecke, gegebenenfalls bei Dir landet.

Ich lese kreuz und quer. Ein paar Schmöker zur sogenannten Zeitgeschichte. Ein seltsamer Ausdruck. Als wäre Geschichte nicht immer Geschichte einer Zeit. Zur Geschichte also, die noch nicht weit zurückliegt. Obwohl sie nun unversehens schon sehr weit zurückliegt, auf einmal liegt eine Jahrhundertwende zwischen dieser Geschichte und unserer Gegenwart, und diese Jahrhundertwende ist nicht jene, die wir so zu nennen gewohnt waren.

Ich lese auch sogenannte schöne Literatur. Erst recht ein seltsamer Ausdruck. Er hat etwas Verharmlosendes. Bücher, die meine Großmutter gelesen und deren Inhalte sie mir erzählt hat. Manche davon werden von gescheiten Leuten als Trivialliteratur bezeichnet.

Mein Gott, diese gescheiten Leute, meine Kolleginnen und Kollegen aus der Literaturwissenschaft zum Beispiel! Und erst recht meine Kolleginnen und Kollegen aus der Literatur an sich! Ich habe ja auch einmal dazugehört, das heißt, ich habe mich auch einmal für so gescheit gehalten. Folglich habe ich ein Buch wie *Menschen im Hotel* nie gelesen.

Das ist die Wahrheit: Als Kind habe ich mir bereitwillig aus den Lieblingsbüchern der Oma erzählen lassen. Aber als Heranwachsender bin ich gerade ihren Lieblingsbüchern gegenüber skeptisch geworden. Literatur, habe ich damals gedacht, das sei etwas anderes, was genau, das war nicht ganz klar, aber bestimmt nicht so etwas wie *Menschen im Hotel*. Nun aber habe ich darin zu blättern begonnen, gestern, vorgestern, wann war das, nur um einen Eindruck zu gewinnen, habe ich gedacht, nur um die Erinnerung an die Erzählung der Großmutter zu reaktivieren – und schon bin ich tief in dieses Buch hineingefallen.

Zuallererst natürlich in die Geschichte des Herrn Kringelein. Aber damit fängt das Buch ja an, mit dieser Geschichte von einem voraussehbaren Ende. Kennst Du es, Harry? Auf englisch heißt es, glaube ich, *Grand Hotel*. Die Geschichte des Herrn Kringelein ist die eines Menschen, der noch rasch etwas vom Leben mitkriegen möchte.

Bevor es vorbei ist nämlich. Und das wird bald sein. Ein kleiner Buchhalter ist dieser Kringelein. Sein Lebtag hat er sich kaum was gegönnt, ein wenig gespart hat er in der Zeit, damit er und seine Frau etwas haben in der Not, die schon recht sichtbar am Horizont steht. Aber dann stellt sich auf einmal heraus, daß er diese Not gar nicht mehr erleben wird.

Nach einer Operation im vergangenen Sommer hat er sich nie mehr so richtig wohlgefühlt. Dem Arzt und dem Krankenhaus in der Provinzstadt, in der er zu Hause ist, hat er ja gleich nicht viel zugetraut. So ist er mit dem Geld aus einer kleinen Erbschaft nach Berlin gefahren und hat einen Professor konsultiert. Und dieser Professor hat ihm, so würde die Großmutter sagen, reinen Wein eingeschenkt.

Die Metastasen, die sich in seinem Körper ausbreiten, werden ihn demnächst umbringen. Das weiß er jetzt, der Herr Kringelein, aber was soll er nun tun mit diesem Wissen? Wenn nicht vielleicht das: Vor seinem Tod noch etwas vom *wirklichen* Leben zu erhaschen. Er ist in Berlin. Und Berlin, das hat damals, in den Zwanzigerjahren, als eine Stadt gegolten, in der das Leben pulsiert.

Sagte die Großmutter. Sie selbst sei nie hingekommen. Ihr Mann allerdings sei im September 1930 dort gewesen. Hitler sprach im Sportpalast. Wilhelm schrieb eine Ansichtskarte. Er ist es, Marta! Wir brauchen auf keinen anderen zu warten.

Da waren die *Crazy Twenties* also vorbei. Da war eine andersgeartete Zeit im Anzug. *Unsere* Zeit, schrieb Wilhelm, eine ordentliche Zeit. Da war Otto Kringeleins Zeit wahrscheinlich schon abgelaufen.

Wahrscheinlich besser so. Einer wie Kringelein würde es in dieser Zeit nicht gut haben. Stimmt, er hat es auch zu seiner Zeit nicht gut gehabt. Doch jetzt, da sie abläuft, hat er noch eine Chance. Das wirkliche Leben, oder was man in den Zwanzigerjahren dafür gehalten hat, pulsiert noch, also beschließt er, es spät aber doch kennenzulernen und nicht in das Provinznest, in dem er seine knappen fünfzig Jahre verbracht hat, zurückzukehren.

Seiner Frau schreibt er einen Brief, in dem er ihr etwas von einer Kur vorlügt. Seine Frau zu belügen, das ist sonst nicht seine Art, aber das ist ein Ausnahmefall. *Der* Ausnahmefall. Ein besserer kommt nicht mehr. Wann, wenn nicht jetzt, soll einer wie der Herr Kringelein an sich selbst denken?

Er bekennt sich dazu, er hebt sogar etwas von dem Geld ab, das er für sich und sie zur Seite gelegt hat. Den größeren Teil, um ehrlich zu sein, was solls, er fühlt sich ausgenutzt, ausgebeutet, nicht nur aber auch von ihr. Ist sie nicht mit schuld daran, daß er so ein Leben geführt hat, das keines war? – Nein, in diesen Worten hat mir die Großmutter das kaum erzählt, als ich erst sieben oder acht Jahre alt war, aber im Rahmen der zwischen uns bestehenden Möglichkeiten machte sie es spürbar.

Ja, ich glaube, daß ich schon damals etwas von der rührenden Tragik diese Geschichte mitbekam. Jetzt aber, da ich sie gelesen habe, hat sie mich mit unerwarteter Wucht getroffen. Als Kind habe ich mich natürlich nicht mit dieser unglücklichen Figur identifiziert. Jetzt aber ... Es ist vielleicht idiotisch, aber ich habe mich diesem kleinen Mann sehr nah gefühlt.

I could imagine being Herr Kringelein. How it feels to walk in Kringelein's shoes. Wie er durch die Drehtür tritt, wobei er sich konzentrieren muß, daß er im richtigen Moment wieder aus diesem Karussell herauskommt und nicht gleich wieder auf der Straße landet. Und wie er dann auf dem roten Teppich der Hotellobby steht, mit seinem Koffer aus billiger Lederimitation, in seinen zu großen Stiefeln unter den zu kurzen Hosenbeinen.

Natürlich sieht der Portier gleich, daß so einer wie der nicht in diese Gesellschaft gehört.

Da braucht er nicht erst im Reservierungsbuch zu blättern, um zu sehen, daß für diesen kleinen Mann im Grand Hotel kein Zimmer frei ist. Aber der Herr Kringelein ist hartnäckig, angesichts des Todes ist er couragierter als er es sein Leben lang gewesen ist. Er läßt sich nicht abwimmeln, er kommt wieder und wieder, und als man ihm endlich doch ein Zimmer gibt, eins, das sonst nicht mehr vermietet wird, mit Aussicht auf eine Feuermauer – da protestiert er, da ereifert er sich, da wird er dem Hotelmanager gegenüber sogar richtig laut, denn in einem Luxushotel, in dem er so viel bezahlt, will er gefälligst Luxus haben.

Es wohnen aber noch ganz andere Leute in diesem Hotel. Etwa die Tänzerin Grusinskaja und den Baron Gaigern. Die Grusinskaja ist nicht mehr die Jüngste, aber die Beste will sie nach wie vor sein auf dem Gebiet des klassischen Ballets, eine Frau, die mit strenger Disziplin an sich arbeitet, ja kein Gramm zu viel, auf der Bühne muß sie den Eindruck erwekken, als ob sie schwebte, jede Bewegung Ergebnis härtesten Trainings, federleicht auf die Spitze getrieben. Der Baron Gaigern hingegen ist ganz einfach ein fescher Kerl, sagte die Oma, nicht viel über zwanzig, wenn er lässigen Schritts durch die Drehtür hereinkommt und lächelt, strahlt die Hotelhalle auf, ihm fehlt noch kein Zahn.

Allerdings fehlt ihm Bargeld, auch wenn man ihm das nicht ansieht. Der Weltkrieg, der erst wenige Jahre zurückliegt, hat auch Typen wie ihn geschädigt. Irgendein Gut in einer Postkartengegend in Bayern oder in Österreich, na wenn schon, das kostet mehr als es bringt, außerdem sitzt dort noch lang sein Vater, wie alt kann der sein, Mitte Vierzig, das ist jung. Und ist, wie es scheint, ein Baron vom alten Schlag, ein Fossil in der katastrophal hereingebrochenen neuen Zeit – traditionsbewußt, streng, drahtig unter seinem Lodenmantel stelle ich mir den vor – ein Mann, der nichts über hat für den hasardspielerischen Leichtsinn seines Sohns.

Der folglich nicht zum Vergnügen in diesem Hotel wohnt. Sondern um einer Arbeit willen, die hohe Konzentration erfordert, strategisches Vermögen, und im entscheidenden Augenblick großes Geschick, Kraft, Energie. Stimmt, sogenannte anständige Leute würden das, was er vorhat, nicht als Arbeit bezeichnen, jedenfalls nicht als ehrliche. Aber die Zellen hinter seiner hübschen Stirn arbeiten jetzt schon ununterbrochen, und sobald es darauf ankommt, werden auch seine Muskeln und Sehnen arbeiten, ausgezeichnet trainiert auch sie, was das betrifft, steht er der Grusinskaja in kaum etwas nach, nur daß ihm noch alles leichter fällt und nichts wehtut.

Wie ausgerechnet die beiden zusammenkommen. Das mußt du dir vorstellen, sagte die Großmutter, wie der Baron Gaigern ins Zimmer der Grusinskaja gelangt. Ein richtiger Fassadenkletterer – bevor er auf die schiefe Bahn gekommen ist, war er ein passionierter Alpinist. Dieser Baron klettert glatt an der rauhen Wand des Hotels von seinem Zimmer zu ihrem.

Zwar geht es ihm um den Schmuck der Grusinskaja. Aber durch eine Verkettung von Umständen geht es ihm von einem bestimmten Moment an auch um sie. Sie ist früher als von ihm erwartet aus dem Theater, in dem sie *Schwanensee* getanzt hat, zurückgekehrt, er steht, den Schmuck bereits in der Tasche, auf dem Balkon und hält den Atem an. Sie ist erschöpft, sie läßt ihre Hüllen fallen, kurz sieht er die Nacktheit ihres ehemals schönen, malträtierten Körpers – aber dann, nachdem sie einen Kimono übergeworfen hat, sieht er vor allem die Nacktheit ihrer Seele.

Die ganze Zeit über könnte es leicht sein, daß sie ihre Schmuckkassette öffnet und das Fehlen der Perlen bemerkt, die der Baron in der Tasche seines Pyjamas trägt. (Es ist Nacht, er hatte legererweise, schreibt Vicki Baum, seinen Pyjama anbehalten für die Unternehmung). Aber nein, die Grusinskaja hat anderes im Sinn, sie öffnet die Schmuckkassette nicht. Vielmehr öffnet sie eine andere Kassette oder eher eine Art Necessaire und entnimmt ihr eine Schachtel mit Tabletten.

Vielleicht will die arme Frau einfach fest und gut schlafen. Aber gewisse Zweifel sind angebracht. Vielleicht wäre der Schlaf, in den sie dann fiele, zu tief, und ob er gut wäre, ist zweifelhaft. Und wenn sie aufwache und bemerke, daß man ihr den Magen auspumpe, dann sei das, so meine sachkundige Großmutter, für eine so unglückliche Person erst recht kein Vergnügen.

Tatsächlich läßt die Grusinskaja eine Tablette nach der anderen in die Teetasse fallen, die ganze Packung. Und dann setzt sie an, um zu trinken, aber plötzlich hat sie Sehnsucht, noch einmal den Himmel sehen. Und tritt auf den Balkon und stößt dort an einen Schatten. Bitte erschrecken Sie nicht, gnädige Frau, sagt der Baron und verbeugt sich.

Aus *Menschen im Hotel* erzählte die Oma meist, wenn wir auf unserem Wanderweg am Fuße des Semmerings am Hotel *Panhans* vorbeikamen. Wie es da oben am Hang stand, habe ich es als graues, etwas unheimliches Gebäude in Erinnerung. Die Säulen fast schwarz, der Balkon darüber bedenklich aus der Balance geraten. Über allem ein Sowjetstern, dieses spezifische Rostrot vor dem Grün der Baumwipfel – bis 1955 waren im Panhans russische Besatzungssoldaten einquartiert.

Es stand zwar da oben, aber es sei, so die Großmutter, heruntergekommen. Ich erinnere mich, daß ich über den Widerspruch dieser Formulierung grübelte. Ja, seufzte die Großmutter, das war einmal ein hochelegantes Etablissement. Eins der größten und schönsten in Mitteleuropa.

Vor dem ersten Krieg und dann vor dem zweiten. Was glaubst du, sagte sie, wer hier alles abgestiegen ist. Gekrönte Häupter, sagte sie, und berühmte Filmstars. Der arme Kaiser Karl, der dann später abdanken mußte, habe hier auf der Wiese schifahren gelernt, und in einem der Appartements hätten Heinz Rühmann und seine Frau ihre Hochzeitsnacht gefeiert.

Heinz Rühmann und seine *zweite* Frau, Hertha Feiler. Von der ersten – wie hat sie bloß geheißen? – hat er sich leider trennen müssen. Das war, so die Großmutter, keine schöne Geschichte. Manche sagten, er habe sie im Stich gelassen, andere meinten, das sei die einzige Möglichkeit gewesen.

Mir war damals nicht klar, was der Schauspieler Rühmann getan oder nicht getan hatte.

Ich hatte ein paar Filme mit ihm gesehen, in denen war er als immer munterer Mensch mit lustigen Augen und ewig bubenhaftem Lächeln aufgetreten. Daß er in eine traurige Geschichte verwickelt sein könnte, war eigentlich schwer vorstellbar.

Aber was hätte er tun sollen in Zeiten wie diesen?

Sagte die Oma. Diese traurige Geschichte erzählte sie mir vorläufig nicht. Eins nach dem anderen, sagte sie. Sonst bringen wir alles durcheinander. Sie war ja dabeigewesen, mir *Menschen im Hotel* zu erzählen. Das sei zwar auch eine traurige Geschichte, die Episode mit dem kleinen Herrn Kringelein sei sogar besonders traurig, aber trotzdem, irgendwo im Hintergrund habe dieses Buch etwas, das guttue und tröste.

Daß Heinz Rühmann ein paar Jahre später, in der Neuverfilmung, den Kringelein spielen sollte, konnte sie damals noch nicht wissen. Aber so, wie sie mir den armen, kleinen Buchhalter darstellte, scheint sie mir etwas von dieser Besetzung vorweggenommen zu haben. Für mehr als die Hälfte seiner Karriere galt er als Komiker, spät aber doch fand er ins tragische Fach. Da spielte er dann ein paar Rollen mit erstaunlichem Tiefgang.

You won't know him, Harry. Oder doch? Vielleicht hast du ihn in *Ship of Fools* gesehen. Die Großmutter sagte, sie könne ihn trotz allem gut leiden. Vor dem Krieg, während des Kriegs, nach dem Krieg – er war einfach ein Liebling des deutschsprachigen Films. Ihr absoluter Lieblingsschauspieler war allerdings ein anderer.

4

Ich las, und auf einmal war die Erinnerung da. Das muß Ende der Fünfzigerjahre gewesen sein, ich war schon sechzehn oder siebzehn. Das Interesse an den Geschichten, die ich insbesondere in den Urlauben am Semmering wieder und wieder gehört hatte, war schon einigermaßen abgeflaut. Daß ich mit der Oma *Menschen im Hotel* anschauen ging, war ein Akt der Pietät.

Für sie aber war dieser Film ein großes Ereignis. Nicht nur, daß es sich um die Neuverfilmung eines ihrer erklärten Lieblingsbücher handelte. Die Rolle des Gaigern spielte O. W. Fischer. Und O. W. Fischer war für die Großmutter der Größte.

Noch dazu lief der neue Film im *Apollo*. Und das Apollo war ihr Lieblingskino. Ich erinnere mich daran, wie wir die Treppe von der Rubensgasse zur Kaunitzgasse hinaufstiegen. Als wir, auf den letzten Stufen, das Apollo an der Ecke zur Gumpendorferstraße in den Blick bekamen (über dem Portal brannte eine ganze Batterie von Glühbirnen), da glänzten ihre Augen.

Natürlich betraten wir das Foyer des Kinos mindestens eine halbe Stunde vor Beginn der Vorstellung. Damit wir ja nicht zu spät kämen, hatte mir die Oma eine falsche Beginnzeit angegeben. Die Karten hatte sie schon wochenlang vorher besorgt. Das Programmheft, nehme ich an, hatte sie mit den Karten gekauft, aber während wir im Buffet saßen und Kaffee tranken, legte sie es vor sich auf das kleine runde Tischchen und durchblätterte es immer aufs Neue.

Es war etwas aufwendiger ausgestattet als die normalen Programme, hatte also etwas mehr als die üblichen vier Seiten. Es gab Porträtfotos der durchwegs prominenten fünf Hauptdarsteller, aber die Großmutter kam immer wieder auf das ihres Lieblings zurück.

Ist er nicht ein hübscher Mensch? fragte sie.

Ich schaute mich um – ich genierte mich ein bißchen für die Schwärmerei der Oma.

Es saßen aber vor allem ältere Damen im Buffet, die, ihr Urteil bestätigend, mit den Köpfen nickten.

O.W. Fischer, sagte meine Mutter manchmal, sei meine einzige Konkurrenz um die Position der letzten Liebe der Großmutter. Eigenartigerweise spielte er die Hauptrolle in einer ganzen Reihe von Verfilmungen ihrer Lieblingsbücher. Auch *El Hakim* war darunter – da sah man O.W. ägyptisch eingefärbt. So ähnelte er frappant dem Doktor Salem, einem jordanischen Arzt, der ihr in ihrer glücklichen Zeit auf der Geburtsklinik imponiert hatte.

Mit dem O.W., witzelte mein Vater, könnte die Oma noch einmal schwach werden.

Noch einmal. Eine Formulierung, die ich als Kind und Jugendlicher nicht weiter beachtete.

Wir fanden sie lustig. Die Großmutter lachte auch.

Aber vielleicht steckte eine traurige Wahrheit dahinter.

Mit dem Cousin in Paris wäre Marta wahrscheinlich ganz gern schwach geworden, doch das blieb in der Möglichkeitsform. Mit Jaroslav wurde sie mindestens einmal schwach, und das war die Wirklichkeit. Damit hatte es vermutlich sein Bewenden – ein bißchen wenig für ein langes Leben. Ihre Schwäche dem Herrn Prinz gegenüber war eine andere.

Zurück ins Apollokino. Endlich war Einlaß. Der Billeteur riß unsere Karten ab und wies uns den Aufgang zum Balkon. Im Apollo konnte man auf bordeauxrot gepolsterten Fauteuils sitzen. Balkon erste Reihe Mitte, das waren die Lieblingsplätze der Großmutter.

Da saß sie der Leinwand würdevoll vis-à-vis. Da brauchte sie kein Telefonbuch unter dem Hintern. Bevor die Vorstellung begann, hing noch ein Kristalluster im Blickfeld. Aber der wurde, bevor sich der Vorhang öffnete, an einer bordeauxroten Kordel hochgezogen.

Und dann kam die Werbung und dann kam die Wochenschau. Und dann ging der Vorhang wieder zu, denn eine Kinomodenschau gab es auch noch. Im Prinzip mochte die Großmutter die Modenschau, jedenfalls gefiel ihr das männliche Mannequin mit den bläulichgrau gefärbten Haaren und der dezenten Selbstironie. Aber damals dauerte sie ihr zu lang. Sie wartete mit Ungeduld auf O. W.

Wie er dann endlich in der Halle des Hotels auftauchte. Schwungvoll, salopp, einen hellen Trenchcoat über der Schulter. Ein nettes Lächeln für alle, für die Liftboys, für das Fräulein am Zeitungsstand, für den Pagen an der Drehtür. Im milden Dunkel des Kinos war das Gesicht der neben mir sitzenden Großmutter nur von den Reflexen der Leinwand beleuchtet, aber ich bin sicher, daß sie dieses Lächeln erwiderte.

John Barrymore, der den Gaigern in der Erstverfilmung gespielt hatte, war gewiß auch ein attraktiver Mensch gewesen. Aber ein bißchen habe er ausgesehen wie ein Parfumeriekommis. Sagte die Großmutter nachher. Da gingen wir zur Feier des Tages noch essen. Die Erstverfilmung, sagte sie nebenher, habe sie seinerzeit mit ihrem Mann gesehen.

Ich nahm das damals zur Kenntnis, ohne weiter darüber nachzudenken. Den ersten Film hatte sie mit ihrem zweiten Mann gesehen – na und? Wir saßen im *Barnabitenkeller*, ich ließ mir das Abendessen schmecken. Wenn ich es heute bedenke, finde ich es doch einigermaßen überraschend.

Nach dem Roman von Vicki Baum – das stand gewiß auch damals auf den Plakaten. Hat ihn der Name der Autorin in diesem Zusammenhang nicht gestört? Bestimmt stand ihr

Name nicht so groß auf dem Plakat wie die Namen der Stars. Aber konnte einer wie der Herr Prinz einfach von diesem Namen absehen?

War er vielleicht gar nicht so? Hätte Marta den Roman auch unverhüllt lesen können? Oder sprang er bloß, um dieses Lichtspiel zu sehen, über den Schatten seiner Vorurteile? Die Grusinskaja habe damals die Garbo gespielt, sagte die Großmutter. Dagegen sei diese ausgebleichte Person (sie meinte immerhin Michèle Morgan, die in der Neuverfilmung gespielt und gegen das Phantom der Garbo keine Chance gehabt hatte) doch etwas blaß geblieben.

Die Garbo – das sei halt eine Diva gewesen. Wenn sie, so schön beleuchtet, wie das in den Schwarzweißfilmen jener Jahre üblich gewesen sei, die Augen zum Himmel gedreht habe! Und wenn sie, konträr, ihre langen Wimpern gesenkt habe! Das sei schon zu Herzen und unter die Haut gegangen.

Ja, sagte die Großmutter, die Garbo habe sogar ihren Mann ins Kino gelockt. Das war es also. Die Garbo. Um ihretwillen sah sich Herr Prinz offenbar auch verfilmte *Asphaltliteratur* an. Denn Asphaltliteratur war das, nichts Gesundes, aus deutscher Erde Gewachsenes. Und *jüdische Literatur* war das erst recht, auch wenn Frau Baum den Prozensatz ihrer jüdischen Herkunft untertrieb.

Sie sind Jüdin, nicht wahr? fragte sie ein amerikanischer Journalist nach ihrer Ankunft in New York. Das war 1931. Da wurde die dramatisierte Fassung von *Menschen im Hotel* am Broadway gespielt. Nun ja, wenn Sie so wollen. Etwa fünfzehn Prozent – die so direkt auf eine in Deutschland problematische Herkunft Angesprochene redete von irgendwelchen Urahnen. Das liege so weit zurück, daß sie davon gar nichts mehr wisse, falls sie es überhaupt jemals gewußt habe.

Herr Prinz wußte es, und er war bestimmt keine große Ausnahme. Aber an jenem Abend im Februar 1933 war er geneigt, es zu tolerieren. Nicht nur der Garbo wegen. Er war einfach gut aufgelegt. Vor knapp drei Wochen war Hitler von Hindenburg zum Reichskanzler ernannt worden. Diese Bewegung, sagte Wilhelm, ist nicht aufzuhalten! Auch hier, du wirst sehen, Marta: Diese Kraft! Ich bin stolz, meinen kleinen Teil dazu beitragen zu dürfen. Du wirst es erleben, Marta. Es geht Schritt für Schritt.

Da hatte er recht. In Deutschland erfolgten die dem Ordnungswillen seiner Gesinnungsgenossen entsprechenden Schritte nun sehr rasch. Im Mai 1933 brannten *undeutsche* Bücher. Die von Vicki Baum waren dem Vernehmen nach nicht dabei. Aber 1935 wurden sie verboten, da lebte Frau Baum schon in Hollywood.

Das war wahrscheinlich ihr Glück, sagte die Großmutter, daß sie rechtzeitig gegangen ist. Sie sagte das in Breitenstein, wir stiegen sanft bergan, immer die Semmeringbahn vor uns. Wir überquerten eine Alpenwiese, einen Moment lang blieben wir stehen und schauten einem Zug nach, der über eins der schönen, mit nicht nur technischem, sondern auch ästhetischem Sinn in die Landschaft gesetzten Viadukte nach Süden fuhr. Bestimmt war es gut, sagte die Großmutter, daß sie nicht zu lange geblieben ist.

Vicki Baum. Eine tüchtige Frau, sagte die Großmutter. Eine tüchtige Frau mit dem Glück der Tüchtigen. Ihr Erfolg drüben in Amerika habe natürlich manches erleichtert. Man habe sie dort mit offenen Armen empfangen. Das habe ihr die Entscheidung leichter gemacht. Die Entscheidung, rechtzeitig zu gehen. Und nicht zu lang zu warten. Andere seien entschieden zu lang geblieben. Auch berühmte Leute. Bis es schließlich zu spät gewesen sei.

Als sieben-, achtjähriger Bub verstand ich solche Andeutungen nur vage. Ich fragte aber nicht weiter, weil ich den Eindruck hatte, daß die Großmutter damit etwas berührte, was ihr ein gewisses Unbehagen bereitete. Und daß sie, wenn sie es schon berührt hatte, ihren Geist rasch wieder davor zurückzog. Etwa so, wie sie ihre Hand vor den elektrischen Weidezäunen zurückzog, die uns gelegentlich den Weg versperrten.

Vicki Baums *Menschen im Hotel* war eins der Bücher, die die Großmutter in unseren gemeinsamen Ferien immer dabei hatte. Manchmal hatte ich das Gefühl, es sei für sie so etwas wie ein Talisman. Es geht darin um den erfüllten Augenblick, sagte sie, aber der kommt erst. Jetzt denke ich, es war vielleicht so etwas wie ein Andenken ihres kleinen Widerstandes.

Dieses Buch, dessen Umschläge mit den Jahren abhanden gekommen waren, sowohl der richtige als auch der falsche. Vielleicht hat sie die Umschläge eines Tages demonstrativ weggelassen. Was meinst du, Harry? Neige ich damit dazu, meine Großmutter zu idealisieren? Wenn ich mich recht besinne, hatten auch die anderen Bücher, die sie nach Breitenstein mitzunehmen pflegte, meist keine Schutzumschläge mehr, wurden sie gerade gelesen, so wurden sie allerdings mit einem Einband aus Leder geschont.

Natürlich las sie auch ab und zu etwas Neues. Aber auf einige Bücher kam sie immer wieder zurück. Ich versuche mir das Zimmer zu vergegenwärtigen, in dem wir in Breitenstein wohnten – immer dasselbe, wie gesagt, ein Zimmer mit extremer Dachschräge über dem Kopfende der Betten, einer Dachschräge, auf die man nicht vergessen durfte, wenn man morgens erwachte und sich rasch aufrichtete. Welche Bücher sehe ich neben *Menschen im Hotel* auf dem Nachtkästchen der Großmutter liegen?

Ja, soviel stimmt: Neben *Menschen im Hotel* liegt am ehesten *Vom Winde verweht*. Jenes in blaues Leinen gebunden, dieses in grünes. Aber auch *Quo Vadis* war häufig dabei (purpurrot), alternierend mit *Die letzten Tage von Pompeji* (dunkles Violett). Nicht zu vergessen *Jane Eyre*, ein Buch, das die Großmutter auf besondere Weise liebte.

Jane Eyre, die Aussprache des Namens war der anglophoben Großmutter ein Problem. Aber es handelte sich um die Geschichte einer sehr kleinen Frau. Und diese sehr kleine Frau imponierte der Großmutter. Weil sie sich nicht unterkriegen, sich ihren Stolz und ihr Selbstwertgefühl nicht nehmen ließ, allen Widrigkeiten ihres Schicksals (und das waren nicht wenige) zum Trotz.

Wie Jane schon als Kind allen Erniedrigungen und Beleidigungen im Bewußtsein ihres Andersseins widerstand. Oder zog sie sich diese Erniedrigungen und Beleidigungen erst durch das Bewußtsein ihres Andersseins zu? Sie hat halt ihren eigenen Kopf, sagte die Großmutter, und sie weiß, daß es ein guter Kopf ist. Und sie will diesen Kopf oben behalten, auch wenn die gemeine Ordnung der Welt, in die sie weiß Gott warum geraten ist, zum Himmel schreit, arm reich, Frau Mann, nichts als Schranken, die das freie, natürliche Leben behindern, nichts als Ungleichheit, über die sich ihr Gerechtigkeitssinn empört – doch sie wird sich nicht unterkriegen lassen.

Justament. Ach ja. *Jane Eyre* war ein Buch, das anders aussah als die andern. Kleiner und eleganter. Obwohl es siebenhundert Seiten hatte. In Leder gebunden, in Frakturschrift gedruckt. Charlotte Brontë. Wenigstens der Name der Autorin klang französisch.

Neben den Büchern sehe ich die Lesebrille der Großmutter auf dem Nachtkästchen liegen. Eine sehr einfache Krankenkassenbrille mit einem Rahmen aus dünnem Draht und etwas verbogenen Bügeln. Untertags, wenn die Großmutter auf einer Bank saß und las, trug sie allerdings nicht diese Brille, sondern die andere. Eine Brille, deren Gläser in der Mitte geteilt waren, sodaß sie, sowohl den Blick senkend, lesen, als auch, ihn hebend, die schöne Fernsicht genießen konnte. In einem Metallrahmen, der, schlicht wie er war, dem der ersten Brille sehr ähnelte, gab es also bei dieser Brille nicht nur zwei Gläser, sondern vier. Trotzdem sprach die Oma, egal ob sie diese Brille meinte oder jene, immer nur in der Einzahl von ihrem *Augenglas*. Wo ist denn mein Augenglas? fragte sie, wenn sie, was vorkam, eine der zwei Brillen nicht fand. Wenn sie beim Spazierengehen erzählte, brauchte sie keine Brille, obwohl sie mich die Inhalte ihrer Lieblingsromane dann durch ihre Brille sehen ließ.

5

Meist begann die Großmutter schon damit, mir aus diesen ihren Lieblingsromanen zu erzählen, wenn wir noch in Wien, auf dem Südbahnhof, auf den Zug warteten. Zum alten Südbahnhof, der zwar schwer kriegsbeschädigt war, aber hoch oben, auf der schwarzen Fassade, standen nach wie vor stolz zwei geflügelte Löwen – zum alten Südbahnhof fuhren wir meist mit dem Taxi. Die Oma war sonst alles andere als verschwenderisch, aber einmal im Jahr, sagte sie, dürfen wir uns so etwas schon gönnen. Früher, in der guten alten Zeit, sei man hier mit dem Fiaker vorgefahren.

Sie gab dem Taxifahrer auch ein anständiges Trinkgeld, damit er uns die Koffer die Treppe hinauf trug. Aber dann standen wir dort, auf dem Bahnsteig, und natürlich war es viel zu früh. Besser zu früh als zu spät, sagte die Großmutter, nichts könne sie weniger leiden als das Gehetze und Gewürge, mit dem manche Leute (damit meinte sie meine Eltern) im allerletzten Moment den Zug erreichten. Während der Zug, der schon da war, noch verschoben werden mußte, setzten wir uns auf die Koffer, und sie hatte Gelegenheit, recht ausführlich zu den Erzählungen anzuheben, die uns dann zweieinhalb Fahrstunden die Zeit vertreiben würden.

Saßen wir schließlich im Abteil, so hatten wir diese Expositionen, diese Ouvertüren, schon hinter uns, und sie konnte zügig mit der eigentlichen Geschichte beginnen. Sie war ja eine musikalische Frau, also wirkten das Tempo und der Rhythmus der Fahrt auf die Geschichten zurück, die sie erzählte. Natürlich auch die Landschaft draußen, die damals noch nicht so zerstört war wie später, als man damit begann und nicht mehr aufhörte, südlich der Stadt ein Einkaufszentrum neben dem anderen aufzustellen. Möbelland, Teppichland, Fliesenland, was man seit den Sixties und Seventies so Land nennt, da ist kein Fleckchen Erde mehr frei, da wächst kein Gras mehr.

Damals, in den Fünfzigerjahren, war das noch anders. Da war, kaum hatte der Zug die Stadtgrenze erreicht, noch so etwas zu sehen wie eine Gegend. Das waren zwar vorerst nur schlichte Felder mit unbedeutenden Hügeln im Hintergrund. Aber schon die erfreuten das Auge und die Seele.

Mödling, Baden, Vöslau, da wuchs schon der Wein. Und dann erschienen bereits die sogenannten Hausberge im Hintergrund. Die Hohe Wand, der Schneeberg, die Rax – da blühte die Großmutter auf. Sie faßte mich an der Hand und drückte sie. Jetzt war auch der Semmering nicht mehr weit.

Einmal allerdings gab es Bauarbeiten kurz vor Wiener Neustadt. Da wurde der Zug ins Piestingtal umgeleitet. Das bedeutete einen Umweg von kaum mehr als fünfzehn Minuten. Aber auf dieser Strecke verfiel die Großmutter.

Ihr Gesicht, das zuvor vom Eifer des Erzählens und von der Vorfreude auf die kommenden drei Wochen hübsch durchblutet gewesen war, wurde von einer Minute auf die andere grau. Das konnte nicht nur daran liegen, daß wir dadurch eine Viertelstunde später in Breitenstein ankommen würden. Ihre Miene, die den Lauf der Geschichten, die sie erzählte, manchmal sehr lebhaft widerspiegelte, versteinerte. Draußen war ein Ort namens Wöllersdorf, solang wir in dieser Station hielten, sagte sie kein Wort.

An diesen Ort habe ich böse Erinnerungen, sagte sie dann. Das war aber erst, als wir die Umleitung hinter uns hatten und wieder auf der Hauptstrecke zurück waren. Später erst habe ich erfahren, daß in Wöllersdorf ein sogenanntes Anhaltelager war. Dort ist der Herr Prinz ein paar Wochen interniert gewesen.

Es geht Schritt für Schritt, hatte er gesagt. Das traf zu. Im April 33 hatten die Nationalsozialisten die Gemeinderatswahlen in Innsbruck gewonnen. Und zwar triumphal, sagte Wilhelm. 40 Prozent! Beinahe hätte er eine Exkursion sympathisierender Postbediensteter nach Tirol organisiert.

Feiern mit Volksgenossen. Gedankenaustausch. Ihr werdet sehen, sagte er, das hat Vorbildwirkung! Auch der Osten wird sich nicht lumpen lassen. Umso empörter war er, als Dollfuß von da an mit Notverordnungen regierte und weitere Landtags- oder Gemeinderatswahlen vorläufig verbieten ließ.

Wütend ging er im Zimmer auf und ab. Glaubte dieser Wicht wirklich, er könnte sich der großen Bewegung, die da heranrollte, in den Weg stellen? Nicht mit uns, sagte Wilhelm. Oder sagte er: Nicht *gegen* uns? Auf die Dauer kann man nicht gegen das eigene Volk regieren!

Das eigene Volk. Für ihn war es zweifellos das deutsche. Ein österreichisches Volk? Nein, das gab es für ihn nicht. Es hatte österreichische Völker gegeben, genauer habsburgische Völker, unter der Krone Habsburgs zusammenlebende Völker. Aber dieser Eintopf war 1918 in die Luft geflogen.

Jetzt flog auch einiges in die Luft. Vor allem Telefonhütten. Und etliche Geschäftslokale gerieten in Brand. Es gab auch Attentate auf Straßenbahn- und Eisenbahngleise. Doch das hatte sich diese Regierung selbst zuzuschreiben.

Er hätte sich halt nicht so exponieren sollen, sagte die Großmutter. Damit meinte sie aber nicht den nachmals ermordeten Bundeskanzler, sondern ihren Mann. Wenn er zu seinen Versammlungen gegangen sei, habe sie ja schon früher um ihn Angst gehabt. Aber dann, sagte sie, als die Nationalsozialisten illegal gewesen seien und die Heimwehrregierung sogar die Todesstrafe wieder eingeführt habe, da habe sie wirklich ihre Sünden abgebüßt.

Sie wisse nicht, was ihr Mann getan habe, sie glaube, er habe mehr geredet als getan. Aber das war in den letzten Monaten des Jahres 1933 und in den ersten Monaten des Jahres 1934 natürlich auch schon zu viel. Mein Gott, dieser Schreck, und die Schande! Der Gatte verhaftet. Aber vielleicht war es noch ein Glück, daß er nur nach Wöllersdorf gekommen sei und damit für eine Weile sozusagen ruhiggestellt wurde.

Sie durfte ihn ein paarmal besuchen, anfangs fand sie den Weg vom Bahnhof zum Lager furchtbar. Das war ein Dorf. Aus allen Fenstern schauten die Leute und sahen, wohin sie ging. Allerdings hatte sie nach und nach das Gefühl, daß man sie deswegen nicht verachtete. Vielleicht bewunderten sie sogar manche, oder jedenfalls bewunderten sie solche wie ihren Mann, die hatten den Zeitgeist auf ihrer Seite.

Nein, das erzählte sie nicht dem Sieben- oder Achtjährigen. Als sie mir das erzählte, war ich gute zehn Jahre älter. Ein junger Mann mit historischen und politischen Interessen. Ich glaube, es war das letzte Mal, daß wir miteinander nach Breitenstein fuhren.

Diesmal gab es keine Umleitung, wir fuhren an der Abzweigung ins Piestingtal vorbei. Wöllersdorf, der Ort, in dem Dollfuß ein Anhaltelager für politische Häftlinge errichten hatte lassen, blieb also rechts liegen. Aber vielleicht erinnerte ich mich an die Fahrt zehn Jahre früher. Ich weiß das nicht mehr genau. Vielleicht begann auch die Großmutter aus dieser Erinnerung heraus zu reden.

In die Politik, sagte die Großmutter, offenbar der Ansicht, daß nun der Zeitpunkt gekommen sei, zu dem sie ihrem Enkel diesen guten Rat geben müsse, in die Politik soll man sich halt nicht einmischen. Das geht nicht gut aus, sag ich dir, besser man läßt die Finger davon. Letzten Endes dreht sich alles um und wird zu seinem Gegenteil. Das ist leider so. Da nützt dir der schönste Idealismus nichts.

So schnell, sagte sie, haben mein Mann und seine Gesinnungsgenossen gar nicht schauen können, waren sie auch schon illegal. Daß sie einiges dazu getan hatten, fand sie weniger erwähnenswert. Natürlich reizten mich gewisse Formulierungen zum Widerspruch, im Gymnasium hatte ich inzwischen genug über diese Zeit gehört, darüber hinaus hatte ich einiges gelesen. Aber ich hielt mich zurück. Sollte ich meiner Großmutter Nachhilfeunterricht in Geschichte geben?

Der schöne Idealismus des Herrn Wilhelm Prinz! Natürlich hätte ich diese Formulierung demontieren können. Gewiß hätte ich darauf hinweisen können, wozu das alles geführt hatte. Aber wahrscheinlich wollte ich meiner Großmutter nicht zu nahe treten.

Mein seliger Mann, sagte sie immer. Auch diese Formulierung wäre anfechtbar gewesen. Sie hatte mir nie gefallen, aber damals fand ich sie geradezu peinlich. Und trotzdem – ich ließ ihn für sie halt selig sein. Schau, Oma, sagte ich, auf dem Gipfel des Schneebergs liegt Schnee.

6

Über das Ableben des Herrn Prinz äußerte sich die Großmutter nur wortkarg. So viel hatte ich als Kind aber bald mitbekommen, daß er zu Silvester gestorben war. Mein Vater feierte gern Feste, so auch und besonders dieses. Er schmückte das Wohnzimmer mit Papiergirlanden, hängte Lampions auf, lud Gäste ein.

Mir imponierte das damals. Ich war gern unter Erwachsenen. Und zu Silvester wurde ich fast wie ein Erwachsener behandelt. Ich durfte bis nach Mitternacht aufbleiben, beim Bleigießen, beim Mit-Sekt-Anstoßen, beim Walzertanzen dabei sein. Meine Großmutter allerdings war nie dabei.

Sahen wir uns am Nachmittag des 31. Dezember noch, so wirkte sie anders als sonst.

Das lag nicht nur an der dunklen Kleidung, die sie trug, auch ihr Gesicht, ihr ganzer Ausdruck war anders.

Die launige Oma, die mir so gut und gern Geschichten erzählte, würde erst am 2. Jänner wieder auftauchen.

Am 31. Dezember ging sie spätestens zur Dämmerung nach Hause und stellte eine Kerze ins Fenster.

Es war aber nicht irgendein Silvester, an dem ihr Mann gestorben war, sondern ein besonderer. Es war der letzte Tag des Jahres 1937. Genaugenommen war es die letzte Nacht. Daß der Herr Prinz ein paar Minuten vor Beginn des Jahres 1938 starb, des Jahres also, in dem sein Traum von der Heimkehr ins Deutsche Reich in Erfüllung gehen sollte, ist eine schon an Zynismus grenzende Ironie der Geschichte.

Ich will versuchen, mir Marta in der Nacht vom 31. Dezember 1937 auf den ersten Jänner 1938 vorzustellen. Die ganze

Nacht hat sie kein Auge zugetan. Sie hat auf Wilhelm gewartet, aber vom frühen Abend an gespürt, daß etwas nicht stimmt. Er feiert noch mit Kollegen, hat er gesagt.

Er feiert wohl eher, hat sie gedacht, mit Kameraden. Ich stelle mir vor, wie sie wartend am Küchentisch sitzt. Sie ist eine Frau Mitte vierzig, sie wirkt recht anders als heutige Frauen in diesem Alter. Man käme nicht auf die Idee, daß sie je so etwas wie eine erotische Aura gehabt hat.

Natürlich ist nicht auszuschließen, daß Wilhelms Kollegen Kameraden sind. Es gibt, heißt es, viele von ihnen, in allen öffentlichen Bereichen. Kameraden, das heißt Parteigenossen. Bei der Post, hat er unlängst erst stolz gesagt, gibt es fast so viele wie bei der Polizei.

Marta sitzt am Küchentisch, auf der schmalen Sitzbank.

Er feiert also mit denen, aber bis längstens elf wird er daheim sein.

Hat er gesagt. Sie soll eine Flasche Wein in einen Kübel stellen, und ab und zu ein paar Händevoll Schnee vom Fenstersims hereinholen. Um Mitternacht werden sie miteinander auf das neue Jahr anstoßen.

Aber es wird elf, es wird halb zwölf, es wird dreiviertel zwölf und Wilhelm kommt nicht. Über dem Tisch mit der Sitzbank hängt eine Pendeluhr. Die hat zwei Messinggewichte, die immer hübsch austariert sein müssen, das wird die Großmutter ihrem Enkel später erklären. Sind die Gewichte hübsch austariert, so bewegt sich das Pendel im Sekundentakt, und die Glocke schlägt zur vollen Stunde.

Die Pendeluhr tickt, und Martas Herz klopft. Was kann ihn bloß aufhalten, denkt sie, für gewöhnlich ist er ein pünktlicher Mensch. Auf dem Tisch vor ihr liegt ein aufgeschlagenes Buch, aber sie nimmt nicht mehr wahr, was sie liest. Es ist die Politik, denkt sie, es ist wieder diese verfluchte Politik, warum muß er sich wieder darauf einlassen?

Zwei Jahre lang ist er wirklich leiser getreten. Man hätte ihn durchaus für einen heimattreuen Postbeamten halten können. Heimattreu im Sinn der schwarzen Regierung. Daß seine Heimattreue eine andere war, hat er während dieser Zeit bei sich behalten.

Und war das nicht recht? Muß sie nicht auch manches in ihrem Herzen verschließen? Wenn sie an Heimat denkt, fällt ihr der Gefangenenchor aus Nabucco ein. Teure Heimat / wann seh ich dich wieder usf. An den Wassern von Babylon / saßen wir und weinten – Wer: *wir*? wird später der Enkel fragen.

Zwei Jahre lang hat sich Wilhelm zurückgehalten. Aber dann, im Sommer 1936, hat er wieder lauter zu reden begonnen. Wozu noch Komödie spielen? hat er gesagt. Nach dem Juliabkommen sind die Illegalen nur mehr auf dem Papier illegal.

Marta mag die Politik nicht, für gewöhnlich scheinen ihr die Zusammenhänge zu kompliziert. Aber das mit dem Juliabkommen hat sie verstanden: das war eine halbe Kapitulationserklärung Schuschniggs. Die andere Hälfte kommt noch, hat Wilhelm gesagt. Die Frucht ist überreif, man muß nur noch ein bißchen am Baum rütteln.

Am Baum rütteln! Warum fällt ihr diese Wendung gerade jetzt wieder ein? Großer Himmel! Was, wenn sie just für heute nacht etwas vorhätten? Wilhelm und seine Kollegen, Kameraden, Parteigenossen, weiß der Teufel. Ihre Art zu feiern, ihre Art Böllerschüsse für ein neues Jahr, in dem sie große Ereignisse erwarten!

Jetzt schlägt die Pendeluhr zwölf und das Jahr 1937 geht ins Jahr 1938 über. Marta hält es nicht mehr aus auf der engen Sitzbank, sie steht auf und geht ins Zimmer. Sie öffnet das Fenster zum Hof, die Luft, die sie einatmet, ist schneidend kalt. Von der anderen Seite des Hofs hört sie Lachen und Singen, sie sieht die Schatten feiernder Nachbarn hinter den Vorhängen. Sie schließt das Fenster und geht an die Eingangstür. Zwei oder drei Mal wird das Haustor auf- und wieder zugesperrt, schließlich ist Silvesternacht. Dann wartet Marta auf das Geräusch der Schritte im Flur und im Stiegenhaus. Aber die Schritte, die sie da hört, sind nicht Wilhelms Schritte.

Sie ist auf alles gefaßt, als es am nächsten Morgen klopft und ein Polizist in der Tür steht. Wilhelm polizeilich gesucht, Wilhelm verhaftet, Wilhelm verwundet... Wilhelm im Kampf für seine Überzeugung ums Leben gekommen... Nur auf die Wahrheit ist sie nicht gefaßt, der Polizist sagt sie auch nicht gleich, das ist nicht seine Aufgabe.

Er hat eine traurige Nachricht zu überbringen, das ist alles. – Sind Sie die Frau Prinz? – Ja. – Gattin des Herrn Wilhelm Prinz? – Ja.

Der Polizist sieht betroffen drein. Vielleicht ist er auch ein Illegaler.

Aber vielleicht hat er nur Routine beim Überbringen von Todesnachrichten.

Herr Prinz ist in der vergangenen Nacht in einem Hotel in der Josefstadt gestorben. Für Marta ist dieses Hotel im ersten Moment noch ein konspirativer Ort. Schemenhaft sieht sie Männer mit Hakenkreuzbinden, sie sitzen verschworen in irgendeinem Hinterzimmer. Sie hat es geahnt! Gewiß ist die Verschwörung von jemandem verraten worden.

Ein kurzer Schußwechsel mit Heimwehrtruppen oder mit der Polizei... Ob Wilhelm auch eine Waffe bedient hat? Eher nicht, mit seiner verkrüppelten Hand... Hat man trotzdem auf ihn gezielt? Eine Kugel kam geflogen... Vielleicht war die Kugel, die ihn getroffen hat, eher ein Querschläger.

Aber es war kein Hinterzimmer, in dem Herr Prinz gestorben ist. Es war ein Zimmer im zweiten Stock des Hotels. Auch waren keine Kameraden bei ihm im Augenblick des Todes. Eine Frau war bei ihm. Na ja, du kannst dir schon denken, was für eine.

Sagte mein Vater. Ich war vierzehn oder fünfzehn, als er mir das erzählte. Damals fing er an, mit mir über gewisse Dinge von Mann zu Mann zu sprechen. So nannte er das. Es machte mich einerseits stolz. Anderseits verursachte mir die Art dieser, wie ich es empfand, doch etwas schamlosen Verbrüderung immer ein wenig Unbehagen.

Die Todesursache des Herrn Wilhelm Prinz war, wenn ich meinem Vater glauben will, kein simpler Herzschlag. Vielmehr sei der Tod durch ein Projektil eingetreten. Eine Kugel kam geflogen, also doch – allerdings schon zwanzig Jahre früher. Ein Projektil, das seit Ende des Ersten Weltkriegs in seinem Körper gekreist sei, habe im schönsten Augenblick das treudeutsche Herz getroffen.

Herz, was begehrst du mehr – ein unverschämt schönes Ende. Fand mein Vater. Er hatte eine Kindheit und Jugend lang unter dem Herrn Prinz gelitten. Manchmal hatte ich den Eindruck, er mißgönnte ihm diesen Tod. Es kann aber auch sein, daß er ihn um diesen Tod beneidete.

7

Daß dieser Tod für die Großmutter eine Befreiung war, wie meine Mutter behauptet hat, mag schon stimmen. Aber es dürfte eine Weile gedauert haben, bis es Marta so empfand. Vorerst war da wahrscheinlich vor allem Leere. Eine große Leere, stelle ich mir vor, und eine große Lethargie in ihrer Folge.

Die Wohnung, so klein sie war, schien ihr auf einmal zu groß. Die raumverdrängende Anwesenheit Wilhelms fehlte. Marta bürstete die Sakkos, Hosen und Mäntel, die er nie mehr tragen würde. Sie stellte die Schuhe, die er nicht mehr brauchte, in Reih und Glied.

Gewiß, Wilhelm war nicht gerade ihre große Liebe gewesen. Manchmal hatte sie eine vage Abneigung gegen ihn verspürt, manchmal einen regelrechten Widerwillen, manchmal hatte sie sogar Angst vor ihm gehabt. Aber sie hatte ihn zwanzig Jahre lang ertragen. Seine Präsenz neben ihr, auch wenn sie mit einer nicht unerheblichen Selbstverleugnung ihrerseits gekoppelt war, hatte ihr Halt gegeben.

Nun fühlte sie sich auf dubiose Weise leicht. Leicht, aber nicht erleichtert – eher so, als ob es ihr an Gewicht fehlte. Trat sie aus dem Haustor, so hielt sie unschlüssig inne, bevor sie den ersten Schritt auf den Gehsteig tat. Manchmal blies ein starker, kalter Wind, der trieb sie in die eine oder in die andere Richtung.

Sie wog von Natur aus nicht viel, doch nun mußte sie aufpassen, daß sie nicht in bedenklichem Ausmaß abnahm. Sie mußte sich zwingen, einkaufen zu gehen, sie mußte sich zwingen, zu kochen. Solang Wilhelm gelebt hatte, war ihr das Zubereiten auch noch so bescheidener Speisen, das Tischdecken, das Auftragen und Einschenken immer eine Belastung gewesen: auch nach Jahren hausfraulicher Routine hatte sie stets befürchtet, etwas falsch zu machen. Jetzt, da er tot war, machte ihr das Kochen und Essen ohne ihn keine Freude.

Ihr Sohn kam sie nun zwar häufiger besuchen als früher. Aber zum Essen nahm sich Walter kaum Zeit. Zu sehr hielten ihn die Ereignisse in Atem, die draußen abliefen. Eine ins Galoppieren geratene Entwicklung, mit der er Schritt halten wollte, um sie mit der Kamera festzuhalten.

Marta blendete diese Ereignisse aus. Merkst du nicht, was vor sich geht? fragten Theres' und Marlen'. Sie seien nicht gekommen, sagten sie, um mit Marta gemeinsam Trübsal zu blasen. Es sei höchste Zeit, etwas zu unternehmen, und zwar schleunigst.

Sie waren entschlossen, eine Reise zu tun. Eine Reise durch einige Länder, die ehemals zu Österreich gehört hatten. Zu jenem Österreich, dessen jämmerlicher Rest demnächst dem nationalsozialistischen Deutschland einverleibt werden würde. Es galt, ein paar Pfarren in Polen, der Tschechoslowakei und Ungarn zu besuchen und die dortigen Pfarrer mithilfe von Charme, Überredungskunst und nötigenfalls Schmuck zur Korrektur oder Neuausstellung gewisser Dokumente zu bringen.

Wozu? fragte Marta. Wir haben doch unsere Taufscheine.

Wo lebst du, fragten die Schwestern, auf dem Mond?

Mein Mann, sagte Marta, war Parteimitglied.

Wenn die Parteigenossen deines Mannes die Gesetze, die sie im Reich gemacht haben, auch hier einführen, sagte Theres', wird dir das einen Schmarren nützen.

Komm mit uns, sagte Marlen'. Wir fahren morgen.

Ich weiß nicht, sagte Marta, das kommt alles so plötzlich.

Das kommt gar nicht plötzlich, sagte Theres'. Es bahnt sich seit Jahren an.

Komm mit, sagte Marlen'. Es ist keine Vergnügungsreise, schon gar nicht um diese Jahreszeit, aber es wird dich auf andere Gedanken bringen.

Marta konnte sich nicht entschließen, aber sie gab den Schwestern einige Papiere mit. Dazu Wilhelms Markensammlung, mit den Schmetterlingen war wohl weniger anzufangen. Wertvollen Schmuck besaß sie nicht – weder waren die finanziellen Verhältnisse Wilhelms danach gewesen, noch war er der Mann gewesen, der Schmuck schenkte. Am nächsten Tag begleitete sie die beiden auf den Nordbahnhof.

Na schön, kleine Schwester, sagte Theres', wir werden das auch für dich erledigen. Sie sah immer noch apart aus mit ihrem von einem netzförmigen Schleier überzogenen Hütchen. Auch Marlen', deren ehemals mädchenhafte Pausbäkkigkeit zu der einer gesetzteren, aber infolge ihrer Kirschenaugen nach wie vor munter wirkenden Dame gereift war, würde den für gepflegte Weiblichkeit empfänglichen geistlichen Herren gut gefallen. Um den etwas zu dicken Hals trug sie eine Fuchsstola, deren Naphtalingeruch sich dezent mit dem Veilchenduft ihres Parfums mischte.

Über Wien lag an diesem Februarvormittag schon ein Hauch von Frühling. Marta ging zu Fuß stadteinwärts, auf dem Weg durch die Praterstraße kam sie am Haus ihrer Eltern vorbei. Ein Blick in den Hausflur, in dem sie ihr Vater das letzte Mal verabschiedet hatte: die Erinnerung an sein Frösteln. Die Treppe hinauf ging sie nicht, ihre Mutter, die sie als Wilhelms Frau nicht mehr besucht hatte, war dem Vater längst nachgestorben.

Sie überquerte den Donaukanal bei der Schwedenbrücke, das Brückengeländer war vollgeschmiert mit Hakenkreuzen. In den letzten Wochen kam man mit dem Überpinseln der Schmierereien nicht mehr nach, vielleicht wollte man damit auch gar nicht mehr nachkommen. Auf dem Laurenzerberg gab es eine Buchhandlung, da lag ein Bildband über Berchtesgaden in den Auslage. Marta verscheuchte die Erinnerung an die schönen Tage, die sie mit Wilhelm dort verbracht hatte. Nein, sie wollte nicht so an Wilhelm denken. Sie war in Trauer, korrekt, aber sie wollte ihm keine Träne nachweinen. Ein anderes Buch, das gleich in dreifacher Ausführung im Schaufenster stand, kam diesem Vorsatz entgegen. Dieses Buch hatte sie sich zu Weihnachten gewünscht, aber Wilhelm hatte ihr wieder einmal ein anderes geschenkt: Sie gab sich einen Ruck und öffnete die Ladentür.

8

Ins Deutsche übersetzt war *Vom Winde verweht* im Herbst 1937 erschienen. Die Zeitungen hatten über das Buch und seine Autorin ebenso ausführlich berichtet wie ehemals über *Menschen im Hotel.* Zwar gab es eine gewisse Skepsis der Kritik, der *Österreichische Beobachter* etwa hatte dem Roman Oberflächlichkeit und ausschweifende Breite vorgeworfen. Aber den hatte nur Wilhelm gelesen (er ließ sich die heimische Ausgabe des *Völkischen Beobachters* postlagernd schicken: noch Wochen nach seinem Tod füllte und überfüllte sich das Fach auf seinem Postamt), Marta las andere Zeitungen.

Was einhellig anerkannt wurde, war die überaus gelungene Schöpfung der Hauptfigur. Scarlett O'Hara, eine Frau, die sich nicht unterkriegen läßt. Eine auf faszinierende Art lebenstüchtige Person. So eine Schwester aus dem Reich der Literatur kam Marta damals gerade recht.

Scarlett mit dem magnolienweißen Teint, Scarlett mit den schwarzen Brauen und Wimpern, Scarlett mit den blaßgrünen Augen. Scarlett mit der für die sechzehn Jahre, die sie am Anfang des Buches zählt, wohlentwickelten Brust, Scarlett mit der extrem schlanken Taille, die in der Provinz, wie die Autorin anmerkt, ihresgleichen sucht. – Im nördlichen Georgia. – Wo ist das? – Im Süden der Vereinigten Staaten. Sagte die Großmutter. Marta sah im Brockhaus nach.

Damals, als sie das Buch zum ersten Mal las. Kaum war sie nach Hause gekommen, hatte sie sich hingesetzt und es aufgeschlagen. Durchs Hoffenster fiel das Sonnenlicht doch noch recht blaß, aber auf der Veranda, auf der Scarlett saß – flankiert von den Zwillingen Tarleton, zwei großgewachsenen jungen Männern von kleinem Verstand – auf der Veranda des

Herrschaftshauses von Tara hatte das Licht schon einen warmen Goldton. Im Buch schrieb man April 1861, draußen war Februar 1938.

Exakt Samstag der *12.* Februar: Im Radio, das die Frau Nagl auf der anderen Seite des Hofs hörte, wurde etwas von einer Reise des Bundeskanzlers in die Bundesländer gemeldet. Daß er bei Berchtesgaden die Grenze nach Deutschland überschritten hatte, wurde vorläufig verschwiegen. Selbst das hätte Marta zu dieser Stunde wenig interessiert. Sie schloß das Fenster. Sie schloß erste Bekanntschaft mit Scarlett.

Scarlett, die nichts vom möglicherweise bevorstehenden Krieg der Südstaaten gegen die Nordstaaten hören will. Nicht etwa, weil sie das Thema, auf das die Boys bei einem Glas Pfefferminzwhisky zu sprechen kommen, beunruhigend fände, sondern weil es sie, im Vergleich zu viel wichtiger erscheinenden Dingen, langweilt. Sie ist eine intelligente Person, sagte die Großmutter, aber vorläufig ist ihr Kopf noch recht hohl. Nicht viel mehr ist vorläufig darin als Kleider und Gartenfeste und junge Männer, die sie der Reihe nach um den Finger wickelt.

Ihr Kopf ist noch hohl, sagte die Großmutter, was indessen ihr Herz anlangt … Also im Grunde ihres Herzens macht sie sich nichts aus all diesen Lümmeln. Sie liebt nämlich Ashley, das heißt, sie bildet sich ein, ihn zu lieben. Typisch für sie – an jedem Finger könnte sie zehn haben, doch sie kapriziert sich auf ihn.

Ashley, der einfach anders ist als die anderen. Sein Blick: voll sehnsüchtiger Traurigkeit oder voll trauriger Sehnsucht. Nicht, daß er nicht hervorragend reitet, gegebenenfalls streitet und, wenn es sein muß, tüchtig trinkt. Aber er versinkt manchmal in eine ahnungsvolle Nachdenklichkeit – die kultivierte Distanz zu dem, was die anderen für das wirkliche Leben halten, macht seinen melancholischen Charme aus.

Ashley, der Scarlett seine Liebe zwar nie erklärt hat. Ashley, in dessen kühlen, grauen Augen nie die Hitze erschienen ist, die sie von anderen Männern kennt. Und doch ist sie sicher, daß er sie liebt – sie weiß das ganz einfach. Nur dumm, daß er sich auf dem bevorstehenden Fest auf der Nachbarplantage Twelve Oaks mit seiner Cousine Melanie verloben wird – angehalten, von etwas Interessanterem zu reden als von dem blöden Krieg, den sie herbeisehnen, plaudern die unbedarften Tarletons das aus und verderben Scarlett den Sonnenuntergang.

Und so fort. Ich will nicht behaupten, daß mich diese Exposition im Alter von sieben oder acht besonders fesselte. Auch die Frage, was Ashley an Melanie fand, die in Scarletts verächtlichen Augen anfangs nichts als ein flachbrüstiges Mauerblümchen war, interessierte mich nur mäßig. Ich war aber geduldig und ließ die Oma reden. Vielleicht war ich auch mit dem Kopf etwas woanders und spann, während sie Margaret Mitchells Gedankenspiel folgte, den Faden eines von einem anderen Hirn ersonnenen Gespinsts weiter: in diesem Alter konnte ich ja schon selbst lesen.

Zum Beispiel Stevenson, zum Beispiel *Die Schatzinsel*. Das war eins der Bücher, die auf *meinem* Nachtkästchen lagen. In unserem Zimmer in Breitenstein, im Alpengasthof Enzian. Wahrscheinlich wurde ich erst so recht auf *Vom Winde verweht* aufmerksam, als die Oma auf Rhett Butler zu sprechen kam.

Ist er wirklich ein Pirat? wollte ich wissen. Na ja, nicht wirklich ein Pirat, aber ein Blockadebrecher. Was immer das war. Das wird er aber erst später. Sagte die Großmutter. Vorerst ist er ein Mann von faszinierend schlechtem Ruf. Mit einem unverschämtem Blick, der Scarlett von Anfang an durchschaut.

Er hat einen Blick, von dem sie sich als junge Dame eigentlich beleidigt fühlen müßte. Zur Demonstration dieses Blicks zog die Großmutter die linke Augenbraue hoch. Das hatte sie von Clark Gable, dem die Rolle des Rhett Butler tatsächlich auf den Leib geschrieben schien. Aber als sie das Buch zum ersten Mal las, war ihr dieser Schauspieler noch kein Begriff.

Marta las. Bis zum Abend hatte sie schon mehr als hundert Seiten hinter sich. Als die Pendeluhr neun schlug, schlüpfte Scarlett gerade in die Bibliothek von Twelve Oaks, die Mrs. Mitchell als Schauplatz der großen, tragikomischen Auseinandersetzung mit Ashley und der ersten Konfrontation mit Rhett Butler ausersehen hat. Ich habe gelesen. Nicht nur *Vom Winde verweht,* sondern auch ein zerfleddertes Buch über die letzten Tage der Ersten Republik. Kurz nach zehn Uhr abends kehrte Bundeskanzler Schuschnigg aus Berchtesgaden nach Österreich zurück.

Ich stellte mir vor, wie er aus dem Fenster des Sonderzugs schaute, der ihn von Salzburg nach Wien brachte. Schuschnigg, der Oberlehrer, wie ihn Wilhelm Prinz genannt hatte – er schaute durch die Gläser seiner Kurzsichtigenbrille. Schaute in ein Land, das es gerade noch einen Monat lang geben würde. Aber es war finster draußen, und er sah nur das Spiegelbild des bleichen, erschöpften Mannes, den Hitler niedergebrüllt und abgekanzelt hatte wie einen Schulbuben.

Das ist nämlich so, sagte die Großmutter. Auf der Party soll die Verlobung Ashleys mit Melanie bekanntgegeben werden. Aber das will nicht in Scarletts Kopf hinein, sie hält das einfach für ein Mißverständnis. Ashley liebt sie und basta. Was will er mit Melanie? Scarlett beschließt also, dieses Mißverständnis aufzuklären.

Vorerst zeigt sie noch, wie begehrenswert sie ist, die jungen Männer setzen sich in Schwärmen um sie an, peinlicherweise mißdeutet besonders Charles, Melanies Bruder, ihr ebenso demonstratives wie unspezifisches Flirtverhalten. Aber Ashley, meist an der Seite Melanies, nimmt nur wenig Notiz davon. Da entschließt sich Scarlett spontan, noch etwas mehr in die Offensive zu gehen. Sie entweicht aus dem nach dem Brunch zum Erholungsschlaf reservierten Bereich anständiger, von ihr im Grunde verachteter junger Damen, und will den Mann ihres Lebens stellen, bevor es zu spät ist.

Schuschnigg, heißt es, sei ein starker Raucher gewesen. Hitler, ein hysterischer Nichtraucher, habe ihm nicht die geringste Chance auf eine Zigarettenpause gegeben. Ob er sich jetzt eine Zigarette gönnt, im Zug, der ihn zurückbringt in das Land, für das er retten wollte, was noch zu retten war, aber das war nicht viel, und vielleicht hat er gerade dadurch, daß er das versucht hat, schwach wie er war, die letzte Chance vertan, ob Schuschnigg jetzt, am Fenster seines Abteils stehend, raucht? Ja, wahrscheinlich raucht er, ich stelle mir vor, daß ihm der erste Zug wie eine Erlösung erscheint, aber dann kommt ihm zu Bewußtsein, daß er kein Recht hat, so zu denken, Erlösung, mein Gott, er ist so ein schrecklich katholischer Mensch, aber Erlösung? – nach all dem, was passiert ist, sowohl geschehen als auch vorbeigegangen – nein, er hat sich die Rolle, die er gespielt hat, nicht ausgesucht, er hätte nicht Kanzler werden müssen, er wäre lieber Unterrichtsminister geblieben, die Verantwortung wurde ihm auferlegt, jetzt ist er sie bald los, vielleicht ist das dann doch eine Art Erlösung, doch es nützt nichts, die Zigarette schmeckt ihm nicht, er kurbelt die Fensterscheibe hinunter und wirft sie in die Nacht hinaus.

Und dann diese große tragikomische Szene in der Bibliothek. Man muß zugeben, daß die zarte Frau Mitchell eine Pranke für sowas hat. Scarlett, die sich, im letzten Moment entmutigt, vor Ashley verstecken will, Ashley vorerst heiter, das heißt, seine Heiterkeit versucht en passant über etwas hinwegzulächeln, das er wohl ahnt, aber nicht wissen mag – vor wem versteckst du dich, fragt er, vor Charles (den sie für ein Kalb hält) oder vor den Tarletons? Und sie, die sich schließlich deklariert, ihre ganze dumme Erziehung über Bord werfend, aber der Zauberspruch ihrer Liebeserklärung wirkt nicht, Ashley ist zu feig oder zu loyal Melanie gegenüber, weltmüde ist er, abgeklärt trotz seiner Jugend, und da schlägt sie ihn, der die Verlobung mit der anderen nicht platzen lassen und sie, die eine, die einzige, nicht auf der Stelle entführen will – eine romantische Flucht hat sie sich ausgemalt, bis in die nächste Pfarre, in der sie sich trauen lassen können, oder wenn es sein muß nach Mexiko, doch er ist nicht der Mann dafür, ein Versager als Märchenprinz – also da schlägt sie ihn, der sie derart enttäuscht, ins Gesicht, und das ist stark, aber das stärkste kommt noch.

Nämlich nachher, als er abgegangen ist, ihr trotz der roten Spur, die ihr Schlag auf seiner Wange hinterlassen hat, die Hand küssend. Sie hört seine Schritte verhallen und weg ist er. Erzählte die Großmutter. Und da sieht sie auf einmal eine Vase oder eine Porzellanschale auf dem Abstelltisch neben sich stehen. Und die nimmt sie und schmeißt sie gegen den Kamin, wo sie in tausend Stücke zerbricht.

Das Wort *schmeißt* betonte meine Großmutter in diesem Zusammenhang so, daß man Scarletts wilde Lust, sich abzureagieren, richtig hörte.

Aber dann, was glaubst du, was dann passiert?

Nach und nach wußte ich es schon: Das geht zu weit, sagt Rhett Butler.

Der nämlich ist die ganze Zeit auf dem Sofa in der Bibliothek gelegen, aber nun richtet er sich auf und lächelt wie ein Kater.

Im Film, sagte die Großmutter, stellt Clark Gable angesichts der zerschmetterten Vase die Frage, ob der Krieg schon begonnen hat. Und das dauert dann wirklich gar nicht mehr lang. Kaum hat Scarlett, wütend nicht nur darüber, daß dieser unverschämte Kerl alles gehört, sondern auch und vor allem darüber, daß er sich noch dazu einen zynischen Kommentar darüber erlaubt, kaum hat Scarlett die Tür der unseligen Bibliothek hinter sich zugeschlagen, galoppiert draußen ein Reiter über den grünen Rasen, quer durch Scarletts Gesichtsfeld. Und das ist der Bote, der die Nachricht vom Krieg bringt, die von den jungen Männern unter dem Fenster mit idiotischem Enthusiasmus aufgenommen wird, Jubelrufe ertönen, ein aufgeregtes Gerenne nach den Ställen bricht aus, na, wenn das kein Spaß wird!

Gegen zwei, Samstagnacht, fielen Marta die Augen zu. Kurz vor drei stieg Schuschnigg auf dem Westbahnhof aus dem Sonderwaggon. Um halb neun, Sonntagmorgen, wachte Marta wieder auf. Frau Nagls Radio spielte österreichische Operettenmelodien.

Marta las. In ihrem Kopf lief ein Film, der erst gedreht werden sollte. Draußen liefen die letzten Tage der Ersten Republik, aber das nahm sie nur am Rande wahr. Sie war mitten in einer anderen Geschichte. Es war Februar 1938. *Vom Winde verweht* hatte sie am Samstag, dem 11., zu lesen begonnen.

Bis zum folgenden Mittwoch hatte sie schon zwei Drittel des Buchs hinter sich. Scarlett hatte Ashley zum Trotz Charles Hamilton geheiratet, war, zwei Monate nach der überstürzten Hochzeit, bereits Witwe, und neun Monate danach Mutter. Aus Atlanta, wo sie den Zusammenbruch der Südstaatenarmee erlebte, nach Tara zurückgekehrt, hatte sie sich auf der halb verwüsteten Plantage die Hände schwielig gearbeitet, und dann, wieder in Atlanta, ein zweites Mal geheiratet, diesmal aus purem Realitätssinn. Als Marta Donnerstagmorgen einschlief, war die immer noch sehr junge Dame (sie konnte bis dahin kaum älter sein als zweiundzwanzig) gerade zum zweiten Mal Witwe geworden.

Donnerstag, der 16., das war der Tag, an dem der neue Innenminister sein Amt antrat. Ein Spalier von Parteigenossen, die sich nun keinen Zwang mehr auferlegten, empfing ihn mit dem deutschen Gruß. Diese Entwicklung hätte Wilhelm gefreut. Aber selbst er, der noch vor kurzem so allzu Gegenwärtige, war in den letzten Tagen weit an den Rand von Martas Bewußtsein geraten.

Marta und Scarlett. Mutmaßungen über eine Beziehung:

Zu schreiben, daß sich Marta mit der Heldin des Romans identifizierte, wäre ungenau. Auf den ersten Blick ähnelte die junge Dame viel eher ihrer Schwester Theres'. So apart, so kokett wie sie war, so raffiniert und so unübersehbar wahrgenommen vom männlichen Geschlecht.

Vielleicht wäre Marta ehemals gern so gewesen. Als junges Mädchen. Allen späteren Dementis zum Trotz. *Ein ganz schönes Luder* – durch Formulierungen wie diese klingt ja auch Bewunderung. Aber auf diese mit Neid untermischte Bewunderung ist das geschwisterliche Gefühl, das Marta für Scarlett empfand, nicht reduzierbar.

Vielleicht war es so: Nach den ersten hundert Seiten zeichnete sich für Scarlett so etwas ab wie ein Schicksal. Und vielleicht gab es zwischen ihren und Martas Schicksalslinien gewisse Affinitäten. Scarlett geriet in Situationen, die Marta bekannt vorkamen. Situationen, in denen sie etwas von sich wiedererkannte.

Etwa dies: Die Gefühle dem Kind gegenüber. Zu dem Scarlett gekommen war wie die sprichwörtliche Jungfrau. In der Hochzeitsnacht hatte sie sich Charlys Nähe verbeten. In der zweiten Nacht (Charlys erster und letzter in ihrem Bett) mußte es irgendwie entstanden sein.

Das Kind erlebte sie auch (und erst recht) als Fremd-Körper. Dieses zwar abgenabelte, aber danach erst recht distanzlose Stück von ihr. Die erschreckende Zudringlichkeit, mit der dieser blasse Wurm, in ihre Nähe gebracht, ihre Haut, ihre mütterliche Wärme suchte. Eine Wärme, die sich, obwohl angeblich naturgegeben, nicht und nicht einstellte.

Oder das: Scarletts Empfindungen anläßlich ihrer Arbeit im Lazarett. Marta erinnerte sich ihrer Zeit im Verwundetenspital. Wohl war es dort nicht ganz so schlimm gewesen – bei aller Not, allem Elend gegen Ende des Ersten Weltkriegs wurde Wien nicht so unmittelbar mit Schwerverwundeten, Moribunden beliefert, wie das vom Rückzugsstrom der Konföderiertenarmee überflutete Atlanta. Aber den Ekel vor Blut, Eiter, Exkrementen, den Brechreiz, wenn der Arzt, dem man assistierte, mit dem blanken Messer in brandiges Fleisch schnitt, und den Impuls, einfach auf und davon zu rennen, einem Instinkt folgend, der sich, zum Unterschied vom mütterlichen, durchaus meldete, schrill wie eine Alarmklingel – all das konnte sich Marta nur allzugut vorstellen.

Schließlich die Ehe mit einem ungeliebten Mann. Schon wahr, der biedere Schwächling Frank Kennedy war ein ganz anderer Typ als Wilhelm Prinz, und die Selbstverleugnung, mit der Marta die Dominanz ihres Gatten ertragen hatte, war ungefähr das Gegenteil der zupackenden Tüchtigkeit, mit der Scarlett gegen die traditionelle Frauenrolle aufbegehrte. Doch eine gemeinsame Grunderfahrung war die: Du wachst in der Nacht auf und begreifst wieder einmal, daß du neben einem Menschen liegst, dessen Atmen dich stört, dessen Ausbreitung an deiner Seite du eigentlich als Zumutung empfindest, einem Kerl, den du im Grunde genommen nicht riechen kannst.

Das kennst du doch? fragte Marta. Nicht wahr, du kennst das?

Im Geist führte Marta manchmal Gespräche mit Scarlett.

In den Nächten, in denen sie nun allein lag.

Im Bett, das Wilhelm zu zwei Dritteln in Anspruch genommen hatte, war nun ungewohnt viel Platz, Marta gewöhnte sich nach und nach daran, daß sie sich im Schlaf und im Traum freier bewegen konnte, aber noch geraume Zeit wachte sie zwischendurch auf, weil ihr kalt war.

Schließlich war immer noch Februar, obwohl manche Tage schon frühlinghaft warm waren. Marta ging mit *Vom Winde verweht* in den Burggarten. Am Sonntag, als sie nach acht Tagen Lektüre nur mehr knapp 100 Seiten zu lesen hatte, war die Parkanlage ungewöhnlich leer. Marta setzte sich auf einen der Sessel, für deren Benützung man normalerweise ein paar Groschen zahlen mußte, aber die Sesselfrau, die sonst sofort da war (eine vertrocknete kleine Person mit beneidenswert guten Raubvogelaugen), die Sesselfrau kam nicht.

Seltsam. Der Gesang der Amseln klang erstaunlich laut. Marta las. Scarlett erkannte gerade, daß Ashley kein Jüngling mehr war. Sein blondes Haar, das sie ehemals so gern gestreichelt hätte: grau. Und in diesem Moment, erzählte die Großmutter, fing das Gebell an.

Ja, sie habe das vorerst wirklich für Gebell gehalten. Es war aber Hitlers Stimme im Radio. Im Radio, vor dem an diesem Tag fast alle saßen. Ganz Wien außer ihr. Anscheinend auch die Sesselfrau.

Marta war ja durch Wilhelm auf einiges vorbereitet. Trotzdem hatte sie Hitler zuvor nicht gehört. Nun sprach er im Radio. Sein Organ klang aus allen Fenstern. Im Burggarten war es nur ein fernes Gebell gewesen, aber auf dem Rückweg nach Hause begriff Marta, worum es sich handelte.

Die Rede, die von der *Ravag* übertragen werden mußte. Das war auf dem Obersalzberg vereinbart worden. Marta erinnerte sich. Ihr Sohn hatte ihr davon erzählt. Hitler würde am Sonntag reden, Schuschnigg dann anschließend am Dienstag.

Das also war Hitler. Ein mitreißender Redner, hatte Wilhelm gesagt. Vielleicht lag es ja an der Radioübertragung, aber die Stimme aus den Fenstern klang furchtbar. Einerseits dieses dumpfe Poltern, anderseits dieses schrille Überkippen. Wilhelm hatte große Stücke auf diesen Mann gehalten, aber warum, um Himmels willen, mußte der Mensch so brüllen? Einzelne Worte waren kaum zu verstehen. Aus den Fenstern drang nur ein wütender Wortschwall. Unwillkürlich stellte sich Marta den Mund vor, aus dem das kam. Ein Wolfsrachen, dachte sie. Aber das war weniger eine medizinische, eher eine mythische Vorstellung.

Sagte sie drei Jahrzehnte später, als Großmutter eines bereits erwachsenen Enkels. Wir hatten uns im Burggarten getroffen, beim Palmenhaus, es war ein schöner Tag. Durch ihren Mann, Gott hab ihn selig, sei sie dem Hitler gegenüber positiv voreingenommen gewesen. Aber als sie damals, auf dem Heimweg, zum ersten Mal seine Stimme gehört habe, sei ihr unheimlich geworden.

Ob sie deswegen bei der Volksabstimmung, die Schuschnigg dann ansetzte, für Österreich gestimmt hätte – ich weiß nicht. Zwar hegte sie nostalgische Gefühle für den Kaiser Franz Joseph und seine schöne ermordete Frau, aber solche wie die kamen nicht wieder. Und mußte es nicht vorwärts gehen, hatte Wilhelm damit nicht recht gehabt? Wahrscheinlich wußte sie nicht, wie sie stimmen sollte, aber das Problem der Entscheidung wurde ihr und ihren Landsleuten damals bekanntlich abgenommen.

Am 15. März auf dem Heldenplatz dürfte sie nicht gewesen sein, dagegen spricht nicht nur ihr Grauen vor Hitlers Stimme, sondern auch ihre Abneigung gegen Menschenansammlungen. Der einzige Ort auf der Welt, an dem sie so etwas nicht störte, war das Kaufhaus Gerngroß. Wäre sie dieser Tage dort vorbeigekommen, so hätte sie vielleicht den Besitzer in seinem guten Anzug auf dem Gehsteig knien gesehen, von SA-Leuten genötigt, das in Hinblick auf die nun abgesagte Volksabstimmung aufs Trottoir gemalte Kruckenkreuz wegzubürsten. Aber wahrscheinlich blieb sie um diese Zeit lieber zu Hause.

9

Nach Tagen verließ ich zum ersten Mal wieder das Haus. Der Morgen war schön, aber windig, am Himmel über der Straße flogen zerfetzte Wolken. Ich hoffte noch einige Bücher zu finden, die ich brauchen konnte, ich hoffte die weißblonde Frau wiederzusehen. Aber als ich vor dem Geschäft ankam, in dem ich letzthin das Gewitter hatte abwarten dürfen, eine subtile Stunde lang, auf die ich nun behutsam Bezug nehmen wollte, war der Rollbalken geschlossen.

Das traf mich mehr, als mir angemessen schien. Vielleicht hatte es ja gar nichts Besonderes zu bedeuten. Zwar war es keineswegs sehr früh, am Portal eines benachbarten Uhrmacherladens sprangen die Zahlen einer überdimensional großen Digitaluhr gerade auf zehn Uhr dreißig. Aber vielleicht war die Frau heute etwas in Verzug, vielleicht hatte sie etwas Unvorhergesehenes aufgehalten, vielleicht hatte sie irgendeinen Weg gehabt.

Ich ging also eine Runde um den Häuserblock und kam nach einer Viertelstunde wieder. Dann nach einer weiteren halben Stunde und dann noch einmal am Nachmittag – der Rollbalken blieb unten. Inzwischen machte ich mir natürlich Gedanken. Vielleicht hätte ich damals nicht gehen sollen, vielleicht hätte ich früher wiederkommen sollen, nun war wahrscheinlich alles zu spät.

Aber redete ich mir da nicht etwas ein? Was denn *alles*? War das nicht wieder mein Beziehungswahn? Zwischen mir und dieser Frau war doch eigentlich *nichts* gewesen. Außer vielleicht ein bißchen wetterbedingter Magnetismus.

Das war doch alles verrückt, dieses magische Denken! Alte Bücher zu finden, wie ein Wünschelrutengänger! Und unversehens so eine Nähe zu spüren … Da hatte ich mich in etwas hineinfantasiert – ich mußte versuchen, wieder herauszukommen.

Rasch ging ich stadteinwärts. Ich würde mir jetzt eine ganz normale Buchhandlung suchen. Und Bücher kaufen, wie ein ganz normaler Mensch. Der Tag war inzwischen kalt, er wühlte zerfahren und windig in sich herum. Sollte er verloren sein? Nein! So viele Tage hatte ich nicht mehr zu verlieren.

Ich fand eine Buchhandlung in der Währingerstraße. Allerdings war mir nach kurzem klar, daß die Bezeichnung *ganz normal* dieser Buchhandlung nicht gerecht wurde. In Zeiten wie diesen sind solche Buchhandlungen eben nicht normal. Das Geschäft machte nicht den Eindruck eines Supermarkts, sondern den einer schönen, alten Delikatessenhandlung.

Ich trat ein und schnupperte. Ja, hier roch es gut. Hier roch es nach Geist in durchwegs anregenden Gewürzmischungen. Bücher vom Boden bis zum Plafond. So etwas hatte ich immer geliebt. Vielleicht hatte dieser bittere Tag doch noch seinen süßen Kern.

Im Rahmen einer Tür, die hinter die Bücher führte, hing ein Foto des Autors Doderer. Es zeigte den Mann in mitreißender Bewegung. Obwohl er saß – nämlich an einem Tisch über einem aufgeschlagenen Buch. Aber sein ganzer Körper, soweit auf dem Foto sichtbar, befand sich in dynamischer Schräglage.

Rezitierend, artikulierend, gestikulierend. Die linke Hand – vom Fotografen gekonnt in den Vordergrund geholt – eine kleine Spur unscharf. Deklamierend, gewiß auch posierend, ein völlig aus der Mode gekommener Typus. Ein toter Dichter. Doch von seinem Bild ging eine Kraft aus, die mich ein wenig aufrichtete.

Daß sein Bild ausgerechnet hier hing, oder daß ich nun ausgerechnet hierher kam, das als bloßen Zufall aufzufassen fiel mir allerdings auch schwer. Anscheinend gab es in der Kurve, in die mein Leben nun eingeschwenkt war, keine Zufälle mehr. Doderer war der Autor gewesen, den ich meinen amerikanischen Studentinnen und Studenten im vorletzten Semester näherzubringen versucht hatte. Ein Flop sondergleichen: Mit ihm hatten die girls and boys, die in meine *Lectures on Austrian Literature* kamen, nichts anfangen können.

Absolut nichts. Er kam ihnen einfach komisch vor. Sie sahen nicht ein, warum sie sich mit ihm beschäftigen sollten. A very odd guy. Sie wollten seine Wege durch eine Stadt, die so nicht mehr existierte, nicht nachgehen. Abgesehen davon, daß die meisten von ihnen seinen Sätzen, deren retardierende Passagen ihnen als bloße Hindernisse erschienen, nicht folgen konnten.

Is *that* german? Indeed? Sie hatten da ihre Zweifel. Mit all den Autorinnen und Autoren, die ich in meinen Jahren in Lewiston zu Schwerpunkten der jeweiligen Semester gemacht hatte, war ich mehr oder minder gut angekommen. Aichinger, Bachmann, Handke, sogar Elfriede Jelinek, über die schon einige stöhnten. Aber Heimito von Doderer? Fuck off Termito von Hoderer!

Tatsächlich, sie machten sich sogar über seinen Namen lustig. It's a good name, sagte ich. Aber das nützte gar nichts. Ich fand, das sei ein schlechtes Zeichen. Ein sehr schlechtes Zeichen. Um die Wahrheit zu sagen, ich fühlte mich stellvertretend für ihn gekränkt.

Do you understand me? fragte ich Ruth. Sie war schließlich auch einmal meine Studentin gewesen. Ich versuchte wenigstens sie für Doderer zu gewinnen. Ich las ihr ein paar wunderbare Textstellen vor, in denen dieser Autor die Stimmung genau datierter Sommernachmittage in den Straßen verschiedener Wiener Bezirke evoziert, die Licht- und Geräuscheinfälle in von sich langsam entwickelnden und untereinander in erst allmählich durchschaubaren Beziehungen stehenden Romanfiguren bewohnten Zimmern, aber wahrscheinlich war es keine so gute Idee, daß ich das am Sonntagnachmittag im Bett tat.

Unsere lazy afternoons waren eine hübsche Tradition, die wir seit Jahren pflegten. Eine schöne Kombination von Kultur, Lust und Liebe, aber mit Doderer funktionierte das nicht. Erst gähnte meine immer noch erfreulich jung aussehende Freundin einige Male demonstrativ, und dann schlief sie mir ein. I tell you what, sagte sie, als sie wieder aufwachte: He is not sexy.

Ja, Doderer war in mancher Hinsicht der Anfang vom Ende. Im vorletzten Semester war das gewesen, also etwa vor einem Jahr. Genau, da hatte sich schon etwas abgezeichnet. Sowohl meine plötzlich erwachte Liebe zu seinen Texten als auch die Tatsache, daß diese Liebe sich als nicht übertragbar erwies, waren Indizien für etwas.

Einerseits ein Indiz für erwachendes Heimweh. Anderseits ein Indiz für die Entfremdung gegenüber meiner amerikanischen Umgebung. Sorry. So war das. Im nachhinein sieht man das besser. Nach mehr als zwanzig Jahren, in denen ich mir eingeredet hatte, mich drüben wohlzufühlen, hatte ich auf einmal das Gefühl, am falschen Ort zu sein.

10

Und nun war ich da. War ich endlich am richtigen Ort? Zurückgekehrt in mein Refugium stellte ich die neuen Bücher zu den alten. Noch einiges über die Jahre 1938 bis 1945, speziell über Wien in diesen Jahren. Und zwei Tagebuchbände von Doderer. Justament. Eine gewisse Neigung zum Trotz hatten die Großmutter und ich gemeinsam.

Ich hatte jetzt das Gefühl, auf dem richtigen Weg zu sein. Oder (etwas nüchterner gesagt) der richtigen Methode zu folgen. Frei steigende Erinnerung, nannte das Doderer, ja, genau das war es. Man mußte sich in die richtige Haltung versetzen und den Erinnerungen eine Chance geben.

Die Grundhaltung des Schriftstellers. Produktive Empfänglichkeit. Die Erinnerungen aufsteigen lassen und *an*nehmen, das heißt *wahr*nehmen. Befangen und jenseits der Befangenheit zugleich: Ein Optimum. Aber vielleicht mußte es sich dabei nicht nur um eigene Erinnerungen handeln.

Das sollte doch möglich sein: sich in den Kopf der Großmutter zu versetzen. Gewisse Erinnerungen kamen mir fast authentisch vor. Zum Beispiel die: Wie sie auf der Straße ging oder mit der Straßenbahn fuhr und merkte, daß die Leute sie anstarrten. Und wie sie allmählich begriff, daß das daran lag, daß sie kein Hakenkreuz auf dem Mantelaufschlag trug.

Wie ihr der Sohn dann so ein Hakenkreuz brachte. Er selbst trug längst eins. Jetzt steck dir das an, Mutter! Soll ich wirklich, sagte sie, kann ich wirklich, dachte sie. Wieso nicht? sagte er. Du bist doch die Witwe des Sturmbannführers Prinz!

Da hatte er ja recht. Sie mußte sich das nur immer wieder bewußt machen. Sie steckte das Abzeichen an und ging wieder aus. Sie hielt sich möglichst gerade, schaute nicht links und nicht rechts. Auf den Gruß Heil Hitler mit überzeugender Lautstärke zu antworten fiel ihr anfangs nicht leicht, aber mit der Zeit wurde es zur Routine.

An dem Tag, an dem sie sich aufraffte und ins Rathaus ging, dürfte sie das schon ziemlich gut beherrscht haben. Sie mußte etwas unternehmen, sie konnte nicht weiter so traumwandeln, sie mußte ihr Leben wieder in die Hand nehmen. Nicht daß sie völlig mittellos gewesen wäre, inzwischen wurde ihr eine Witwenpension angewiesen, und der Sohn half ihr aus. Aber sie wollte nicht nur passiv und abhängig sein, nein, sie wollte auf eigenen Füßen stehen.

Wie sie also ins Rathaus geht, durch ein Spalier von Hakenkreuzfahnen. Zwischen dem Burgtheater, in dem nun Herr Jelusich residiert, und dem Rathaus, das jetzt auf dem Adolf Hitler Platz steht, ist dafür viel Raum. Die Fahnen flattern im Wind, die Hakenkreuze auf den roten Kreisen in ihrer Mitte bewegen sich. Manchmal sieht es so aus, als ob sie sich drehten, eigentlich hat Marta das Gefühl, daß sie sich verkehrt herum drehen, aber an so etwas darf sie jetzt nicht denken.

Ist das Hakenkreuz an ihrem Revers ordentlich angesteckt, deutlich sichtbar? Ja. Das ist gut. Dann kann sie das Rathaus betreten. Vor dem Eingang in der Lichtenfelsgasse steht ein Wachmann, aber der beachtet sie merwürdigerweise nicht. Dann geht sie durch einen Hof und durch noch einen, bis sie die richtige Stiege findet, die sie auf einem Zettel notiert hat. Auf den Treppen und Gängen ist zwar alles voll mit SA-Leuten. Und mit zivilen Personen, die sich inzwischen ebenfalls den bellenden Ton angewöhnt haben. Aber sie, die kleine Frau, die da einfach die Stufen hinauf geht, wird sich nicht einschüchtern lassen. Sie ist die Witwe des Sturmbannführers Prinz und sie will den Herrn Blaschke sprechen.

Der Blaschke. Ich erinnerte mich dunkel, daß sie manchmal recht vertraut von dem gesprochen hatte. Nicht mit mir, aber mit meinem Vater, der offenbar auch mit dem Herrn Blaschke in Berührung gekommen war. Der Blaschke, ach ja, der Blaschke war ein Gemütsmensch. Aber es sei nicht leicht gewesen, zu ihm vorzudringen.

Als Kind hatte ich diese Geschichte nur sehr nebenbei gehört. Aber jetzt kam sie wieder. Und zwar erstaunlich detailliert. Vielleicht weil ich jetzt begriff, worum es sich handelte. Hanns Blaschke, las ich, war damals Vizebürgermeister der Stadt Wien.

Und sollte später noch Bürgermeister werden. Ein Organisationstalent. 1934 hatte er die Transportmittel für die Putschisten organisiert, die von der Turnhalle in der Siebensterngasse zum Bundeskanzleramt auf dem Ballhausplatz fuhren. Dieser Blaschke also. Die Wichtigtuer auf dem Gang vor seinem Büro sind schon drauf und dran, die kleine Frau, die behauptet, daß der Herr Vizebürgermeister sie kennen müsse, zu verscheuchen. Aber da tritt er selbst vor die Tür, entweder zufällig oder weil er ihre Stimme draußen gehört hat, eine Stimme, die sie unwillkürlich erhebt, sie wundert sich über diese Stimme, die da, sozusagen losgelöst von ihr, viel höher als sonst wegen der tief in ihrem Bauch sitzenden Angst, glatt die Frage stellt, ob die unhöflichen Herren überhaupt wissen, mit wem sie reden, aber eben in diesem letzten Augenblick tritt Blaschke vor die Tür und erkennt sie tatsächlich.

Natürlich! Die Frau seines alten Kameraden. Marta wußte gar nicht oder wollte gar nicht wissen, was die beiden alles miteinander gemacht und durchgemacht hatten, doch daß sie im Männergesangsverein miteinander gesungen hatten, das wußte sie. Aber klar, sagte Blaschke, der sie in sein Büro schob und rasch die Tür hinter ihnen schloß, klar erinnere er sich an sie, damals auf dem Faschingsfest in den Sophiensälen, da hätten sie doch sogar miteinander getanzt. Das war das einzige Faschingsfest gewesen, auf das Wilhelm Marta je mitgenommen hatte, der Tanz war eher peinlich, denn die kleine Frau des PG Prinz war alles andere als eine große Tänzerin, aber der Herr Blaschke war ein Mann, der zu führen verstand, hatte sie einen falschen Schritt getan, so hatte er ihr nur launig zugezwinkert, und nachher hatte er sie einfach wieder neben ihrem Gatten abgestellt.

Er zwinkerte übrigens auch jetzt, als er ihr einen Stuhl anbot. Entschuldigung, sagte er, die Kerle da draußen sind ein bißchen uninformiert über die guten Manieren hier bei uns, sie meinen es nicht wirklich bös, aber das sind halt Reichsdeutsche. Natürlich! Die Frau – nein, leider die Witwe, unseres alten Mitstreiters Prinz! Also, liebe Frau Prinz, sagen Sie, was Sie auf dem Herzen haben – was kann ich für Sie tun?

Ja, dieser Herr Blaschke hatte einen gewissen Charme. Daß er Blutordensträger war, wahrscheinlich aus wirklich blutigen Gründen, auf diese Idee mußte man nicht gleich kommen. Zwar sah er recht schneidig aus in der schwarzen Uniform. Aber er hatte, wie man so sagt, das Herz am rechten Fleck, und außerdem hatte er eine sehr vertrauenserweckende Baritonstimme.

Worum geht es. Aha, Sie haben also eine Ausbildung als Krankenschwester. Und Sie wollen jetzt wieder in diesem Beruf arbeiten. Nur eine provisorische Ausbildung? Ach, was! Auf die Praxis kommt es an! Erfahrung in Kriegszeiten, also hören Sie, wenn das keine Empfehlung ist! Wissen Sie was? Solche Leute wie Sie werden wir bald brauchen. Hören Sie zu: Der neue Leiter des Allgemeinen Krankenhauses ist ein Duz-Freund von mir. Ich schreibe Ihnen ein paar Zeilen für ihn und Sie gehen morgen oder übermorgen einfach zu ihm hin. Aber liebe Frau Prinz! Was sollte dem im Wege stehen?

Als Marta aus dem Büro des Vizebürgermeisters hinausging, trug sie den Kopf ein paar Zentimeter höher. Die Idioten, die ihr zuvor den Weg verstellt hatten, sollten nur merken, was für eine Protektion sie hatte. Protektion, Schutz, ja, das war es, was eine kleine Frau wie sie in großen Zeiten wie diesen brauchte. Seit dem Gespräch mit Blaschke fühlte sie sich einigermaßen geschützt.

Nur manchmal, da packte sie schon eine irre Angst. Ungefähr einen Monat später zum Beispiel. Sie arbeitete bereits im Krankenhaus und kam frühmorgens vom Nachtdienst nach Haus. Und da öffnete sie das Haustor und stand unversehens einem Rudel SA-Leuten gegenüber.

Großer Himmel, dachte sie, ist denen jetzt doch etwas aufgefallen? Oben im Schrank hatte sie zwar die Dokumente, die ihre tüchtigen Schwestern organisiert hatten. So arischer Herkunft wie sie diesen teuer erkauften Papieren zufolge war, so lupenrein arisch war kaum jemand. Doch wer konnte wissen, ob diese primitiv aussehenden Lümmel sich überhaupt mit Papierkram abgaben?

Was jedoch tun? Sie hatte das Haustor bereits aufgemacht. Umkehren konnte sie nicht, gerade das wäre aufgefallen. So ging sie so schnell sie nur konnte zwischen den Lümmeln durch. Ging die Treppe hinauf und hielt sich sehr aufrecht, obwohl ihr die Knie weich wurden.

Noch bevor sie im zweiten Stock war, kamen ihr SA-Leute von oben entgegen. Die führten den Herrn Freund aus dem dritten Stock mit sich, von dem man Jahr und Tag kaum etwas sah oder hörte. Auch jetzt war er sehr still, als er an Marta vorbeiging, die sich möglichst flach an die Wand drückte. Vielleicht nahm er sie gar nicht wahr, sein Gesicht war erschreckend zerschlagen, aber daß er sie nicht ansah, und vor allem, daß sie die SA-Schläger nicht ansahen, das war ihr ohnehin lieber.

Schließlich noch diese Erinnerung: Wie sie Anfang November, als sie schon auf der Geburtsstation arbeitete, die in jenem Teil des Allgemeinen Krankenhauses untergebracht war, der damals noch als der neue galt, aus dem Fenster zum alten Trakt, dem sogenannten Josefinischen, hinüberschaute und einen Feuerschein sah. Das war auf dem Korridor, sie war auf dem Weg in den Kreißsaal, wo es bei einer Steißgeburt Komplikationen gab, und einigermaßen in Eile. Aber das fiel ihr doch auf, dieser Feuerschein, der da gelb gegen den schwarzen Nachthimmel flackerte, da hielt sie kurz inne, bang, und hörte nun selbst durchs geschlossene Doppelfenster, wie es drüben dumpf toste. Erst als sie schon weitereilte, begriff sie, daß es sich um ein Tosen von Stimmen handelte, wie sie es bis dahin nur einmal gehört hatte, als Wilhelm und sie eines Sonntagnachmittags durch den Prater spaziert waren, was ist das, hatte sie erschrocken gefragt, und ihr Mann hatte gelächelt und geantwortet, das sei ein Fußballspiel im Stadion.

Wahrscheinlich hatte sie es auch klirren gehört. Glas soll ja tonnenweise zerbrochen sein in der sogenannten Kristallnacht. Tja, sagte der diensthabende Arzt, das sei halt ein etwas unkontrollierter Ausbruch gesunden Volksempfindens. Daß das auch auf Spitalsboden übergreife, sei wohl nicht ganz recht, aber man werde in Hinkunft kaum mehr Patienten haben, denen die Synagoge dort drüben neben dem Narrenturm abgehe.

Das Leben mußte weitergehen. Einzig dafür fühlte man sich hier zuständig. Zuerst einmal brachte man in dieser Nacht die Steißgeburt auf die Welt. Mit vereinten Kräften, Ärzte, Hebammen und Schwestern. Wenn auch in komplizierten Fällen alles gutging, das war doch immer wieder eine Freude.

Und die Geburten nahmen ja zu in den nächsten Jahren. Die Männer marschierten nach Polen, nach Frankreich, nach Norwegen, nach Rußland, auf den Balkan, ja sogar nach Afrika, nicht wenige blieben dort, bissen ins Gras, versanken im Dreck, lagen als nasse, steifgefrorene, sonnengebleichte Leichen in Gegenden, in denen sie eigentlich nichts zu suchen hatten, aber man hatte sie hingeschickt, damit sie mordeten und brannten, vergewaltigten und aufhängten, und dann fanden sie den Tod, was für eine blöde Redewendung, manchmal auf gräßliche Art, von Panzern zerquetscht, von Flammenwerfern verkohlt, von Partisanen kastriert, aber die Frauen gebaren und gebaren. Das ist die Natur, sagte die Großmutter, die versucht das Sterben auszugleichen. Außerdem war es die Propaganda. Wie viele Frauen wollten dem Führer ein Kind schenken.

Und ich? sagte ich. War ich auch so ein Kind für den Führer?

Nein, sagte die Großmutter. Wo denkst du hin. Deine Mutter war nicht so. Und auch dein Vater war nicht so, obwohl er eine recht eigenartige Karriere gemacht hat. Er hat überlebt. Wir haben überlebt. Wenn es darauf ankommt, sagte die Großmutter, ist Überleben das Wichtigste.

Vierter Teil

I

Dieser Traum, in dem ich am Klavier sitze und spielen sollte. Im Traum fällt mir ein, daß ich diesen Traum schon oft geträumt habe. Wie ich auf dem Hocker sitze, in der Haltung, deren Wichtigkeit man mir eingeschärft hat, Rücken gerade, Unterarme waagrecht, Finger vorweg gekrümmt. Und im nächsten Moment soll ich den ersten Ton anschlagen.

Aber da wird mir klar, daß ich ja gar nicht weiß, was ich spielen soll. Das kenne ich schon, aber es ist immer aufs neue quälend. Vor mir auf dem Notenpult liegt zwar ein Notenblatt. Doch weder auf den Zeilen noch in den Zwischenräumen sehe ich Noten.

Wo bin ich eigentlich? Ist das die Aula der Musikschule Cerny oder ein Konzertsaal? Ich bin festlich gekleidet, weißes Hemd, Krawatte, Hose mit Bügelfalten, ein Outfit, in dem ich mich nicht wohlfühle. Im Dunkel um mich herum ahne ich Augen, die auf mich gerichtet sind, vermute ich Ohren, die auf den ersten Ton warten. Aber was soll das für ein Ton sein? Ich habe keine Ahnung. Allmählich beginnt man sich zu räuspern.

Manchmal wache ich auf und bin froh, daß ich es selber bin, der sich räuspert. Wenn ich auf dem Rücken liege, plagt mich ab und zu ein stetig stärker werdendes Kratzen im Hals. Dann lege mich auf die Seite und versuche, an etwas anderes zu denken, etwas anderes zu träumen. Doch kaum bin ich eingeschlafen, finde ich mich wieder im gleichen Traum.

In Startposition am Klavier. Diesmal fällt mir ein, daß ich *Der fröhliche Landmann* spielen könnte. *Der fröhliche Landmann* ist eins der ersten Klavierstücke, die ich gelernt habe. Eine simple Melodie, leicht zu merken, nachdem ich sie zwei oder drei Mal gespielt habe, kann ich sie auswendig. Doch dafür haben die Pädagogen in der Musikschule Cerny nichts übrig: Ihre Schüler haben aufs Blatt zu starren und nach Noten zu spielen.

Okay, aber auf dem Blatt in meinem Traum sind nach wie vor keine Noten zu sehen. Auch kein Violin- oder Baßschlüssel ist zu sehen, nichts, kein Vorzeichen. Vielleicht sollte ich einfach in C-Dur spielen, ja, warum nicht, das ist ein schöne reine Tonart. Aber womöglich erwarten die Zuhörer etwas ganz anderes.

Gewiß, das ist zu befürchten, ich bin ja kein Kind mehr. Ich sollte inzwischen ganz andere Stücke beherrschen. Man wartet und wird allmählich ungeduldig, ich glaube, die Leute im Dunkeln scharren schon mit den Füßen. Und ich fühle mich immer unbehaglicher in diesem Anzug, in den man mich gesteckt hat, in diesem Aufzug, den ich hasse, der enge Hemdkragen reibt an meinem Hals, die Krawatte würgt mich, am liebsten möchte ich all das abwerfen.

2

Ein wiederholter Klingelton weckte mich. Mein Kopf brauchte eine Weile, bis er durch die Tabletten brach. Kam dieser Ton aus dem Hof? Kam er von der Straße? – Nein, dieser Ton kam von meiner Wohnungstür.

Ich war verwirrt, fast erschrocken. Wer konnte das sein? Seit ich hier hauste, hatte niemand an meiner Tür geklingelt. Es klingelte noch einmal. Ich warf die Decke beiseite. Rasch zog ich Hose und Hemd an. Es klingelte wieder.

Wer stand vor der Tür? Vielleicht die Vermieterin? Was sollte sie von mir wollen? Die Kaution und die Miete hatte ich pünktlich überwiesen. Jemand, der noch eine Formalität wegen meines Einzugs zu erledigen hatte? Ein Kontrollor vom Elektrizitäts- und Gaswerk, der den aktuellen Zählerstand ablesen wollte?

Auf dem Weg zur Tür fiel mir wieder auf, wie groß die Wohnung war. Sie kam mir jetzt womöglich noch größer vor. Größer als gestern, als ich mich hingelegt hatte. Aber gestern war eigentlich schon heute gewesen.

Spät wie immer. Genaugenommen früh wie immer.

Und jetzt? Wie früh oder wie spät mochte es eigentlich sein?

Zehn? Oder elf? Vielleicht war das draußen die Post.

Aber wer, dachte ich, sollte mir hierher schreiben?

Harry. Genau. Vielleicht brachte mir die Post einen Brief von ihm. Er war ja der einzige, der meine hiesige Adresse hatte. Das würde es sein. Vielleicht eine Nachricht über den Hausverkauf. Ich hatte in den letzten Tagen kaum daran gedacht, aber im Grunde genommen war das die Nachricht, die ich erwartete.

Bis ich an die Tür kam, hatte sich die Beunruhigung, in die das Klingeln mich ursprünglich versetzt hatte, jedenfalls verflüchtigt. Oder sie hatte sich in eine positive Form von Aufregung verwandelt. Geld war mir nicht wirklich wichtig, jetzt erst recht nicht. Nur wurde der Rest, über den ich noch verfügte, hier erstaunlich rasch weniger.

Ich öffnete also die Tür, beinahe schon freudig.

Der Mann, der mir dann gegenüberstand, war offenbar kein Postbote.

Eigenartigerweise kam er mir irgendwie bekannt vor.

Er wirkte ein bißchen verlegen. Ja, sagte er. Ich bins. Dein Bruder.

Tatsächlich. Max. Ich hatte ihn mehr als zwanzig Jahre nicht gesehen. Und seit mehr als zehn Jahren hatte ich nichts von ihm gehört. Unsere Beziehungen waren abgerissen. Ihm jetzt so unvorbereitet gegenüberzustehen, einem Menschen, den ich als jungen Mann in Erinnerung hatte, und den ich jetzt als älteren Mann wiedersah (einen älteren Mann, der, daran konnte sich nichts geändert haben, nach wie vor zwölf Jahre jünger war als ich), das war eine Situation, auf die ich mich erst einstellen mußte.

Da stand er vor mir, mein kleiner Bruder. Noch immer auf dem Fußabstreifer.

Seine sehr grau gewordenen Schnurrbartspitzen zitterten.

Es dauerte wohl eine Weile, bis ich etwas sagte.

Das ist aber eine Überraschung, sagte ich endlich. Komm schon herein!

Ich führte ihn in die Küche, in der ich immerhin zwei Stühle hatte.

Na setz dich schon, sagte ich. Trinkst du einen Schluck Wein mit mir?

Am Vormittag? sagte er.

Ja, sagte ich. Wenn du mich schon am Vormittag heimsuchst ... Du trinkst aus dem Zahnputzbecher, okay? Ich trink aus der Flasche.

Wir tranken je einen Schluck. Ich einen größeren, er einen kleineren.

Du bist gut, sagte er. Da bist du nach all den Jahren wieder in Wien ... Und schreibst nicht, telefonierst nicht, mailst nicht – nichts. Wenn ich dich nicht zufällig auf der Straße gesehen hätte, wüßte ich nicht, daß du da bist.

Du hast mich auf der Straße gesehen, sagte ich. Wo? Und wann?

Nicht weit von hier, sagte er. Er habe hier manchmal geschäftlich zu tun. Zuerst habe ich mich gefragt, sagte er, ob du es bist oder nicht. Ich sei vor ihm her gegangen und er sei mir ein Stück nachgegangen.

Dann hab ich mich gefragt, sagte er, ob ich dich rufen soll. Aber da warst du schon dabei, das Haustor hier aufzusperren. Da bin ich dann halt zurück zu meinem Auto. Das war vorgestern. Aber irgendwie, habe ich gedacht, ist das nicht richtig.

Was?

Na, diese Kontaktlosigkeit zwischen uns! Und jetzt erst recht, wo du offenbar wieder da bist. Das bist du doch, oder? Ich sehe doch kein Gespenst! Sag, was ist los? Warum hast du dich die ganze Zeit über nicht gerührt?

Du hast dich ja auch nicht gerührt, sagte ich. Und die Veronika hat sich erst recht nicht gerührt.

Veronika, unsere Schwester.

Sie war schwer gekränkt, sagte er. Daß du nicht einmal zum Begräbnis unserer Mutter gekommen bist.

Ich habe es einfach nicht geschafft, sagte ich.

Das gibt es doch nicht, sagte er, die eigene Mutter stirbt einem schließlich nur einmal im Leben.

Ich war weit weg, sagte ich.

Ja, sagte er, das warst du auch schon vorher.

Ich war Professor am College. Es war mitten im Semester.

Hör auf, sagte er. Hätte sich unsere Mutter ein für dich günstiger gelegenes Sterbedatum aussuchen sollen?

Ich wandte mich ab und schaute zum Fenster hinaus.

Der Kastanienbaum hatte jetzt fast keine Blätter mehr.

Weißt du, was ich glaube? sagte mein Bruder hinter mir.

Was?

Daß du ein schwer gestörtes Verhältnis zum Tod hast.

Ich hob und senkte die Schultern.

Ist doch wahr, sagte mein Bruder. Das ist uns schon damals, beim Begräbnis der Großmutter, aufgefallen. Da bist du ja offensichtlich auf Nadeln gestanden.

Ich war noch am selben Abend abgeflogen.

Aber das hatte sich, schien mir, doch so ergeben. Meine ersten Termine am College in Lewiston. Hätte ich sie absagen sollen? Was oder wem hätte das genützt? Die Großmutter hätte es nicht mehr lebendig gemacht.

Sicher hatte der rasche Aufbruch damals auch mit meiner gescheiterten Ehe zu tun. Die Trennung von Katrin' hatte mich ziemlich mitgenommen. Zuerst die aufwühlenden Stunden in der Partnertherapie, und dann, letzten Endes *erst recht*, die Scheidung. Und der Mißerfolg des Romans. Warum hatte all das zusammenkommen müssen?

Nein, dieses Jahr damals war kein gutes Jahr für mich gewesen. Daß dann die Großmutter stürzen, sich den Oberschenkelhals brechen, im Pflegeheim und letztendlich in der geriatrischen Abteilung des Krankenhauses Lainz liegen mußte ... Und daß sie dann wirklich sterben mußte ... Ausgerechnet in *diesem* Jahr ...

Übrigens, sagte ich zu meinem Bruder, ich hab über die Oma zu schreiben begonnen.

Fürs erste nahm Max das kommentarlos zur Kenntnis. Jetzt schaute *er* aus dem Fenster. Er öffnete es sogar. Ein schönes altes Haus, sagte er. Mit Liebe adaptiert... Und diese Wohnung hier... Eine schöne Wohnung.

Kurz schlug sein professionelles Interesse durch. Max war Raumausstatter. Er ging durch einen Raum nach dem anderen. Nicht schlecht, sagte er. Diese Zimmer könnte man perfekt einrichten.

Bestimmt, sagte ich. Aber ich werde sie so lassen, wie sie sind.

Er sah mich groß an. Ist also alles nur vorübergehend?

Ja, sagte ich. Es ist alles nur vorübergehend.

Du machst also hier bloß so was wie ein Sabbatical? sagte er.

Nein, sagte ich. Den Job am College habe ich beendet.

Und was willst du jetzt tun? fragte er.

Das kommt darauf an, sagte ich. In ein paar Tagen habe ich einen Termin.

Er blieb kurz stehen, während ich weiterging, ich spürte seinen Blick.

Das hier, sagte ich, ist vorläufig mein Schlafzimmer.

Ich nahm die Decke vom Klappbett und faltete sie zusammen.

Und deine amerikanische Frau? sagte er. Die läßt du dann nachkommen?... Ich meine, sobald du ein anständiges Bett hast?

Das wird man alles sehen, sagte ich. Das wird sich alles herausstellen.

Wir gingen zurück in die Küche. Magst du noch einen Schluck? fragte ich.

Nein, danke, sagte er, ich muß autofahren. Und *du* solltest auch aufpassen. Denk an unseren Vater. Außerdem solltest du lieber offen mit mir reden.

Er stand jetzt vor der Büchernische. Da hast du ja eine kuriose Sammlung.

Materialien, sagte ich. Großmutterbücher.

Ah ja, sagte er, verstehe. Er blätterte in *Vom Winde verweht*.

Darf ich unserer Schwester sagen, daß du wieder da bist?

Wenn du willst, sagte ich.

Na gut, sagte er. Hast du eine Handynummer?

Ja, schon, sagte ich. Aber wenn du mit mir telefonierst, ist es ein Ferngespräch in die Staaten.

Gib sie mir trotzdem, sagte er. Und ich schreib dir für alle Fälle *meine* Nummer auf. Vielleicht solltest du mich nach dem Termin, von dem du gesprochen hast, anrufen.

3

Veronika rief noch am Abend desselben Tages an. Das hatte ich fast erwartet. Bis zu einem gewissen Grad hatte ich es befürchtet. Ob ich es trotzdem insgeheim auch erhofft hatte? Vielleicht. Meine Psyche war in einem ambivalenten Zustand.

Hallo, Bruder, sagte Veronika.

Mein erster Eindruck: Die Stimme klang voller als früher. Und sehr bestimmt. Max hat mir gesagt, sagte sie, daß du wieder da bist. Ich will dich sehen. Was machst du morgen mittag?

Ich weiß noch nicht, sagte ich.

Siehst du, sagte sie, dann kommst du zu mir. Wir werden eine Kleinigkeit miteinander essen und reden. Ich erwarte dich, sagte sie, gegen halb zwei. Dann gab sie mir ihre neue Adresse, und das wars.

Was sollte ich tun? Ich stellte das Handy ab, aber jetzt war es zu spät. Die innere Unruhe, in die mich schon der Besuch meines Bruders versetzt hatte, nahm zu. Den hatte ich immerhin schon *hinter* mir. Aber der Besuch bei der Schwester lag noch *vor* mir.

Schreiben konnte ich nicht mehr in dieser Verfassung. Über eine bestimmte Szene, die im Jahr 1943 spielte, ein paar Monate vor meiner Geburt, war ich nicht hinaus gekommen. Es war eine Szene, in der der Stationschef Marta beiseite nahm und ihr sagte, daß ihm gewisse Informationen über ihre Herkunft zugespielt worden seien. Er denke jedoch nicht daran, sie weiterzuleiten.

So authentisch mir diese Zeilen gestern noch vorgekommen waren (aufbauend auf gewissen Bemerkungen der Oma über den gütigen Primar L., die ich als Kind zwar gehört, aber vielleicht nicht in ihrer spezifischen Bedeutung erfaßt hatte), so unglaubwürdig erschienen sie mir heute. Vielleicht waren das ja alles nur Phantasmen. Die Großmutter hatte die Nazizeit und den Krieg als Schwester im Allgemeinen Krankenhaus überlebt. Aber über genauere Umstände und Details dieses Überlebens wußte ich gar nichts.

Meine Mutter hatte einmal gesagt, daß die Oma einfach sieben Jahre lang den Mund gehalten haben mußte. Das war natürlich eine Anspielung auf den Tonfall, der als *typisch* aufgefallen wäre. Daß meine Mutter manchmal auf solche Klischees zurückgriff, war traurig. Fast noch trauriger aber fand ich es, mir vorzustellen, daß die Großmutter während jener Zeit vielleicht in einem anderen Tonfall gesprochen hatte.

Der Singsang der Großmutter. Gerade den hatte ich ja geliebt. *Es war/einmal.* Ich liebte sie schon dafür, wie sie diese drei Worte betonte. Es war einmal ein Primarius mit blauen Augen unter den weißen Brauen. Und dieser Mann war eine Seele von einem Menschen.

Schön. Aber doch zu schön, um wahr zu sein, oder? Vielleicht, dachte ich, konnte ich mir ja Dokumente besorgen. Zur Bestätigung oder als Korrektiv meiner Rekonstruktionen und Phantasien. Vielleicht gab es ja im Allgemeinen Krankenhaus noch Dokumente aus diesen Jahren.

Dort mußte ich übermorgen ohnedies hin. Wie praktisch. Da liefen ja alle Fäden zusammen.

Die Fäden der möglichen und der wirklichen Geschichten. Im Endeffekt eine raffinierte Spielanordnung.

Die Wohnung, in der meine Schwester nun lebte, war gar nicht weit von der ehemaligen Wohnung der Großmutter entfernt. Joanelligasse/Ecke Wienzeile, keine schlechte Gegend. Ein schönes altes Bürgerhaus, dessen Dachboden man ausgebaut hatte. Von hier oben sah man über die halbe Stadt; die Dächer der Häuser, die Türme und Kuppeln der Kirchen wirkten ganz unwirklich nah, wie Kulissen.

Veronika hatte mich gleich an der Tür empfangen. Küß mich, hatte sie gesagt, und mir erst die rechte, dann die linke Wange hingehalten. Nun stand sie an einem der Fenster, durch die eine fast noch spätsommerlich wirkende Sonne fiel. Sie zeigte sich mir also sozusagen im schönsten Licht.

Schon eigenartig. Als sie auf die Welt gekommen war, war ich sechzehn gewesen. Sie war mir noch weiter entfernt erschienen als mein damals vierjähriger Bruder. Als sie laufen und sprechen lernte, war ich schon siebzehn, achtzehn. Ein Gymnasiast, der bald die Reifeprüfung ablegen sollte, ein junger Mann, der seine ersten Gedichte und Kurzgeschichten schrieb.

Bis an mein zwölftes Lebensjahr war ich ein Einzelkind gewesen und hatte mich in dieser Rolle wohlgefühlt. Sehnsucht nach Geschwistern hatte ich nie gehabt. Bei meinem Bruder hatte ich noch gewisse Pflichten erfüllt (daß mir meine Eltern zumuteten, ihn ab und zu nachmittags im Kinderwagen spazierenzuführen, hatte mir bei Schulkollegen, denen ich dabei über den Weg lief, Spott und Hohn eingetragen). Als meine Schwester nachkam, konnte man so etwas nicht mehr von mir verlangen.

Ich gab zu, daß sie lieb war, aber darüber hinaus ließ ich mich auf nichts ein. Ich ging in mein Zimmer und schloß die Tür hinter mir. Wohl fanden die Eltern das etwas rüde, aber so war ich nun einmal. Daß ich zu lernen hatte und daß sie schließlich wollten, daß ich die Matura bestehe, war ein schwer anfechtbares Argument.

Dann hatte ich es geschafft, aber da fuhr ich auf Maturareise. Und ein paar Tage, nachdem ich zurückkam, lernte ich Katrin' kennen. Durch sie war ich dann auf Jahre hinaus okkupiert. Ich kam einfach nicht dazu, meine kleine Schwester wirklich wahrzunehmen.

Weder als Kind noch als junges Mädchen hatte ich sie richtig *gesehen*. Wohl hatte ich sie noch als die junge Frau in Erinnerung, die sie gewesen war, bevor ich nach Amerika abflog, doch war sie auch in diesen Erinnerungssequenzen, besonders in den unseligen Friedhofsszenen, gewissermaßen unterbelichtet. Zu blaß, zu dünn, noch nicht wirklich da, kam mir vor. Umso überraschender und – in mehrfacher Hinsicht – beeindruckender fand ich sie jetzt.

Von vorn sah sie zweifellos unserer Mutter ähnlich. Einer Mutter allerdings, die sie selbst in einer vergleichbaren Verfassung kaum gekannt hatte, einer Mutter, in deren Zügen sich die Enttäuschung und Verhärmung all der mißglückten Ehejahre noch nicht verfestigt hatte. Von der Seite jedoch erinnerte sie mich an die Pariser Fotos der Großmutter. Obwohl sie inzwischen Mitte vierzig sein mußte, während die Oma, als sie der französische Fotograf porträtiert hatte, gerade siebzehn gewesen war.

Gewiß, die Großmutter war um einiges zarter gewesen. Nicht nur in den schönen Tagen von Paris, sondern auch später. Auf den Fotos mit Wilhelm Prinz erschien diese Zartheit manchmal als Fleischlosigkeit. Aber in der Aura dieser reiferen Frau von heute war etwas vom Flair des jungen Mädchens von vorgestern erhalten.

Du siehst gut aus, sagte ich.

Ja, sagte sie. Ich esse ein bißchen zu viel.

Das meine ich nicht, sagte ich. Du bist eine hübsche Frau.

Jetzt machst du mir Komplimente, sagte sie, um mich milde zu stimmen. Aber das wird mich nicht davon abbringen, gewisse Dinge, die dir wahrscheinlich unangenehm sind, auszusprechen.

Was sie mir dann sagte, klang zwar ein wenig wie eine vorbereitete Rede. Doch wenn es denn eine war, so wurde sie sehr überzeugend vorgetragen. Da stand eine Person vor mir, die ihre Worte sehr bewußt setzte. Eine Person, die – ohne den lokalen Tonfall zu verleugnen – ihre Sprache beherrschte.

Das hat uns, sagte sie, damals schon sehr getroffen. Wie du verschwunden bist, als ob dich das alles nichts mehr anginge. Auf und davon, vom Friedhof direkt auf den Flughafen. Und die Mutter und die Geschwister hast du zurückgelassen, mit all den Verpflichtungen und Mühseligkeiten, die nach so einem Begräbnis noch anfallen.

Und dabei war die Frau, die da gerade begraben worden ist, ja vor allem *deine* Großmutter. Als wir zwei, der Max und ich, Kinder waren, da war sie doch schon im Urgroßmutteralter. Für uns war sie eine etwas komische, schwerhörige Person, die wir halt manchmal besucht haben, ganz nett vielleicht, aber schon jenseits von Gut und Böse. Für dich war sie was anderes, nicht wahr, das stimmt doch, davon hat mir unsere Mama, als ich sie am Schluß gepflegt habe, noch einiges erzählt.

Ich war betroffen. Was hat dir die Mama erzählt?

Daß die Oma an dir vielleicht nachholen wollte, was sie an ihrem Sohn, unserem Vater, versäumt hat. Das war für unsere Mutter bestimmt nicht leicht. Aber, hat sie gesagt, diese verrückte Liebe war so groß, dagegen war nichts zu machen.

Und dann, so Veronika, ist die Mama gestorben. Die hat dich *unglücklich* geliebt. Denn du hast immer eine andere gehabt. Zuerst die Großmutter, dann die Katrin' und dann diese Ruth in Amerika. Und dann bist du nicht einmal zu ihrem Begräbnis gekommen.

Du kannst dir denken, was ich mir damals gedacht hab. Mein älterer Bruder, hab ich gedacht, ist ein Arschloch. Und jetzt sitzt du da und schaust mich waidwund an. Weißt du was? – bevor du mir hier im Wohnzimmer verendest, sollten wir in die Küche gehen und kosten, was uns der Partyservice Gutes gebracht hat.

Das desillusionierte mich nun wieder ein wenig. Ich hatte gedacht, sie hätte für mich gekocht. Es war trotzdem schön, mit ihr beisammenzusitzen und zu essen. Es schmeckte ihr offensichtlich, dieser lebendige Appetit übertrug sich auch auf mich, zum ersten Mal seit Wochen erlebte ich Essen nicht nur als notwendige Nahrungsaufnahme.

So, sagte sie schließlich. Und jetzt muß ich zurück in mein Geschäft. Sie verkaufte, soviel ich mitbekam, inzwischen naturkosmetische Artikel. Aber bevor wir gemeinsam aufbrachen, fiel ihr noch etwas ein. Etwas, sagte sie, womit du vielleicht etwas anfangen kannst.

Sie verschwand kurz in einen Nebenraum und kam mit einer hellbraunen Reisetasche wieder. Die habe, behauptete sie, der Großmutter gehört. Ich konnte mich nicht an diese Tasche erinnern. Ja, sagte Veronika, die müsse die Oma noch kurz vor ihrem Tod gekauft haben.

Unten im Kasten sei diese Tasche gestanden. Offenbar leer. Es sei sogar noch ein Preisschild daran gehangen. Vielleicht habe die Oma die Tasche ja jemandem von uns schenken wollen. Weil sie nun einmal dort gestanden sei, habe die Mutter einiges von dem Zeug hineingepackt, das die Großmutter durch all die Jahre aufbewahrt hatte.

Damals. Als die Wohnung der Oma geräumt wurde. Nicht schön, solche Aktionen, aber nicht jeder kann sich ihnen entziehen. Na ja, sagte Veronika. Und ein paar Jahre später wurde die Wohnung der Mutter geräumt. Da habe sie dann diese Tasche wiedergefunden. Offenbar unverändert, so wie sie war. Mit all dem Zeug aus dem Jahre Schnee darin. Mein Gott, sagte Veronika. So sind wir nun einmal! Die Sachen einfach wegzuwerfen sei auch ihr pietätlos erschienen.

Sie habe auch ab und zu hineingeschaut. Und dabei sei sie

immer ein bißchen sentimental geworden. Obwohl sie die Großmutter eigentlich wenig gekannt habe. Aber im Grund habe sie nicht viel damit verbunden.

Für mich hingegen könnte das anders sein ... Max hat gesagt, du schreibst etwas über die Oma.

Ja, sagte ich. Ich habe etwas begonnen.

Na, jetzt nimm sie schon, die Tasche, sagte Veronika. Oder läßt du sie mich tragen?

Unten vor ihrem Haustor nahmen wir Abschied.

Weißt du, sagte sie, daß ich dich mag, trotz allem?

Dann umarmte sie mich auf einmal ganz fest.

Und dann war sie weg. Und ich stand da. Mit der Tasche.

4

Was nun? Nicht weit, auf der Wienzeile, hatte ich ein Café in Erinnerung. Falls es noch existierte, konnte ich mir dort in Gedenken an die Großmutter eine Melange und eine Brioche bestellen und einen ersten Blick auf den Inhalt der Tasche werfen. Das Café existierte noch, wenn auch – das sah ich schon von außen – auf unglückliche Weise renoviert. Aber daß ich nicht eintrat, sondern an der Schwelle zögerte, dann eine Weile stehenblieb und schließlich weiterging, hatte nicht nur mit dieser Feststellung zu tun.

Vielmehr – ja, ich mußte es mir eingestehen – hatte ich eine gewisse Scheu davor, die Tasche zu öffnen. Zwar konnte ich mir vorstellen, was sie enthielt, die Sachen aus den unteren Fächern des Kleiderschranks waren mir ja in den letzten Tagen des öfteren in den Sinn gekommen. Aber an diese Sachen zu denken oder sie ganz konkret zu sehen und zu berühren, das war wohl zweierlei. Fossilien, Reliquien – mir fielen eigenartige Wörter dazu ein.

Ich ging also lieber weiter, die Tasche in der Hand. Ging die Wienzeile stadteinwärts, ein bißchen Bewegung würde mir guttun. Sie war ja nicht wirklich schwer, diese Tasche, vielleicht wog das Leder, aus dem sie bestand, sogar schwerer als der Inhalt. So viel, dachte ich unwillkürlich, ist von der Großmutter gar nicht übriggeblieben.

Von der U-Bahn-Station Kettenbrückengasse an ging ich zwischen den Buden des Naschmarkts. Es ist naheliegend, dort drinnen zu gehen, auf der Wienzeile draußen tost der Verkehr. Außerdem ist das von den Händlern aus allen möglichen östlichen Ländern angebotene Obst und Gemüse schön anzusehen, und der Duft der Gewürze, der da seit eh und je in der Luft liegt, hat etwas sehr Anregendes. Aber es dauerte nicht lang, bis mir bewußt wurde, daß ich nun genau den Weg ging, den ich mit meinen Eltern gegangen war, um die Großmutter zu besuchen.

Nicht nur damals, an jenem sonnigen Frühsommertag, als sie uns mit dem Klavier überrascht hatte. Durch meine Erinnerung lief eine ganze Serie solcher Besuche. Besuche zu allen Jahreszeiten: Frühling, Sommer, Herbst und Winter. Und der Winter setzte sich durch – in den Bildern, die meine Sehnsucht nun festzuhalten und mit Hilfe meiner Phantasie zu rekonstruieren versuchte, begann es immer deutlicher zu schneien.

Und das war zu Weihnachten. Natürlich. Damals kam der Schnee noch verläßlich. Und auch wir kamen verläßlich, meine Eltern und ich, denn der 25. Dezember hatte eine ganz besondere Tradition. Am 24. abends feierten wir zu Hause, also in der Oberen Bahngasse. Aber am 25. mittags waren wir bei der Oma in der Mühlgasse eingeladen.

Sonst kochte die Oma fast nie oder nur nebenbei. War ich an gewöhnlichen Tagen bei ihr zu Besuch, so bereitete sie mir einen Grießbrei oder schlug uns beiden ein paar Eier in die Pfanne. Am 25. Dezember aber, da kochte sie. Da kochte sie alle Jahre wieder das gleiche.

Mein Vater nannte das Hauptgericht, das sie an diesem Tag auf den Tisch stellte, Parfumfleisch. Wahrscheinlich, weil es die Großmutter auf eine ganz eigene (und in der kulinarischen Einöde der Wiener Nachkriegszeit auffallende) Art würzte. Es handelte sich um einen Rindsbraten, den sie mit Wurzelgemüse, Lorbeerblättern und Majoran zubereitete. Einen Braten, den wir schon rochen, wenn wir die Treppenstufen zur Wohnung der Oma hinaufstiegen.

Aha, sagte mein Vater dann, wir bekommen wieder das Parfumfleisch. Hatten wir das zweite Stockwerk erreicht, so lief ich ein paar Schritte voraus und klopfte an die Tür. Ich mußte fest klopfen, weil man ja nie wissen konnte, ob das der Tür zugewandte Ohr der Großmutter gerade das gute oder das schlechte war. Daher klopfte ich mit der Faust, manchmal half ich auch mit den Schuhspitzen nach.

Dann öffnete meist die Nachbarin, Frau Resch, mit der die Oma das Gangklo teilen mußte, ihre auf der gegenüberliegenden Gangseite gelegene Tür und fauchte. Ja, ja, sagte meine Mutter, regen Sie sich nicht auf, er ist halt noch ein Kind. Als ich größer wurde, gewöhnte ich mich daran, gesitteter zu klopfen. Erst später, wenn hinter ihrer Tür oft nichts anderes mehr zu hören war als Stille, kehrte ich manchmal zur rüden Methode meiner frühen Jahre zurück.

Dieses Klopfen an die Tür der Großmutter – irgendwann öffnete die Oma ja doch. Hatte damals geöffnet, wenn meine Eltern und ich sie zu Weihnachten besuchten. Öffnete später, wenn auch mit immer größerer Verzögerung. In einem Traum, der mir nun einfiel, einem Traum, den ich in den letzten Nächten wiederholt geträumt haben mußte, öffnete sie noch jetzt.

Am ersten Weihnachtsfeiertag hatte sie meist eine blau und weiß karierte Schürze umgebunden. Nun, wie ehedem in die Mühlgasse eingebogen, sah ich sie wieder vor mir, wie sie lächelte, nur herein, nur herein, sagte sie strahlend, genaugenommen sagte sie es glänzend, denn ihr Gesicht glänzte, vom feiertäglichen Kochen war ihr heiß geworden. Sie wischte sich mit dem Ärmel über die Stirn und blies eine Haarsträhne weg, die in ihr Gesichtsfeld geraten war. Ihr Haar war noch schwarz, nur über dem schlechten Ohr sah ich eine graue Strähne.

Nur herein, nur herein, so der Traum – die Realität war leider eine andere. Da kam ich erst gar nicht in den zweiten Stock, da kam ich nicht einmal in den Hausflur mit den Butzenscheiben. Da stand ich nun vor dem verschlossenen Haustor, das mir fremd vorkam, denn man hatte das Türblatt erneuert – wo ehemals kräftiges Vollholz gewesen war, wurmstichig vielleicht, aber echt, war jetzt blasses Kunstholz. Und natürlich gab es eine Gegensprechanlage, und natürlich sagte mir keiner der Namen, die da zu lesen waren, auch nur das geringste, und natürlich öffnete mir niemand.

Wahrscheinlich klingelte ich auch gar nicht – obwohl diese Szene erst kurz hinter mir liegt, ein paar Stunden, ein paar Tage, weiß ich das nicht mehr. Ich weiß nur noch, daß ich dort, vor dem verschlossenen Haustor stehend, so etwas empfand wie schmerzliche Empörung. Vielleicht gab es die zwei kleinen Räume ja noch, in denen die Großmutter gewohnt hatte, aber wahrscheinlich gab es nicht einmal mehr die. Vermutlich hatte man die Trennmauern umgelegt und die Wohnung der Großmutter, das ehemalige Gangklosett einbeziehend, mit der Wohnung der Frau Resch vereinigt.

Ganz bestimmt aber gab es die Möbel, an die ich mich erinnerte, in diesen Räumen nicht mehr. Es gab ja nicht einmal mehr den Altwarenhändler im Nebenhaus, und wer weiß, ob es die Entrümpelungsfirma noch gab, die mein Bruder letztendlich mit dieser profanen Art von letzten Dingen beauftragt hatte. Somit gab es auch die Konstellation zwischen diesen Möbeln nicht mehr, die im Lauf der sechs Jahrzehnte, die die Großmutter hier verbracht hatte, zur selbstverständlichen Ordnung des von ihr bewohnten Mikrokosmos geworden war. Das war zwar ganz klar, normal, wie man so sagt, aber es wurde mir jetzt bewußt, wie ein Schmerz, den man erst spürt, wenn die Narkose oder die Lokalanästhesie nachläßt.

Und das Licht und das Leben, das diese Möbel und all die kleinen, persönlichen Gegenstände, die auf ihnen und um sie herum gestanden waren, reflektiert und absorbiert hatten. Gab es nicht mehr. Gab es nur mehr in meiner Erinnerung. Andenken, Nippes, manche davon x-mal zu Boden gefallen und zerbrochen, aber immer wieder aufgehoben und geklebt.

Das Licht, das durch die fein gehäkelten, im Lauf der Jahre etwas vergilbten Vorhänge gefallen war, und das Licht, das die Stehlampe mit dem chinesischen Schirm gegeben hatte – dieses Licht, dieses Leben, war irreversibel aus der Welt verschwunden.

Verschwunden schließich auch die Gerüche der Wohnung. Der Geruch des Bodenbelags im kleinen Vorzimmer zum Beispiel. Der Geruch des Ofens im Zimmer, dieses rötlich braunen Ofens mit den zwei kleinen Türen mit den silbrig glänzenden Beschlägen. Und der Geruch des Klaviers, komponiert aus den Düften des Holzes und der Metallteile, der allerdings schon ein paar Wochen früher abhanden gekommen war als die anderen.

Nicht zu vergessen natürlich der Uralt-Lavendel. Am 25. Dezember allerdings verband sich auch seine ätherische Präsenz mit dem Geruch des Rindsbratens, der im Rohr schmorte – vielleicht hängt die von meinem Vater kreierte Bezeichnung Parfumfleisch mit dieser speziellen Mischung zusammen. Dazu duftete der winzige Christbaum, der an diesem Tag auf dem Klavier stand (kein richtiger Baum, sondern ein aus Fichten- oder Tannenzweigen zusammengesteckter, der meinem Vater eine weitere Gelegenheit zu einer Reihe jener witzigen Bemerkungen gab, ohne die er sich nicht ganz wohl in seiner Haut zu fühlen schien). Und selbstverständlich duftete die darunter in einem versilberten Teller arrangierte Weihnachtsbäckerei – am Baum hingen keine in Stanniol verpackten Schokoladenstücke, die hätten seine Zweige überlastet –, aber die Kekse und Kringel dufteten nach leicht angebrannter Kruste, Vanille und Staubzucker.

Der Christbaum und die paar kleinen, feinen Glaskugeln, die ihn schmückten, zitterten, wenn die Großmutter in die Tasten griff. Das war nach dem Essen – kaum hatten wir das Apfelkompott, das sie, ebenso wie den Rindsbraten, Jahr für

Jahr servierte (fein passiert und mit Nelken gewürzt), kaum hatten wir dieses Apfel*mus*, wie die Oma es nannte, zu Ende gelöffelt, saß sie schon auf dem Klavierhocker. Dann spielte sie sehr bewegt, aus der Perspektive meiner Erinnerung sehe ich ihren kleinen Körper von hinten, hin- und hergerissen von den großen Tönen, denen sich ihre Seele hingab. Nicht so laut, rief dann mein Vater, der sich nach dem Essen meist auf der Sitzbank ausstreckte, und meine Mutter, mit scherzhaft-schmerzverzerrtem Gesicht, nickte ihm verständnisinnig zu – was die sogenannte ernste Musik betraf, waren meine Eltern leider Banausen.

Ich aber hätte *das Ohr* gehabt, vielleicht wirklich. Ein Ohr, das mir gegeben war, ein Geschenk der Natur oder Gottes. Aber auch ein Ohr, das zusätzlich geschult wurde von früh an. Die vielen, vielen Stunden, die ich unter dem Klavier der Großmutter gesessen war – wieso hatte ich nichts daraus gemacht?

Auf dem Weg durch die Preßgasse kam ich an dem Haus vorbei, in dem die Musikschule Cerny gewesen war. Daß es die offenbar nicht mehr gab, war mir eine Genugtuung. Allerdings verursachte offenbar schon das Vorbeigehen an der Stätte meines Versagens eine bleierne Müdigkeit. Es war noch früh am Abend, aber es kam mir auf einmal sehr spät vor.

Die Müdigkeit war auch der Grund, warum ich, in mein Refugium zurückgekehrt, die hellbraune Reisetasche einfach abstellte und immer noch nicht öffnete. Ich mußte jetzt erst einmal ein wenig schlafen. Im Traum versuchte ich der Großmutter zu erklären, warum ich vor der ersten Semesterprüfung in der Musikschule davongelaufen war (ich setzte ein paarmal zu dieser Erklärung an, aber als ich drauf und dran war, sie endlich herauszubringen, gab mir ein Arzt eine Spritze). Als ich wieder aufwachte, war tiefe Nacht.

5

Ich öffnete die Tür zum Hof und tat ein paar Schritte hinaus. Offenbar löste ich dadurch irgendeine Automatik aus, denn nun strahlte aus zwei im Boden eingelassenen Lampen helles Licht. Es hatte stark abgekühlt. Ich sah den Hauch vor meinem Mund. Gut. Ich nahm es als Zeichen, daß ich noch am Leben war.

Ich ging in die Wohnung zurück und trank den Wein, den mein Bruder im Becher stehengelassen hatte. Sonst war keiner da. Die Flasche war ausgetrunken. Am Rand meines immer noch nicht ganz wachen Bewußtseins hörte ich ein paar Takte Klaviermusik. Aber daß da draußen, außerhalb meines Kopfes, tatsächlich jemand spielte, schien mir um diese Stunde noch unwahrscheinlicher als sonst.

Dann setzte ich mich an den Klapptisch und öffnete die Tasche. Daß die Schachtel mit den Fotos und Ansichtskarten zum Vorschein kam, überraschte mich nicht. Die Farben des Deckels waren inzwischen noch weiter verblaßt. Der ehemals blaue Himmel fast weiß, die ehemals gelbe Mondsichel kaum mehr von diesem Hintergrund zu unterscheiden.

Daß meine Mutter die Schachtel mit einem Gummiring versehen hatte, war typisch. Immer die praktisch denkende Frau – schließlich sollte der Deckel in der Reisetasche nicht aufgehen. Doch dieser Gummiring war morsch geworden. Als ich ihn jetzt abzustreifen versuchte, riß er und verursachte mir einen kleinen Schmerz an der Hand.

Unter den Bildern fand ich tatsächlich das Kinderfoto der Oma. Die Vier- oder Fünfjährige, die da auf einer im Atelier Tegetthoff in der Praterstraße aufgebauten Kulissenlandschaft stand, schaute mit großen, nachdenklichen Augen aus einem plissierten Kleidchen mit Samtkragen. Ebenso fand ich das Jungmädchenfoto aus Paris. Der Fotograf, an dessen Namen ich mich vergebens zu erinnern versuchte hatte, hieß Beranger, er hatte sein Atelier in der Rue des Forges gehabt, und das Lichtbild, auch das ging aus dem tief in den Karton eingeprägten Stempel hervor, im Mai 1910 hergestellt.

In einer Gartenanlage, vielleicht waren es die Tuilerien, standen zwei reifere Herrschaften, vermutlich die Tante und der Onkel, an einem Springbrunnen, aber sie waren sehr weit entfernt. Auf einer Bank saß ein junger Mann, wahrscheinlich der Cousin. Sein Arm lag auf der Lehne der Bank, der Platz neben ihm war frei, er wartete darauf, daß sich jemand neben ihn setzte. Er lächelte und ließ sich den Wind durchs dichte Haar blasen.

Eine ganze Reihe vergilbter Bilder zeigte Kolleginnen und Patienten aus dem Verwundetenspital. Meist standen sie in gestaffelten Reihen wie Schulklassen oder Sportvereine, aber manche hatte der Fotograf auch in kleineren Gruppen arrangiert. Drei Offiziere mit mehreren Sternen auf den Kragenspiegeln, arrangiert vor einer Zimmerpflanze; den beiden, die auf Krücken gestützt links und rechts standen, fehlte je ein Bein. Die rechte beziehungsweise die linke Hand hatten sie dem, der in der Mitte auf einem Gartenstuhl saß, kameradschaftlich auf die Schulter gelegt, er konnte die Zuwendung brauchen, denn ihm fehlten *beide* Beine.

Ein anderer, der allerdings nur einen Stern auf dem Kragen hatte, schien noch vergleichsweise gut davongekommen zu sein. Eine weiße Socke und ein Hausschuh ließen auf eine Verletzung am linken Fuß schließen, aber er konnte ohne Krücke aufrecht stehen und hatte sich mit meiner apart lächelnden Großmutter und einer anderen Schwester vor einer Zimmerpalme fotografieren lassen. Dieser junge Mann war auch noch auf einem Einzelfoto zu sehen, da saß er mit ordentlich gezogenem Scheitel und sauber gestutztem Schnurrbart vor einem Kamin. Der sehr lieben Schwester Marta, hatte er auf die Rückseite geschrieben, zur Erinnerung an ihren dankbaren Franz aus Hartberg.

Er schaute recht innig aus diesem Bild heraus. Vielleicht hätte sich Marta lieber ihm zuwenden sollen. Franz, der schön und sehr leserlich in Lateinschrift schrieb, hatte auch Datum und Ort angemerkt. 23.4.1917, K.&K. Res. Spit. Nr. 11, Wien 5.

Dort lag jedoch auch Wilhelm aus Reichenberg. Von ihm hatte Marta einige Postkarten aufbewahrt. Die zeigten auf der Vorderseite erstaunlich romantische Motive, einen galanten Herrn zum Beispiel, der einer jungen Dame, die im Biedermeierkostüm aus einer Kutsche stieg, die Hand küßte. Die Botschaften auf der Rückseite waren allerdings betont knapp gehalten, die Schrift, natürlich kurrent, wirkte eng und gebremst, nur die Unterschrift (*Dein Prinz*) neigte dazu, sich auszubreiten.

Im Album, von dem ich ebenfalls einen Gummiring lösen mußte, der das allerdings aushielt, im offiziellen Album fand ich nicht nur Fotos von Wilhelm Prinz und seiner kleinen Frau auf allen möglichen Ausflügen, nicht nur die schlimmen Bilder des Schmetterlingsjägers mit seinem winzigen Stiefsohn. Ich fand auch Fotos von meinem dann doch etwas größer gewordenen Vater in Uniform. Darauf sah er manchmal ernst und bedeutend drein, im Bewußtsein der großen Stunde, die ihm und dem deutschen Volk schlug, in das er und die Seinen unversehens geraten waren. Manchmal gab er sich in dieser Verkleidung aber erstaunlich fröhlich, in Paris posierte er mit lauthals lachenden Kameraden vor dem Moulin Rouge, irgendwo in Rußland saß er an einem rohen Holztisch vor einer strohgedeckten Hütte und nagte mit sichtlichem Appetit an einem Hühnerbein.

Schließlich eine Reihe von Fotos, auf denen Marta der Oma, wie ich sie kennengelernt hatte, schon recht ähnlich sah. Auf den meisten davon trug sie Schwesterntracht. Und endlich das Bild, auf dem sie mich stolz auf dem Arm hielt. In meiner Neugeborenheit wirkte ich noch ein bißchen ratlos, auf etwas komische Weise vorweg verzweifelt, aber die Miene der Großmutter spiegelte eine geradezu triumphale Freude.

Nun hatte ich wohl fürs erste alles gesichtet. Ausgeleert stand die Reisetasche vor mir. Sie roch nach wie vor neu, obwohl mehr als zwanzig Jahre vergangen waren, seit sie die Großmutter gekauft hatte. Wahrscheinlich bei Gerngroß (wo sonst?); in der Abteilung für Reise- und Freizeitartikel.

Eine neue Reisetasche hatte sie gekauft, kurz vor ihrem fünfundneunzigsten Geburtstag.

Schon eigenartig. Vielleicht, hatte Veronika gemeint, habe sie die Tasche jemandem von uns schenken wollen. Gewiß, das war denkbar. Geschenkt hatte die Großmutter immer noch gern. Hatte sie etwas von *meiner* bevorstehenden Reise mitbekommen?

Der Gedanke rührte mich einerseits, anderseits berührte er mich unangenehm ... Daß die Großmutter noch geahnt hätte, wie ich mich davonmachen wollte, wahrscheinlich auf Nimmerwiedersehen ... Und dann hätte sie mir noch diese Tasche geschenkt ... Siehst du, ich weiß, was du vorhast, aber fahr nur, wenn du glaubst, daß es dein Glück ist, meinen Segen hast du, und eine neue Reisetasche kannst du für diesen Flug wahrscheinlich brauchen.

Schon denkbar, ja – und doch war ich nicht recht zufrieden mit dieser Idee. Und das nicht nur, weil meine Rolle in dieser nicht mehr zustande gekommenen Szene so unglücklich war. Irgend etwas daran schien mir nicht zu stimmen. Nein, diese Tasche hatte die Großmutter nicht für mich gekauft.

Sondern? – Während ich noch darüber nachdachte, entdeckte ich das Innenfach. Das heißt: meine Hand entdeckte es, mein Kopf, der erst begreifen mußte, worum es sich handelte, folgte mit leichter Verzögerung. Innen war das Leder rauh, nicht auf dieselbe Art imprägniert wie außen. Unter einer schmalen Borte war ein Zippverschluß spürbar, der sich öffnen ließ.

Und dann lag das Couvert vor mir auf dem Tisch. Es war nicht zugeklebt, trotzdem zögerte ich einen Augenblick, herauszunehmen, was drin war. Tatsächlich enthielt es keinen Brief der Großmutter an den Enkel. Was es enthielt, war vielleicht trotzdem eine Botschaft.

Es handelte sich um ein Flugticket. Destination Jerusalem. Ausgestellt auf den Namen Marta Prinz. Gestempelt vom Stadtbüro der ElAl, Wien 1, Kärntnerstraße. Der Flug wäre am 10. 12. 1986 anzutreten gewesen.

10. 12. Das war der Geburtstag der Großmutter. Da wäre sie also noch nach Israel geflogen Wenn sie nicht kurz davor auf Glatteis gestürzt wäre. Wien-Jerusalem. Anscheinend hatte sie keinen Rückflug gebucht.

Alles was Flügel hat, fliegt, erinnerst du dich?

Spinnst du? sagte meine Schwester. Es ist drei Uhr früh!

Ja, sagte ich. Aber weißt du, was das bedeutet?!

Ich bitt dich, sagte Veronika. Kannst du mir das nicht morgen erklären?

Sie hatte ja recht. Um diese Zeit durfte man niemand anrufen. Aber ich hatte ganz einfach anrufen *müssen*. Hör zu, sagte ich – ich weiß jetzt, warum die Großmutter den Bösendorfer verkauft hat.

Erzähl mir das morgen, sagte Veronika. Morgen ist auch noch ein Tag.

6

Ja, aber was für ein Tag! Es war der Tag, an dem ich meinen Termin hatte. Den Termin meiner neurologischen Untersuchung. Um neun Uhr früh sollte ich mich im Allgemeinen Krankenhaus einfinden. Bis dahin blieben mir also noch etwa sechs Stunden.

Ich legte mich wieder hin und versuchte, noch etwas zu schlafen. Es war eher eine Art Halbschlaf, die ich auf diese Weise zustande brachte, aber manchmal überschritt ich dennoch die Schwelle zum Traum. In einem dieser Kurzträume war ich mit der Großmutter in Jerusalem, das mir sehr vertraut schien. Wir waren beide tot, aber wir waren froh, beisammen zu sein.

Dann klingelte es. Im ersten Moment dachte ich, es sei wieder mein Bruder. Heute war es aber tatsächlich ein Postbote. Extra Mail. Ein Brief aus den USA. Auf einem digitalen Notizblock, auf dem ich unterschreiben mußte, war sogar die Uhrzeit der Lieferung angegeben.

11 Uhr 30.

Aber das ist nicht Ihr Ernst, sagte ich.

Der junge Mann verstand nicht gleich, was ich meinte.

Die Uhrzeit! sagte ich. Ist es wirklich schon halb zwölf?

Ja, sagte er. Halb zwölf. Die Zustellung erfolgt in jedem Fall noch vor Mittag.

Ich gab ihm ein Trinkgeld und ging in die Wohnung zurück. Das durfte doch nicht wahr sein! Nun hatte ich meinen Termin im Krankenhaus verschlafen. Den Termin, auf den ich die letzten zwei Wochen gewartet hatte. Den Zeitpunkt, an dem alle Linien zusammenlaufen würden, den Fluchtpunkt, auf den hin alles konzentriert, konstruiert war, seit ich Amerika hinter mir gelassen hatte, denn das war nun einmal die Perspektive.

Und nun? Jetzt sah ich auf einmal alles von der anderen Seite. Ich war sozusagen hinter dem Bild, das ich mir durch all diese Tage gemacht hatte. Das war ein eigenartiges Gefühl. Vorläufig wußte ich noch nicht recht, was ich davon halten sollte. Ich setzte mich auf mein filigranes Bett, in dem ich ausgerechnet in dieser Nacht so fest geschlafen hatte, und öffnete den Brief aus den Staaten.

Tatsächlich, er war von Harry. Und er enthielt eine gute Nachricht. Hi Paul, schrieb er. I've finally sold your house. It made me feel a little sad, but I think I got you a good deal. Die Banküberweisung sei in die Wege geleitet.

Ich ging ins Badezimmer und duschte kalt. Ich trocknete mich ab und zog mich an, vor dem Fenster lachte die Sonne. Ich fuhr mir durchs Haar und trat hinaus ins Freie. Ich pfiff vor mich hin. Ja, ich gestand mir jetzt ein, daß ich schlicht und einfach vergnügt war.

Der Termin im Krankenhaus hatte mich ja die ganze Zeit über belastet. Nun, da er hinter mir lag, wenn auch anders, als vorgesehen, fühlte ich mich natürlich auch erleichtert. War das ein falsches Gefühl? So falsch wie der Frühling, der uns da narrte? Vielleicht war er ja ein Indiz für die Klimakatastrophe, aber es war einfach schön, wie duftig blau der Himmel über der grauen Stadt schwebte.

Ich kam über einen kleinen Markt mit Obst und Blumen. Ich kaufte mir ein paar Äpfel und aß einen davon im Gehen. Es war eine Freude, die Schale zu spüren, das Fruchtfleisch, den Saft. Ich aß den Apfel so sorgfältig, wie ich es früher nie getan hatte.

Schließlich fand ich es schade, das Kerngehäuse einfach wegzuwerfen. Als ich durch einen Park kam, ging ich ein paar Schritte ins Gras, grub ein kleines Loch und setzte den Apfelbutzen hinein. So etwas hatte ich zuletzt mit vier oder fünf gemacht. Wenn nur einer der Kerne durchkommt, hatte die Großmutter gesagt, wird übers Jahr ein Apfelbaum daraus.

Dann hatte ich Hunger. Der Apfel hatte mir Appetit gemacht. Ich trat in ein Gasthaus und setzte mich an einen Tisch mit rot-weiß kariertem Tischtuch. Möchte der Herr schon was zu trinken bestellen? fragte der Kellner, die Speisekarte bring ich Ihnen gleich. Bringen Sie mir einfach das Menu, sagte ich. Das wird schon gut sein.

Dann saß ich und aß mit Vergnügen, was man mir vorsetzte. Suppe, Hauptspeise, Dessert, wie es sich gehörte. Auch den schlichten Weißwein ließ ich mir schmecken. Und dann spürte ich auf einmal, daß mich jemand ansah.

Es war ein älterer Mann, er saß an einem Tisch in der gegenüberliegenden Ecke des kleinen Gastzimmers. Er saß dort und löffelte seine Suppe, er war also später gekommen als ich. Grau, sowohl was die Haare als auch was den Anzug betraf. Er wirkte ein bißchen altmodisch, aber er paßte ins Ambiente.

Wahrscheinlich war er ein Stammgast in diesem Lokal. Aber warum sah er mich so an? Kannte er mich? Kannte ich ihn? Tatsächlich hatte ich den Eindruck, ihn schon irgendwo gesehen zu haben. Aber wo? Und wann? Ich nickte ihm zu. Er nickte nicht zurück.

Er sah mich nur an durch seine dicken Brillengläser. Ein wenig hatte ich das Gefühl, durch die Lupe betrachtet zu werden. Und jetzt fiel mir ein, woher ich ihn kannte – natürlich! Das war der Typ aus der Antiquitätenhandlung.

Der Blick, mit dem er mich ansah, wirkte nicht freundlich. Aber ich war nun einmal gut aufgelegt. Viel geselliger, als es sonst meine Art war. Ich wartete, bis er seine Suppe aufgegessen hatte, dann trat ich an seinen Tisch.

Guten Tag, sagte ich. Sie erinnern sich offenbar noch an mich.

Ja , sagte er. Sie sind der Mann, der beinahe die Stehlampe umgeworfen hätte.

Genau, sagte ich. Der bin ich. Mein Name ist Spielmann. Sagen Sie – nur eine Frage –, haben Sie das Klavier noch?

Sie meinen den Stutzflügel, sagte er. Den Bösendorfer.

Akkurat den, sagte ich.

Er nickte. Der steht noch im Geschäft.

Okay, sagte ich. Angenommen, ich kaufe ihn. Wie lang würde es dauern, bis Sie ihn liefern?

Da muß ich mit unserer Spedition telefonieren, sagte er. Wenn Sie Glück haben, vielleicht schon morgen.

7

Am nächsten Nachmittag wurde der Flügel geliefert. Ich stand schon am straßenseitigen Fenster und wartete. Ein Kastenwagen fuhr vor, zwei Männer in Overalls stiegen aus. Sie legten sich Gurte um die Schultern und schleppten das Klavier ins Haus.

Natürlich war es nicht leicht, durch die Tür zu kommen. Aber beim dritten oder vierten Anlauf gelang es. Dabei streifte der Klangkörper leicht an den Türstock. Eine Ungeschicklichkeit, die eine kleine Schramme hinterließ.

Eine Schramme, die mir allerdings bekannt vorkam. Die kleine Verletzung, die ich vergebens gesucht hatte. Da war sie also wieder. Ich konnte sie mit den Fingern ertasten.

Das haben Sie gut gemacht, sagte ich. Ich gab den Männern ein schönes Trinkgeld.

Und dann? Was war dann? hätte der Enkel die Großmutter gefragt.

Ja, also dann stand das Klavier in der Mitte des Zimmers. Und der Mann, der es bestellt hatte, atmete zuerst einmal seinen Duft ein. Dann öffnete er den Tastaturdeckel und schlug ein paar Töne an.

Das Instrument klang nach wie vor wunderschön, der Transport hatte dem Klang nicht geschadet. Der Mann war darüber erfreut, ich glaube, er lächelte. Dann aber holte er das kleine Portablegerät, das er am Vormittag gekauft hatte, stellte es oben aufs Klavier und startete eine CD mit Beethoven-Sonaten. Und dann setzte er sich unter den Flügel und schloß die Augen.